밥만 먹고 레벨업

WISHBOOKS GAME FANTASY STORY

박민규 게임 판타지 장편소설

밥만 먹고 레벨업 13

박민규 게임 판타지 장편소설

초판 1쇄 찍은 날 | 2020년 11월 17일
초판 1쇄 펴낸 날 | 2020년 11월 24일

지은이 | 박민규
펴낸이 | 권태완 우천제

기획 | 위시북스
편집책임 | 한준만
편집 | 위시북스

펴낸곳 | ㈜케이더블유북스
등록번호 | 제25100-2015-43호
등록일자 | 2015. 5. 4
KFN | 제2-60호

주소 | 서울시 구로구 디지털로31길 38-9, 401호
전화 | 070-8892-7937 팩스 | 02-866-4627
E-mail | fantasy@kwbooks.co.kr

ISBN 979-11-293-6631-3 04810
979-11-293-4001-6(set)

밥만 먹고 레벨업
13
Wish Books

밥만 먹고 레벨업

CONTENTS

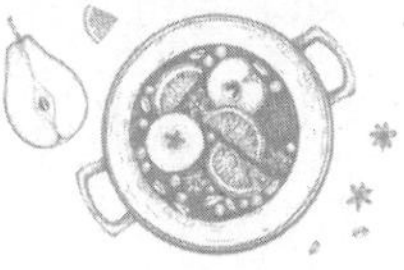

1장
라면 파는 남매(2)

엘프의 숲 탈환에 성공한 직후, 레전드 길드는 대한민국 랭킹 순위 13위에 올랐다. 하지만 레전드 길드가 가진 명성과 이번에 올린 업적 등에 비한다면 한없이 초라한 결과였다.

지니는 창밖을 바라봤다.

'민혁이는 계속 강해진다.'

처음 민혁을 만났을 때도 녀석은 레벨 대비 압도적인 강함을 가지고 있었으나, 지금은 그때보다 더욱더 격차가 크게 벌어진 상황이었다.

솔직히 말한다면 이번 민혁의 발라크 사냥을 보고 모든 레전드 길드원들이 커다란 벽을 느껴 버렸다.

한데, 레전드 길드의 인원들은 좌절하지 않았다. 잡기 위해, 손을 뻗어 닿기 위해 미친 듯이 사냥 중이었다.

지금 모든 길드원이 열을 올리고 있다.

그리고 길드 마스터 지니. 그녀 또한 더 높이 오르고 싶었다. 레전드 길드를 고작 13위가 아니라, 세계 최고의 길드로 만들고 싶었다.

그때 헤이즈가 말했다.

"왕국이란 것. 너무 멋지지 않나요."

지니는 천천히 몸을 돌려 헤이즈와 눈을 맞췄다. 영특한 소녀 헤이즈. 그녀는 바할라 영지의 매출을 700% 이상으로 끌어내는 데 성공시키고, 더 나아가 다양한 사업에 손을 뻗으면서 이번 달에 1,000%를 달성했다.

'정말 대단해, 그리고 냉정해. 또…….'

너무 맞는 말만 해서 할 말이 없다.

"이방인들이 최초로 이 아스간 대륙의 한 왕국의 왕이 된다. 이 타이틀만큼 멋진 것은 없을 거예요. 대신에, 그 왕국을 위해선 마스터께서 양보하셔야 할 겁니다."

지금 헤이즈는 비수를 꽂고 있었다. 지니에게 정중히 말하지만, 허를 찌른다.

민혁은 얼마 전, 자신의 직업 퀘스트가 '왕국 건설'이라 말했다. 왕국을 건설한다, 즉 왕이 있어야 한다.

그 왕을 지니가 하느냐?

'아니.'

민혁이가 왕을 하여야 그의 전직 퀘스트가 끝난다.

민혁이는 왕국 건설이란 말에 설레했다. 먹을 게 아니면 좋아하지 않는 민혁이 설렌 이유는 하나다.

'지니! 생각해 봐, 배고픈 자가 없고 맛있는 게 넘쳐나는 왕국을 만드는 거야!'

그렇다. 이 역시 먹을 것과 연관되어 있기 때문이다.

하지만 지니 쪽 생각은 달랐다. 민혁이가 왕이 되기 위해선, 길드 탈퇴를 해야 할지도 모른다. 길드 마스터가 곧, 왕이 될 자격을 갖추니까. 하지만 그렇게 되면 레전드 길드의 힘은 약해진다. 물론 그것만이 문제는 아니었다. 친구인 민혁이와 적대 세력이 될지도 모른다.

헤이즈의 말은 이것이다. 레전드 길드의 마스터 자리를 민혁에게로 넘겨달라.

"민혁 님은 아테네 곳곳에 넓은 인맥을 가지고 있습니다. 레전드 길드의 마스터 지니 님이 마스터일 때와 민혁 님이 마스터일 때는 확연히 다른 결과를 초래할 겁니다."

지니는 부정하지 않았다.

이필립스 제국의 여제 엘레. 아스폰 제국의 황제 아스폰. 흑염룡과 아이들. 그 외 알리샤, 루시아, 루완, 검은 마법사 알리. 심지어 얼마 전에 민혁을 해외에서 칭찬한 일본의 무사시 켄타로까지. 너무도 막강하고 거대한 자들이 민혁을 아끼고 좋아한다. 즉, 길드의 커다란 성장을 위해서는 마스터의 교체가 필요하다는 것.

그리고 이제 슬슬 소수 정예에서 벗어나야 할 때가 왔다. 그래야만 대한민국, 더 나아가 세계 최고의 길드가 될 것이다.

"모두의 승인을 받고 난 후, 진행하도록 할게."

지니가 고개를 주억였다. 승인한 것이다.

그녀가 세운 길드인데, 넘긴다? 아니, 그녀가 세웠지만, 모두가 함께 최고가 되자는 꿈을 품고 세운 길드이다. 최고가 되는 길에 가장 우선시 되는 길을 선택한 것뿐이다.

그리고 그때, 민혁이 들어왔다.

"응, 민혁아."

"우리 길드에 도움이 될 만한 큰 걸 물어왔어."

"큰 거?"

지니가 의아한 표정을 짓자 민혁이 말했다.

"응, 영지 아틀라스라는 곳에 대한 정보를 얻었거든."

레전드 길드의 길드원들이 발 빠르게 바할라 영지로 집결하기 시작했다. 그 이유는 간단했다. 민혁이 영지 아틀라스라는 곳에 대한 정보를 얻어왔기 때문이다.

영지 아틀라스에 대한 설명은 대박이었다. '세상의 모든 군주가 꿈꿔왔던 전설 속에 내려져 오던 영지'라는 게 요약된 설명이었다.

그리고 길드원들이 부푼 꿈을 안은 이유는 하나였다.

'어쩌면 새로운 영지에는…… 우리가 더 강해질 수 있는 힘이 있을지도 모른다.'

'더 뛰어난 사냥터가 근처에 있을지도 모르지.'

'어쩌면 놀라운 퀘스트가 숨어 있을지도 모르고.'

전설 속에 내려져 오던 영지였다. 모든 가능성을 무한하게 열어두고 볼 수 있는 상황이었다.

한편, 레전드 길드원들이 분주하게 움직이던 바로 그때! 코니르도 발 빠르게 움직이고 있었다.

코니르는 마계의 탑 입구에서 흑염룡의 도움으로 2Lv 퀘스트인 라면과 라면의 조화 퀘스트를 성공적으로 완수했다.

이어지는 세 번째 퀘스트 비빔면을 맛있게 먹는 방법. 이는 한참이나 헤매던 코니르에게 민혁이 도움을 주었다.

'비빔면을 맛있게 먹는 방법? 일단 비빔면을 모자라지 않게 스무 봉지 정도 준비해, 거기에 목살이나 삼겹살 같은 걸 네 근 정도 준비하는 거지.'

'비빔면 스무 봉지, 삼겹살 네 근, 코니르 다 적었다……!'

'그래, 그것들을 준비해서 계곡에 가서 물놀이를 즐기고 기진맥진할 때, 삼겹살을 굽고 비빔면을 끓이는 거야.'

'비빔면 끓인다, 삼겹살도 굽는다!'

'옳지, 옳지! 그리고 물에 젖은 상태로 계곡물이 밑에 있는 평상에서 비빔면에 삼겹살을 곁들여서 먹는 거야, 그렇게 먹으면……크흐!!

'크흐!! 코니르도 해보겠다!! 고마워, 형아!!

그에 코니르는 곧바로 해봤고, 천상의 목소리를 들었다. '역시 우리 형아가 최고야!'라는 걸 느낀 것이다.

아직도 새록새록 기억난다, 물에 젖어 기진맥진한 상태로 새콤달콤한 비빔면과 삼겹살을 함께 먹었던 것.

"츄르르릅!"

코니르는 그때를 기억하며 군침을 삼켰다.

그리고 준비하던 리어카를 완성시켰다.

'고니르의 나면 가개.'

코니르가 라면 가게를 준비한 이유는 하나. 바로 다음 퀘스트 때문이었다.

[3Lv 퀘스트 '비빔면을 맛있게 먹는 방법'을 완료했습니다.]

[패시브 스킬 '때에 따라 맛있어지는 라면'을 익히셨습니다.]

[4Lv 퀘스트 '라면 팔기'가 생성됩니다.]

때에 따라 맛있어지는 라면은 여러 가지의 상황에 따라 효과가 발휘한다.

그냥 먹어선 효과를 발휘하지 못한다. 새벽 1시에 편의점으로 슬그머니 나와 그 앞 테라스에서 먹거나 낚시를 하다가 야외에서 끓여 먹거나, 이런 것처럼 환경에 따라 달라진다.

본래 라면은 배고프고 밖에서 먹을 때 맛있는 법인데, 그 효과를 더 극대화시켜 주는 스킬인 셈이다.

새로운 4Lv의 퀘스트는 말 그대로 라면 팔기였다. 라면 팔기로 1플래티넘의 매출을 올리면 된다. 그리고 설명에는 먹은 이의 '진정성'이 들어가야 한다고 표기되어 있다.

또한, 4Lv 퀘스트는 조금 특별했다. 곧바로 다음 퀘스트가 표기되었으며 보상도 표기되었다.

[5Lv 퀘스트: 세상에서 가장 맛있는 라면]

[열정에 가득 차 라면을 만들어낸 당신. 정말 뜻깊은 라면 두 그릇을 누군가에게 선물해라. 이 라면 두 그릇은 세상 어디에서도 볼 수 없을 정도로 맛있는 라면이 될 것이다.]

코니르. 그는 서둘러 4Lv 퀘스트를 완료하고 한 그릇의 라면을 민혁에게 주고 싶었다. 그 때문에 가게를 차린 거다.

"코니르!! 오늘부터 부자될 거다!! 우와! 우와!! 우와!!"

그리고 어느덧 레전드 길드원들이 집결했다.

"잰 누구야……?"

로크가 리어카 앞에 선 코니르를 보며 고개를 갸웃했다.

심지어 코니르는 민혁이 준 용돈으로 이마에는 '고니르 라멘!'이라고 써놓은 밴드를 차고 일본 라멘 사장님 복장을 갖춰 입고 있었다.

"민혁이가 새로 받은 가신이라는데?"

"라면의 달인?"

"그런가 봐."

그것뿐. 길드원들은 곧 크게 관심을 갖지 않았다. 그러던 때에, 코니르가 출발 준비를 하는 민혁에게 다가왔다.

"혀엉! 혀엉! 코니르!! 라면으로 대륙을 호령할 거닷!! 라면 대상인 코니르!"

라면 대상인 코니르. 그 말을 들은 길드원들은 참 이상한 작명 센스라고 생각했다.

하지만 민혁은 눈을 초롱초롱 빛냈다.

"그거 아주 멋진데?"

"혀엉, 코니르는! 라면 팔러 갈 거야."

그 말에 민혁은 고개를 주억였다.

아틀라스로 가는 길을 갈 때 굳이 코니르가 함께이지 않아도 괜찮았다. 또한, 언제든 소환하여 부를 수 있는 게 코니르이기도 했다.

민혁은 품에서 주섬주섬 여러 가지 양피지와 여행비, 포션 등을 챙겨주었다.

"이 귀환 양피지는 이렇게 북 찢으면 마을로 돌아가, 그리고 이건……."

민혁은 하나하나 설명해 주었다.

그리고 코니르.

"양피지를 이렇게 잡고 찢으면 발동되는 거야?"

그가 한 양피지를 잡고 찢었다.

"……찌, 찢는 시늉을 해야지, 진짜 찢으면 어떡……."

"헉! 코니르! 실수했다!"

코니르가 빛이 되어 사라졌다.

그리고 민혁은 양피지에 적혀 있는 걸 보았다.

'순간 이동 양피지잖아?'

순간 이동 양피지는 랜덤으로 어디든 간다.

이것은 장점이자 단점이기도 한데, 랜덤으로 미개척지를 갈 확률이 높으며 대륙 어디든 갈 수 있다는 것이 큰 장점이지만, 단점은 자신의 레벨보다 훨씬 강한 존재들과 맞닥뜨릴 수 있다는 것이다.

민혁은 잠시 고민했다.

'바로 부를까?'

아니, 코니르는 위험에 빠지면 알아서 소환의 방으로 소환된다. 그러니 괜찮을 듯하다.

그렇게 순간 이동 양피지로 진입 통로로 오게 된 코니르.

"개미!! 라면 먹을래? 도마뱀!! 너도 먹을래?"

레벨 500을 넘는 병정 개미와 바실리스크에게 라면을 권하는 코니르였다.

그리고 덤벼든 녀석들은 삽시간에 죽음을 맞이했다.

"코니르! 이곳에서 부자가 될 거다!"

코니르는 보스 몹을 사냥하고 그곳에 떡하니 가게를 오픈했다.

하지만 한 시간이 지나도 열 시간이 지나도 이틀이 지나도 손님이 오지 않았다.

마천우. 그가 누구던가.

마음만 먹는다면 그 누구도 암살하지 못하는 자가 없다는 중국 암살자 랭킹 1위에, 중국 랭킹 3위에 빛나는 하이 랭커였다. 그러한 마천우가 장천과 손을 잡았다.

그 또한, 블랙 드래곤을 통해 얻을 값진 보물들과 아티팩트, 스킬 등에 욕망을 드러냈다.

그리고 그는 장천이 열어준 포탈을 통해 넘어가 민혁과 아기 돼지 콩이에 대한 정보를 수집하려 했다.

그러다 그는 진입 통로라는 곳에 들어오게 되었다. 그곳에서 몬스터들을 척척 처리하고 넘어가던 중, 그 끝에 있는 '고니르의 나면 가게'와 마주했다.

"첫 손님! 나는 코니르!! 라면 판다!! 라면 사라!"

'……?'

마천우는 순간 이 상황을 이해하지 못했다.

그러다 알 수 있었다.

'보스 몹? 대한민국 서버 보스 몹은 이런 식인가?'

그리고 다짜고짜 마천우는 정체 모를 소년을 공격했다.

"코니르!! 화났다!! 안 살 거면서 코니르 괴롭힌다! 형아가 괴롭히면 혼내도 된다고 했다!!"

그리고 마천우는.

콰지익-

"컥!!"

흠씬 두들겨 맞다가 플라스틱 나무젓가락에 가슴이 꿰뚫려 기절했다.

그리고 정신을 차렸을 때. 눈탱이 밤탱이가 된 마천우는 자신의 앞에 놓여 있는 라면을 보았다.

"라면 먹어라, 코니르! 장사한다!"

"……."

마천우는 살면서 이토록 해괴망측한 시련과 마주한 적이 없었다.

'레벨이 600이 넘는 보스 몹이 분명해……!'

마천우는 혹시 라면을 먹으면 진입 통로를 벗어날 수 있지 않을까 하는 생각에 먹었다.

하지만 소년이 말하기를.

"진정성이 없다!! 코니르. 한 그릇 더 준다!!"

또 한 그릇 먹었다.

그렇게, 하루 내내 먹다가 이틀, 사흘, 나흘이 지났다.

그는 어떻게든 이 상황에서 벗어나기 위해 장천에게 귓속말했다.

[마천우: 대한민국 서버는 이렇게 해괴망측한 시련이 있습니까?]

[귓속말 불가 지역입니다.]

애석하게도 진입 통로는 귓속말뿐만이 아니라, 대부분의 것이 통제되었다.

마천우는 시간이 날 때마다 귓속말을 시도하기 위해 이곳저곳을 움직였다. 간혹, 아주 간혹 이런 지역에서도 귓속말이 될 때도 있다.

[마천우: 이곳엔 악마가 있습니다. 소년인데, 하루 이십 끼를 라면만 주면서 절 이곳에 가두었습니다. 살려주십시오!!]

[신호가 원활하지 않습니다.]

[악마, 소년이라는 단어만이 전송되었습니다.]

마천우는 절망했다. 죽고 싶어도 방법이 없었다. 한 번씩 다시 소년에게 덤벼들면 뜰채로 죽도록 맞았다.

'나…… 암살자 랭킹 1위 마천우인데…… 뜰채로 맞았다…….'

눈물이 나올 정도였다.

그에 시간이 더 흘렀을 때, 패닉 상태가 된 마천우가 애원했다.

"그, 그만……! 제발, 내가 잘못했어!! 이제 그만해! 나 좀 돌려보내 줘!!"

그는 눈물까지 흘리며 절규했다.

"코니르!! 먼저 공격한 나쁜 사람 용서하지 않는다!! 라면 먹어라!!"

마천우는 몰랐지만, 민혁과 절대 신수 콩이의 정보를 빼려다가

뜻하지 않게 그의 가신 코니르에게 뒷덜미가 잡힌 셈이다.

그리고 갑자기, 소년이 움직였다.

소년이 움직인 방향으로 빛이 뿜어져 나오며 은신 상태에 있던 여성의 몸이 드러났다. 은빛 갑옷과 은빛 뿔 투구, 그리고 휘황찬란한 붉은색 망토를 두른 여인. 그녀의 망토에는 제단과 검의 모양으로 문양이 있었다.

'바, 발키리 메이웨이……?'

마천우는 알아차렸다.

소년은 자신을 대할 때와 다르게 예의 바르게 고개 숙여 손님을 맞이했다. 당연했다. 마천우는 다짜고짜 코니르를 죽이려 했던 인물이었기 때문.

"두 번째 손님! 환영한다! 나는 코니르!!"

그가 활짝 웃으며 물었다.

"라면에 면부터 넣어, 수프부터 넣어?"

그에 메이웨이가 답했다.

"당연히……."

마천우는 마른침을 꿀꺽 삼켰다.

'당신이라고 해도 잘못 대답하면…… 여기서 라면의 징벌을 받을 것이야!'

그리고 메이웨이가 대답했다.

"냄비부터 올려야죠, 꼬마 사장님."

"……!!"

코니르. 그가 세상의 이치를 하나 깨닫는 순간이었다.

그렇다. 물부터 넣는다는 말보다는, 당연히 냄비부터 올려야 한다. 말 그대로 세상의 이치. 그 자체! 시작을 위해선 뭐든 준비물이 필요하다는 이치를 깨달았다.

"우, 우와…… 처, 천재…… 우와아아아아!! 엄청난 천재!!"

소년이 경악했고 이 상황을 알 수 없는 메이웨이는 의아했다. 그리고 이 만남은 대륙 전체를 흔드는 결과를 초래하게 된다는 걸, 이때 메이웨이와 코니르는 알지 못했다.

한편, 블랙 드래곤 보르몬은 장천에게 보냈던 정보원이 소식이 없다는 이야기를 듣고 마천우에게 심어두었던 힘을 빌어서 현재 그의 상황을 홀로그램으로 확인했다.

"……."

블랙 드래곤 보르몬. 그가 말문을 잃었다.

수백 년 만에 부활했더니, 웬 이상한 소년이 절대 신수의 위치를 확인하는 일에 라면 수프를 팍팍 뿌리고 있었다.

"미쳐 버리겠도다……."

당혹스러움을 감추지 못하는 목소리였다.

세계 랭킹 1위 발키리 메이웨이. 그녀가 거식증에 걸리게 된 결정적인 이유가 있었다.

본래 메이웨이는 100kg을 넘어가는 꽤 뚱뚱한 거구였다.

그러한 그녀에겐 지적 장애가 있는 동생이 한 명 있었다. 동생은 누구보다도 더 메이웨이를 따랐다.

그러던 어느 날, 동생이 교통사고로 목숨을 잃고야 말았는데, 가장 큰 문제점은 그때 당시 메이웨이와 함께 있었다는 거다.

메이웨이는 동생이 해맑게 웃으며 나비를 향해 손을 뻗으며 도로를 향할 때 그를 막을 수 없었다. 뚱뚱했으니까. 무거운 몸이 그렇게 움직이지 못하게 했기 때문이었다.

그 때문에 그로 인한 트라우마가 생겼다. 뚱뚱했던 내가 동생을 죽였다. 내가 뚱뚱하지 않았다면 동생을 살릴 수 있었다.

3개월 만에 50kg의 몸무게로 살이 쭉 빠졌다. 그리고 더 나아가, 음식을 몸이 거부하기 시작했고 거식증 확진을 받았다.

"어, 어떻게 해야 하지?"

그녀에겐 지적 장애가 있는 동생이 있었기에 횡설수설하는 꼬마 사장님을 보며 전혀 당황하지 않은 모습이었다.

그리고 그 모습을 보던 마천우. 그가 소년이 당황한 때를 타 어딘가로 달렸다.

"마천우……!"

메이웨이는 딱히 마천우에게 악감정은 없었다. 단지, 그가 모든 스킬을 사용하고 어딘가로 달려가자 의아했다.

'드디어 탈출할 수 있어……!'

그리고 마천우는 바깥의 몹들을 찾아 암살자의 속력을 올려주는 모든 스킬을 사용, 탈출을 감행한 것이다.

마천우는 거대한 바실리스크의 입으로 머리를 가져다 댔다.

"크아아아아악!"

"빨리 물어뜯어! 씹고 맛보고 즐기라고!"

"크아악……?"

바실리스크가 황당해할 지경이었다. 입 앞으로 머리를 들이밀고 어서 빨리 먹어주라니?

일단 바실리스크는 마천우의 말처럼 머리를 물어뜯었다.

콰자악-

그리고 머리가 바실리스크에게 집어삼켜진 마천우.

그 안에서 그가 행복한 미소를 짓고 있었다.

'드디어 저 악마로부터 벗어날 수 있어……!'

[강제 로그아웃 당하셨습니다.]

강제 로그아웃에 이토록 행복해하는 유저는 마천우가 유일할 것이다.

마천우가 강제 로그아웃 당하고 그를 쫓아 나왔던 메이웨이는 이 상황을 이해할 수 없었다.

그리고 당황해하는 소년이 안절부절못할 때 말했다.

"괜찮아, 침착하게 네가 하고 싶은 말을 해."

메이웨이는 지적 장애가 있는 이들과 소통하는 데 능숙한 여인이었다.

머리가 하얘졌던 코니르가 그제야 정신을 차렸다.

"라면 판다! 우리 집에서 라면 먹어라!"

"라면?"

메이웨이는 의아한 표정을 지었다.

곧이어 코니르가 발 빠르게 샤샤샥 라면 한 그릇을 뚝딱 만들어냈다.

메이웨이는 거식증에 걸리기 전에 일주일에 라면을 네다섯 번은 먹을 정도로 좋아했었다. 하지만 소년이 만든 음식을 보는 순간.

"우우우웁!"

그녀가 입을 틀어막고 뛰어갔다. 그리고 한구석에서 토악질을 하기 시작했다.

"웨에에에에에에엑."

게임 속 안에서도 영향을 받는 거식증.

"아프다?"

소년이 의아한 표정을 지을 때, 메이웨이는 진심으로 미안한 표정을 지었다. 마치 예전에 자신의 동생이 기대 어린 표정으로 요리를 해주고 메이웨이가 '별로 맛이 없어'라고 말했을 때처럼 소년의 표정은 딱 그러했다.

"네가 만든 라면이 너무 훌륭한데, 이 누나가 받아들이질 못하네. 미안해."

"미안해하지 마라, 코니르! 괜찮다."

그리고 진심으로 미안한 마음이 코니르에게 전달된 듯 보였다.

이어 알림이 들렸다.

[코니르와의 친밀도가 상승합니다.]

[코니르와의 친밀도가 상승합니다.]

[코니르와의 친밀도가 상승합니다.]

[히든 퀘스트 '코니르의 장사 돕기'가 생성됩니다.]

[히든 퀘스트: 코니르의 장사 돕기]

등급: SS

제한: 코니르와의 친밀도

보상: 세상에서 가장 맛있는 라면

실패 시 페널티: 코니르와의 친밀도 하락

설명: 소년 코니르. 그는 라면의 최고의 경지에 오르기 위해 노력하고 있다. 그의 가게 매출이 오를 수 있게 도와라.

"……!"

메이웨이는 깜짝 놀랐다. 그 이유는 보상 때문이었다.

보상에 적혀 있는 내용인 '세상에서 가장 맛있는 라면'의 상세 내역을 클릭해 봤다. 그러자, 먹는 순간 모든 스킬 레벨이 1 상승한다고 되어 있었다.

심지어 그뿐만이 아니었다.

'아테네에서 존재하는 그 어떤 라면보다 맛있는 최고의 라면.'

지금 메이웨이의 가장 큰 문제점은 바로 음식을 거부한다는 거였다.

식신 민혁을 찾는 이유가 그것이었다. 그의 음식은 일반적인 사람들의 예상을 깰 정도로 맛있다고 하였다. 어쩌면 그러한 음식을 먹는다면 음식에 대한 거부감이 사라질지도 모른다고 의사가 말하였다.

그런데, 세상에서 가장 맛있는 라면이라?

'내 치료에 한 걸음 다가갈 수 있는 방법.'

심지어 라면을 먹으면 스킬 레벨 하나를 올릴 수 있게 된다.

아테네라는 게임은 다른 여타의 게임들과 다르게 레벨업한다고 하여도 스킬 포인트가 주어지지 않았다.

대신에 스킬의 숙련도를 올려서 레벨업 시키거나 혹은 특별한 퀘스트 등을 통해서 얻는 스킬 포인트를 이용해 레벨업시켜야 한다.

한데, 이 스킬 포인트라는 것 자체가 얻기 쉽지는 않았기에 하나하나의 포인트가 매우 소중하다고 할 수 있었다.

그리고 어느덧 코니르가 휴지를 가져왔다.

"착한 누나를 아프게 해서 코니르가 미안하다! 이것으로 입을 닦아!"

"고마워."

메이웨이는 마천우가 왜 그러한 행동을 한 건지는 알 수 없었다.

하지만 확실한 것 한 가지는 있었다. 코니르는 착한 소년이었다. 그가 어떻게 이 진입 통로에 있는지는 알 수 없었다.

그렇게 입가를 닦던 메이웨이가 멈칫했다.

'……응?'

메이웨이가 놀란 이유.

'이거 귀환 양피지인데?'

코니르가 품에서 휴지(?)들을 꺼냈다.

"코니르. 휴지 많다! 고마워하지 마라!"

"호호호호호호호호!"

코니르가 꺼낸 건 다양한 쓰임새에 사용되는 양피지들이었다.

메이웨이가 웃어버렸다. 바보 같지만 착한 마음 씀씀이를 가진 코니르.

동생이 죽은 이후로 웃지 못했던 그녀가 배를 부여잡고 깔깔대며 웃기 시작했다.

[민혁 유저가 영지 아틀라스의 위치를 탐색합니다.]

특별 유저 관리팀에게로 뜬 알림창이었다.

박민규 팀장은 알림창을 보며 턱을 쓸었다.

"설마 영지 아틀라스에 민혁 유저가 가게 될 줄이야."

그에 이민화 또한 고개를 주억였다.

아무도 예상하지 못했었던 일이었다. 영지 아틀라스는 본래 파멸의 마에스트로가 주인이 될 곳이었으니까.

이민화는 영지 아틀라스에 관한 내용을 띄어서 읽어보기 시작했다.

특별 유저 관리팀은 말 그대로 유저들을 관리하는 곳이기에 아테네 제작팀이나 혹은 관리팀에 비해 정보가 부족한 편. 그때그때 정보를 채우는 경우가 많았다.

"아틀라스의 주인이 되기 위한 시련에서 90점 이상을 기록하면…… 아틀라스는 천공의 도시가 된다…… 하지만 확인해 보니, 90점을 기록하긴 쉽지 않아 보이네요."

보상 내역을 전부 확인한 이민화. 그녀는 빠르게 아틀라스의 기원, 아틀라스가 가진 힘 등을 읽어 내려갔다.

그리고 이민화의 눈이 경악으로 크게 떠졌다.

"티, 팀장님……!"

그에 박민규 팀장은 예상하고 있었다는 듯 고개를 주억이며 그녀를 돌아봤다.

"그래, 맞아."

놀란 표정의 이민화가 다소 떨리는 목소리로 말했다.

"원래 아틀라스가…… 식신의 영지였다니……."

박민규 팀장은 그저 고개만 끄덕였다.

"그렇기 때문에 영지 '특성' 설정에 따른 시련에서 '농사'를 설정한다면 그 누구도 상상하지 못할 힘을 가지게 되지."

이민화는 그에 고개를 주억였다.

만약, 일반적인 유저였다면 절대 '농사'의 시련을 선택하지 않을 것이다. 그곳의 시련들은 그 시련과 관련한 것에 따른 보상을 비롯해 영지가 그 시련에 걸맞게 변화하니까.

하지만 민혁 유저라면.

'가장 큰 힘을 발휘할 먹거리를 위한 영지를 개방하려고 할 확률이 높아.'

[영지 아틀라스를 탐색하기 시작합니다.]

[지도상으로 아틀라스의 위치가 표기됩니다.]

민혁은 영지 아틀라스의 위치를 탐색했다. 그러자 그의 지도로 화살표가 표기되었다.

유저는 원한다면 자신이 있는 곳의 지도를 펼칠 수 있었으며 보통 지도의 경우 '오픈 지역'과 '비오픈 지역'이 표기된다. 오픈 지역은 말 그대로 가보지 않아도 오픈되어 보이는 곳, 비오픈 지역은 가보거나 특별한 지도를 가지고 있어야 확인할 수 있는 곳이다.

'미개척지……?'

그리고 민혁은 지도를 통해서 아틀라스를 보이는 곳이 바로 미개척지임을 깨달을 수 있었다.

"미개척지라…… 고레벨 몬스터들이 많겠는데?"

"오! 광렙의 기회!"

민혁의 급성장으로 인해서 레전드 길드는 강해지기 위한 길에 열을 올리고 있는 실정이었다.

특히나 미개척지에 도달할 경우 경험치나 드랍률 두 배의 특혜를 받는 경우가 대부분이었기 때문에 그들은 반겼다.

그들은 일단은 미개척지가 나오기 전, 그곳으로 가는 길과 가장 가까운 오픈 마을로 갔다. 영지 아틀라스로 가는 길의 미개척지와 가장 가까운 마을은 다름 아닌, 북부 대륙 용왕의 바다와 인접한 마을 헤르드였다.

헤르드에서 그들은 용왕의 바다의 해안선을 지나 미개척지를 개척하기 시작했다.

[용왕의 바다의 해안선 4구역에 입장합니다.]

[개척되지 않은 곳입니다.]

[개척에 성공할 시, 이제까지 얻었던 경험치 및, 드랍된 것의 두 배에 해당하는 것을 추가 획득 가능합니다.]

히든 던전을 찾았을 때와 다르게 미개척지의 경우 완전한 개척에 성공할 시, 두 배의 보상을 받는 편이었다.

"쿠훠어어어어억!"

해안선 4구역에는 이제까지 마주하지 못했던 몬스터들이 모습을 드러냈다. 크기가 작은 배라고 할 정도로 커다란 거북이였는데, 이름이 '보석 거북'이었다.

보석 거북은 등껍질이 검은빛으로 반들거렸는데, 검은색 보석과 같았다. 또한, 놈은 입에서 용처럼 브레스를 뿜어내고 엄청나게 높은 방어력을 가졌다.

[공격에 실패합니다.]

"뭐 이렇게 강하냐!!"

"아오씨! 검이 박혀야 사냥을 하든 말든 하지!!"

심지어 보석 거북은 기본 레벨이 500을 넘어가는 녀석인지라, 최정예 길드인 레전드 길드도 당혹할 정도였다. 레벨이 높은 것도 그렇지만 방어력이 무척 높았기에 보석 거북은 결코 쉬운 몹이 아니었다.

콰자아악-

민혁이 디아블로의 낫을 휘둘렀다.

8% 확률의 크리티컬 혹은 무형검 스킬의 영향으로 겨우겨우 보석 거북을 사냥할 수 있었다.

그 외에도 바다 전갈이나 혹은 '흰 이빨 고래' 등 레벨 500~580을 상회하는 놈들이 계속해서 나타났다. 그리고 가뜩이나 해안선에 안개가 잔뜩 껴 있었기 때문에, 시야 확보도 상당히 어려웠다.

그렇게 일행이 서서히 지도에 표시된 목적지에 도달해 가고 있던 때였다. 그들은 눈앞을 집어삼켰던 안개가 사르르르 사라지는 걸 볼 수 있었다.

곧 안개가 사라지고 거대한 섬과 같은 게 하나 나타났다.

"아틀라스?"

로크가 한 말이었다.

하지만 그의 예상과 전혀 다른 음성이 일행들에게로 들려왔다.

[카이온 대륙과 가장 가깝게 도달하셨습니다.]

[명성 500을 획득합니다.]

메이웨이는 코니르와 진입 통로 안에서 꽤 가까워졌다. 그녀는 코니르에게 '장사 예절'을 가르치기 시작했다.

코니르는 메이웨이가 무척이나 좋았다. 형만큼이나 따뜻하고, 형만큼이나 친절한 사람이었기 때문이다. 그리고 메이웨이도 동생과 겹쳐 보이는 코니르, 더 나아가 아직 어린 소년인 코니르에게 마음을 열어가고 있었다.

두 사람은 급속도로 가까워져 갔다. 그러다 메이웨이는 코니르가 주인이 있는 '가신'이라는 사실을 알고 놀라게 되었다. 하지만 그렇다고 그녀는 크게 개의치 않았다.

라면을 맛보며 '왜 이런 맛있는 라면에 장사가 안되지?'라고 의아함을 품는 코니르.

피식-

메이웨이는 웃었다.

그야, 손님이 몬스터밖에 없으니까 장사가 안되지 않겠나? 일단은 코니르가 장사 예절을 배우고 어느 정도 준비가 끝나면 진입 통로를 나가자고 할 생각이었다. 바깥에서 장사를 시작하는 거다.

코니르의 그런 모습을 보던 메이웨이는 문득 가슴이 아파져 자신도 모르게 눈물 한 방울을 흘렸다.

"코니르, 누나 울면 마음 아프다, 누나 울지마라!"

"……내 과거의 실수로 인해서 코니르 같은 동생을 잃었었거든. 그 동생 생각이 나서."

코니르는 걱정 가득한 표정을 지으며 안절부절못했다. 그 모습이 퍽 귀여웠다. 그리고 NPC이기에 또 어쩌면 마음이 맞는 코니르였기에 메이웨이는 마음을 열고 이제까지 감춰두었던 아픔을 말해 가슴속 응어리 좀 덜어내고 싶었다.

"누나 이야기 좀 들어볼래?"

그 말에 코니르는 눈을 초롱초롱 빛냈다.

메이웨이의 이야기가 시작되었다.

코니르는 귀를 열고 경청했다.

동생의 죽음, 뚱뚱했던 몸에 대한 자책, 그로 인해 찾아온 이방인들의 세상에서의 거식증. 코니르는 잘 이해가 되지 않았지만 모든 이야기를 듣고 그나마 후련하다는 표정을 짓는 메이웨이에게 돌발 행동을 취했다.

"꿀밤이나 먹엇, 누나!!"

콩!

"아얏! 코니르, 왜 그래?"

메이웨이는 갑자기 그가 자신에게 꿀밤을 먹이자 의아한 표정으로 그를 바라봤다.

코니르가 말했다.

“누나의 잘못이 아니다!! 누난 바보다!!”

“내 잘못이 아니라고? 코니르가 어떻게 아는데?”

그에 코니르는 이를 어떻게 설명해야 할까 어려워졌다.

사실 코니르가 그녀의 잘못이 아니라고 하는 이유는 민혁이 해준 말 때문에 하는 이야기였다.

“우리 형아가 그랬다. 우리 형이 코니르가 자책할 때, 그랬다!! 우리 형이 해준 말을 누나한테 해줄게!”

코니르가 말하기 시작했다.

처음 가신이 되었을 때, 코니르는 예의 없는 행동을 길거리에서 취해 많은 사람의 눈살을 찌푸리게 했다. 그에 민혁이 크게 꾸중했었다.

그때 코니르는 자신을 자책했다.

“코니르는 바보다!! 나는 아무 쓸모 없는 존재다, 나는 태어나지 말았어야 했다!”

그때 민혁이 말했다.

“어째서 그렇게 생각해, 코니르?”

“난…… 일반 사람들보다 멍청하다…… 아무것도 할 수 있는 게 없다.”

시무룩해진 코니르를 보며 민혁은 부드럽게 웃어 보였다. 그리고 머리를 쓰다듬어 줬다.

“형도 그렇게 생각할 때가 있었어, 세상은 내게 왜 뚱뚱해지는 저주를 주었나, 왜 굳이 나여야 할까, 나는 쓸모없는 사람이다. 나는 아무것도 혼자 할 수 없는 한심한 사람이라고."

코니르는 그에 귀 기울였다.

"하지만 주변에 많은 사람이 있었고 그들이 나를 응원했어, 그들은 나를 아껴주었고 그러다 보니 깨달았지. 내가 가진 병은 나의 잘못이 아니다."

어쩌면 코니르의 지적 장애도 그의 잘못이 아니다.

"괜찮다, 나는 괜찮다. 단지 한 부분이 다른 사람들보다 불편할 뿐이다."

민혁이 말했다.

"그리고 코니르의 불편한 부분을 내가 채워줄 거야, 너는 소중한 사람이야. 코니르. 세상에 태어나 잘못인 게 아니라, 누구보다 소중한 사람이고 단지 다른 사람보다 하나의 부분이 불편할 뿐이야."

그리고 메이웨이 앞에 있는 코니르, 그가 민혁이 해줬던 말들을 해주며 말했다.

"누나는 소중한 사람이다. 하나의 부분이 불편할 뿐이다, 누나의 잘못이 아니다. 그 한 부분 불편한 부분 정도는……."

메이웨이는 그 말을 들으며 눈이 커다랗게 떠지고 가슴이 벅차오르고 있었다.

네 잘못이 아니다. 네 잘못이 아니다.

너의 병도, 동생의 죽음도.

그리고 그런 부분은…….

“코니르가 도와준다면 아무것도 아니다.”

아무것도 아니라고 말한다.

메이웨이는 그 말을 듣고 갑자기 펑펑 울기 시작했다. 그 말들 하나하나가 가슴속에 박혀 들어왔다.

한참이나 울며 그녀는 궁금해졌다.

코니르, 너의 주인은 도대체 누구인 거니? 누구이기에 나를 이토록 위로해 주는 거니?

이제까지 그 어떤 심리 치료사의 말에도 정신과 의사의 말에도 자책을 멈출 수 없었던 메이웨이였다. 하지만 지금 코니르의 말에 진심이 있었기에 메이웨이는 치유받고 있었다.

그리고 그녀가 궁금해하는 가신 코니르의 주인이 그녀가 찾는 식신이라는 사실을 그녀는 몰랐다.

또한, 민혁도 몰랐다. 자신이 했던 하나하나의 말들에 의해, 세계 랭킹 1위 발키리 메이웨이의 호감을 사고 있다는 사실을.

멀리 보이던 곳이 중국 서버라는 충격적인 사실.

레전드 길드는 알 수 있었다.

‘이제 정말 대륙 통합이 가까워지는 건가?’

‘어쩌면 우리 영지와 중국 서버가 가까운 걸지도 모르겠는데?’

중국 서버인 카이온 대륙이 이곳에서 보인다. 또한, 카이온 대륙 앞에 펼쳐져 있는 것은 분명히 북부 대륙에서 유명한 용왕의 바다였다.

하지만 현재 레전드 길드의 목표는 카이온 제국을 넘어가는 게 아니라, 영지 아틀라스로 가는 것이기에 신비하고 놀라웠지만, 발걸음을 재촉했다.

그렇게 강력한 몹들을 쳐내며 나아가던 일행들은 어느덧 지도상에 표기되어 있는 목적지에 도달할 수 있었다.

뾰족한 가시넝쿨이 뒤덮고 있는 곳. 지도는 분명히 그곳을 안내하고 있었다.

길드원들이 서둘러 가시넝쿨을 쳐냈다. 그러자 안쪽으로 들어가는 통로가 나타났다.

통로를 향해 민혁이 가장 앞장서 걸어 들어가기 시작했다.

20분 정도 들어갔을까?

촤아아아아아아-

시원한 소리가 들려왔다. 그리고 끝에 빛이 보이기 시작했다.

민혁과 일행이 걸음에 박차를 가했다.

박차를 가한 민혁이 가장 먼저 동굴 바깥으로 나왔다. 그러자 눈앞에 엄청난 장관이 보였다.

거대한 폭포수가 절벽에서 흐르고 있었다. 그리고 그 주변으로 어마어마한 숫자의 몬스터들이 포진해 있었고 그 중심으로 몬스터들이 들어오지 못하게 막고 있는 결계가 쳐진 영지가 하나 보였다.

그 영지는 말 그대로 사람들이 상상하던 유토피아 속의 모습처럼 아름다웠다. 거대해 보이는 영주성은 다양한 광 금속과 특별한 돌들을 사용한 듯, 마치 성이 아니라, 멋들어지는 갑옷의 일부를 보는 것 같았다. 또한, 그 밑으로 펼쳐져 있는 영지의 화려한 모습은 절로 감탄을 자아내게 한다.

"이, 이런 영지는 생전 처음 봐…… 말도 안 돼……."

지니가 감탄을 터뜨렸다.

아테네에는 대부호 중 하나로 불리는 영주 로크리가 존재했다. 그는 유저이며 현실에서도 세계적인 부자로 유명했다.

그러한 그가 소유한 영지는 모든 유저들이 한 번씩 방문해 보고 싶은 곳이라고 손꼽힐 정도로 아름다웠고 군사력도 막강했다. 사실상 왕국 건설에 가장 가까운 곳이라 불리는 그곳의 영지 이름은 벤틀사였다.

그렇다. 그곳의 주인이 바로 유명 자동차 회사 벤틀사의 회장이었던 것.

하지만 지금 눈 앞에 펼쳐진 영지 아틀라스는 더욱더 화려하고 멋들어져 보였다.

"과연 전설의 영지인가?"

"왕국에 가장 빠르게 도달할 수 있는 영지……."

레전드 길드는 감탄하고 또 희열했다. 자신들이 이곳의 주인이 된다는 생각에 감격스러울 수밖에 없었다.

하지만 그 부푼 꿈은 곧바로 산산조각이 났다.

쐐해에에에에에에-

곳곳에서 바람이 불어오더니 민혁의 앞을 중심으로 바람이 불 때마다 모든 것이 변해가기 시작했다.

콸콸콸 흐르던 폭포가 마르고 아름답게 자라나 있던 나무들이 시든다. 뭐든 심기만 하면 풍성하게 열매를 맺을 법해 보였던 광활한 밭이 풀 한 포기 자라지 않을 정도로 메말라 보이기 시작했고 화려했던 영주성에는 거미줄이 쳐지고 곳곳이 노후되어 보였다.

최고의 영지가 한순간에 폐허가 된 순간이었다.

"무, 무슨……!"

레전드 길드원들이 당혹할 때 한 존재가 앞으로 나타났다.

그는 키가 150㎝가 될까 말까 할 정도로 아주 작은 편에 속하였지만 울긋불긋한 근육이 있고, 새하얀 머리카락을 짧게 친 노인이었다.

[전설 중 하나인 황금 망치 드워프 란트와 만납니다.]

[명성 50을 획득합니다.]

[아직 누구도 마주하지 못한 새로운 종족 드워프와 만납니다.]

[명성 80을 획득합니다.]

[영지 아틀라스의 주인이 되기 위한 시련이 시작됩니다.]

[시련은 오로지 영지 아틀라스의 소유권을 얻은 이만이 진행할 수 있습니다.]

뜻밖의 알림이었다. 오로지 민혁만이 진행할 수 있는 시련이다. 그리고 이것은, 전설의 영지 아틀라스를 소유할 수 있는 자격을 시험하는 즉, 왕의 자리를 시험하는 것과 같았다.

민혁은 '황금 망치 란트'라는 부분에서 가물가물한 기억을 떠올렸다.

예전에 요리사의 탑을 갔을 당시에 부탑장인 고든이 말했었다. 황금 망치 드워프 란트에게 식신이 부침개 끝이 노릇노릇 잘 구워지는 도구를 제작해 달라고 했었다고 말이다.

즉, 앞에 있는 란트는 식신과 만났던 인물이었다.

"들었듯이 진정한 주인이 될 수 있는 자는 단 한 사람뿐. 그 한 사람만이 시련을 도전할 수 있다. 그리고 시련은 이 중에서 한 가지를 선택해야만 한다."

그리고 그 순간, 드워프 란트의 등 뒤로 여럿의 존재들이 나타나기 시작했다.

[전설 중 하나인 검과 방패라고 불린 크로세우와 만납니다.]

[명성 50을 획득합니다.]

[크로세우. 제국 병사 기준으로 그 최하위에 해당하던 병사 100명을 기사 이상의 급으로 키워낸 전설의 사내로 어떤 자든 그의 손만 거치면 일당백의 병력이 된다고 한다.]

그치지 않았다.

[전설 중 하나인 생명의 어머니 에덴과 만납니다.]

[명성 50을 획득합니다.]

[에덴. 그녀는 모든 농사꾼의 어머니이다. 그 어떠한 황무지에

서도 풍성한 열매와 곡식이 자라나게 한다고 한다. 또한, 그러한 것들에 놀라운 특수 능력을 가진 농작물이 있다.]

[전설 중 하나인 성자 루이스와 만납니다.]

[명성 50을 획득합니다.]

[루이스. 한때, 대륙 전체를 공포에 떨게 만들었던 전염병에 많은 이들이 죽어 나갈 때, 단 하루아침에 그 치료법을 개발해 낸 존재이다. 뛰어난 연금술을 비롯해 신을 믿는 사제 중 전설이라 불린다.]

민혁은 그를 봄으로써 알 수 있었다.

'이것은 선택이다.'

이 아틀라스 영지를 키우는 방향이다.

검과 방패라는 전설 크로세우의 시련을 선택한다면 막강한 군사력을 가진다.

생명의 어머니라 불리는 에덴을 선택한다면 모든 것이 풍족해지고 그 풍족해진 열매는 특수한 스텟을 올려주는 힘을 가진다.

루이스를 선택한다면 뛰어난 사제를 얻고, 그뿐만이 아니라, 엄청난 사제들의 양성이 가능해질 확률이 높다.

그리고 마지막.

[란트. 드워프들의 왕이며 황금 망치라 불렸다. 그는 대장장이의 신 헤파스와 겨루어 패배하지 않았다는 전설적 인물로 유명하다.]

란트의 시련까지. 총 네 가지의 시련이 존재한다.

그리고 선택자는 단 한 사람.

지니가 생각했을 때, 가장 효율적인 것은 '검과 방패' 혹은 '황금 망치'다.

검과 방패라 불린 크로세우는 뛰어난 군사력을 키워낸다. 군사력뿐만이 아닐 것이다. 그는 가르치는 데에 천재일 것으로 보인다. 즉, 대장장이를 데려와서 수련시키면 그도 뛰어난 대장장이가 될 터고, 궁수를 데려와 수련시키면 뛰어난 궁수가 될 터. 다방면으로 유용하다.

그리고 드워프 란트. 그를 통해서 영지를 자체적으로 강화시킬 수 있다.

물론 레전드 길드에는 혜민아빠가 존재한다. 하지만 아직 혜민아빠는 유저 중 최고이지만 NPC까지 포함한 최고는 아니다. 란트를 통해 아티팩트를 보강한다. 또한, 혜민아빠는 그를 통해 더욱더 높은 길로 들어설 수도 있다.

모든 길드원은 기도했다.

'제발…… 제발…….'

그리고 모두의 관심 속에서 민혁은 골똘히 생각에 잠겼다.

드워프 란트가 그를 바라볼 때, 민혁은 생각하고 있었다.

그리고 생각을 끝낸 민혁이 정중하게 물었다.

"전부 할 수 있는 방법은 없나요?"

그렇다. 그게 가장 올바른 물음이었다.

황금 망치 드워프 란트 그가 누구던가. 모든 드워프들의 왕이자 황금 망치라 불렸던 존재이다.

또한, 드워프 란트는 신 헤파스와 겨루어 밀리지 않았다고 전설로 내려져 오며, 이는 사실이었다.

드워프 란트는 개인적으로 용기 있으며 자신의 뜻을 확고하게 말할 줄 아는 이를 좋아한다.

"흐하하하하하, 이 네 가지 시련을 모두 하고 싶다?"

드워프 란트는 호쾌하게 웃어 보였다.

[란트와의 친밀도가 상승합니다.]

이 네 가지 시련들은 모두 어려운 것들이었다. 그리고 개인의 장기에 맞게 잘 선택해야 한다.

만약 생명의 어머니 에덴의 시련을 선택할 시 높은 손재주 스텟과 농사에 뛰어난 일가견이 존재해야 한다.

검과 방패의 시련을 선택할 시, 그는 뛰어난 지휘관으로서의 능력을 입증해야 하며 개개인의 무력도 보여야 한다.

이렇듯, 시련은 모든 것을 하는 게 아니다. 개인에게 '맞춰진' 것을 하는 거다. 자신이 강한 군대를 얻고 싶다고 검과 방패를 선택할 수 없다는 거다.

'아니, 어쩌면…… 식신이라고 한다면 가능할지도 모르지.'

그는 모든 손재주 분야에 능통하였다. 또한, 지휘관으로서 놀라운 힘을 발하였으며 무력 또한 출중하였다. 그리고 이 영지 아틀라스는 본래 식신의 것이었기도 하고.

"아직 실패할 시에 어떠한 일이 벌어지는지는 알려주지 않았군."

드워프 란트가 말하는 순간 알림이 들렸다.

[시련에 실패할 시 카리스마 스텟 30, 5대 스텟 10을 잃으며 영지 아틀라스를 두 번 다시 얻을 수 없게 됩니다.]

카리스마 스텟 30에, 5대 스텟 10씩이라면 자그마치 80이었다. 총합 스텟에서 어마어마한 상실을 하게 된다.

랭커들이 레벨업에 목숨 거는 이유는 1 레벨업 후에 얻는 고작 몇 개의 보너스 포인트에 따라 종이 한 장 차이가 나는 랭커들의 힘이 달라지기 때문이다.

또한, 영지 아틀라스에 대해서 다신 도전할 수 없다. 즉, 만약 정말 네 개의 시련을 다 진행하게 된다면 네 번 중 한 번이라도 실패하면 이 영지를 얻을 수 없다.

'아무리 민혁이라고 할지라도 네 개의 시련을 다 통과한다는 건 힘들지도 몰라…….'

드워프 란트가 말했다.

"만약 첫 번째 시련을 선택하고 정말 높은 점수를 기록한다면 다음 선택을 할 수도 있을 거야. 하지만……."

란트가 피식 웃었다.

"두 번째 시련을 도전하고 실패한다면 영지 아틀라스에 도전할 수 없는 건 물론이요. 자네의 힘의 상실은 전의 것도 실패로 간주되어 중첩되지."

즉, 예를 들어 두 번째의 시련을 도전하며 실패 시, 기존 카리스마 30이 중첩되어 60, 5대 스텟 총 20씩을 상실한다. 레벨 약 30 이하로 떨어지는 격. 매우 위험한 일이다.

그때, 민혁이 질문했다.

"궁금한 게 있는데요, 여러분은 계속 이곳에 계셨나요? 아니면 영지 아틀라스에 저희가 와서 깨어나신 건가요?"

"깨어났네, 자그마치 수백 년 만의 일이지."

란트는 그 질문에 의아했지만, 민혁은 이로써 하나의 방법을 얻었다.

'오랜만에 깨어났으면 내 음식이 얼마나 맛있겠어, 응? 흐흐흐.'

그가 하는 질문은 모두 이유가 있었다.

"잠시 이야기 좀 하겠습니다."

민혁은 레전드 길드원들과 모였다.

"어떻게 하는 게 좋겠어?"

"먼저 시련 하나를 선택한 후에, 시련의 난이도를 보고 도전할지 말지를 결정하는 게 좋지 않을까?"

지니의 말이었다. 확실히 일리 있는 말이었다.

"난 개인적으로 생명의 어머니 에덴의 시험."

레전드 길드원들이 우려했던 말이 튀어나왔다. 민혁이 먹을 것을 누구보다 좋아하기에 선택할 것 같았지만, 길드원들은 그것이 최고의 효율은 아니라 생각했다.

"네가 편한 걸로 해."

하지만 지니는 수긍했고 다른 길드원들도 수긍했다. 이 영지는 민혁의 노력으로 기회를 얻은 것이다.

물론 공동체였지만 그들은 민혁의 의견을 존중했다.

"여러분, 상당히 아쉬워하는 표정이네요?"

"아니, 뭐……."

"검과 방패 쪽이 좋아 보이긴 하니까."

로크의 솔직한 돌직구였다.

민혁이 물었다.

"어째서?"

"병사들을 다른 영지보다 훨씬 더 강력하게 키울 수 있다는 게 얼마나 큰 메리트야?"

민혁은 고개를 주억였다.

그리고 고개를 주억인 민혁이 말했다.

"난 내가 먹을 걸 좋아해서 어머니 에덴을 선택했지만, 이 에덴의 어머니 시련이 가장 큰 효과를 볼 거라고 생각해서 선택한 것도 있어."

"응?"

길드원들은 전부 그게 무슨 소리냐는 듯 민혁을 보았다.

"에덴의 어머니 시련을 완수하면 우리는 뛰어난 농업 영지를 갖추게 되지, 그리고 농작물엔 이제까지 보지 못했던 특수 능력이 있을 거야, 방금 전에 로크가 말했던 병력 강화? 만약 그 농작물에 '경험치 버프' 효과가 있다면?"

"어?"

"그리고 그 경험치 버프가 담긴 내 요리를 먹여서 병사들을 훈련시킨다면?"

"……."

길드원들은 그에 눈을 크게 떴다.

그렇다. 하나만 알고 둘은 몰랐던 거다.

"심지어 특별한 농작물이라면 이걸 이용해 많은 재력을 확보할 수 있어, 그리고 이 재정으로 무엇을 할 수 있을까? 란트라는 드워프만큼의 아티팩트는 아니지만 많은 재정으로 병사들에게 A급 아티팩트를 지급할 수 있겠지."

"……미, 미쳐. 왜 그걸 생각 못 했지?"

"듣고 보니 그렇네……."

길드원들은 진심으로 감탄했다. 자신들이 생각해 내지 못했던 부분이었다.

다른 것들은 한정적으로 강해진다. 하지만, 농사란 것은 무궁무진하게 쓰일 수 있는 것.

지니는 며칠 전, 민혁에게 길드장 자리를 넘길 거라고 레전드 길드원들에게 전달하였다.

길드원들은 그에 대하여 '리더쉽' 부분에 관련하여 논의했다. 먹을 것을 누구보다 좋아하는 민혁이가 리더가 될 수 있는가.

그리고 지금 길드원들의 마음은 크게 흔들렸다.

'개인의 욕심도 채우지만, 우리들의 욕심도 채워주고 있어…….'

'진짜 민혁 님은 대단해.'

그리고 민혁이 란트에게 답했다.

"농사의 시련을 선택하겠습니다."

"그래? 후회는 없나?"

란트의 눈이 가늘어졌다.

'농사의 시련은 제일 어렵고 깐깐하다, 하지만 식신님의 영지였던 만큼 얻는다면 가장 특별한 힘을 발한다.'

그렇지만 역시 가장 어렵다는 것.

"네."

"알겠네."

그리고 곧이어 생명의 어머니 에덴이 민혁의 앞으로 다가왔다.

[생명의 어머니 에덴의 시련을 선택하셨습니다.]

"당신을 위해 현존하는 농사꾼 중 가장 뛰어난 자를 부를 겁니다. 그는 농사꾼들의 왕과 같은 인물. 지금은 이곳의 텃밭을 관리하고 있죠."

"네, 알겠습니다."

그리고 곧이어 빛에 휩싸이며 한 사내가 나타났다.

나타난 사내는 민혁과 눈이 마주쳤다. 그는 눈을 끔뻑거리며 민혁과 에덴을 번갈아 봤다.

그러더니, 얼굴이 울 것처럼 일그러졌다.

"……?"

에덴이 고개를 갸웃했다. 그녀가 부른 존재는 현존하는

최고의 농사꾼이었다.

그가 에덴의 귀에 속삭였다.

"이자가 시련의 도전자입니까?"

"맞습니다. 왜 그러시죠?"

"저, 저 사람…… 코, 코끼리입니다. 코끼리만큼 먹는다고요……."

속삭이듯 했지만, 그것엔 두려움의 목소리가 있었다. 분명 그는 이곳에 텃밭을 키우고 있다고 했다.

그를 본 민혁의 얼굴에 작은 미소가 스치고 지나갔다. 곧 민혁이 예의 바르게 인사했다.

"아아아앗! 블란 님 아니세요? 이야, 이거 참!! 이런 우연이 있나요!! 고구마하고 감자 농사는 아직도 잘 짓고 계시죠?"

그 말에, 농사꾼들의 왕과 같은 자, 블란. 그가 말했다.

"자네가 다 먹고 갔잖아!!"

그의 눈에 눈물이 그렁그렁 맺혔다.

그렇다. 블란, 그는 예전에 민혁이 히든 던전에서 만나 고구마와 감자를 캐게 했던 인물이다.

그리고 그때, 민혁은 수천 알의 고구마와 감자를 냅다 다 먹고 버터 감자구이 한 알만 남기고 사라졌다.

블란이 울먹였다.

'이번 농사도…… 멧돼지가 와버렸어…… 아니, 그놈들보다 더한 녀석!!'

중국의 만리장성 길드. 대한민국에서 태양 길드라는 게 있는 것처럼 중국 최고의 네 개 길드를 지칭하는 이름이었다.

이 만리장성 길드들은 평소에는 서로 물어뜯기에 바쁜 길드였다. 하지만 지금은 하나의 뜻으로 모였다.

"대한민국 서버를 먼저 가는 우선권을 가진다……."

그들의 중심에 앉아 있는 사내 바로 블랙 드래곤의 졸개 장천이었다.

장천은 얼마 전, 보르몬의 레어에 도달하여 또 다른 아티팩트를 얻어냈다. 이제 하나의 아티팩트만 확보하면 된다.

그전에, 블랙 드래곤 보르몬은 힘을 일부 추가로 각성해 냈다. 그는 저번처럼 검은 보석을 통해서 약 서른 명의 이들을 대한민국 서버로 보낼 수 있다고 하였다.

그뿐만이 아니었다. 카이온 대륙과 아스간 대륙 사이에는 바다가 존재한다. 그 바다를 통해서는 약 1천 명의 이들에게 길 안내를 할 수 있다고 하였다. 즉, 1천 명의 이들은 배를 띄워서 출항하는 것이다.

장천은 이번에 악마(?)에게 붙잡혔던 마천우의 말에 따라 생각보다 대한민국 서버가 쉽지 않음을 알게 되었다. 그로 인해, 자신의 혼자 힘으론 무리가 있다고 판단, 만리장성 길드에 연락을 취한 것이다.

"대한민국 서버 최고의 길드라 불리는 레전드 길드를 박살내야 합니다. 진입 통로로 가는 서른 명의 유저들은 최소한 중국 랭킹 100위권의 유저들로 형성되어야 할 겁니다.”

보르몬은 절대 신수가 있는 레전드 길드를 무너뜨리고 그를 소유한 인간뿐만이 아니라, 절대 신수의 파멸까지도 원했다. 진입 통로로 가는 랭커 서른 명은 곧바로 레전드 길드가 보유한 영지 바할라를 칠 것이었다.

“메이웨이. 그녀는 어째서 거기에 간 거지?”

그들도 장천이 메이웨이에게 아스간 대륙으로 가는 티켓을 판매했다는 걸 안다.

만리장성 길드 중 하나인 ‘백룡 길드’를 이끄는 웨이신의 말이었다. 웨이신은 중국 랭킹 2위의 유저였으며 그가 이끄는 백룡길드는 사실상 길드 랭킹 1위에 빛난다. 또한, 그의 레벨은 580에 달하며 전설 클래스인 ‘권왕의 제자’이기도 했다.

그 말에 ‘붉은 장미’ 길드의 마스터 뤄샤오이. 그녀가 말했다.

“메이웨이도 당연히 새로운 대륙을 경험해 보고 싶을 테니까요.”

“그렇겠지…….”

웨이신은 고개를 주억였다. 하지만 걸리는 게 있었다.

‘어째서 굳이 40억까지 금액을 올리면서 그렇게 급하게 갔지?’

물론 지금 그녀는 진입 통로에 없을 것이다. 대한민국 서버를 경험하기 위해 곳곳을 돌고 있을 터.

“제가 서른 명의 랭커를 엄선하여 진입 통로로 가겠습니다. 세 길드 마스터분들께서는 배를 타고 길드원들을 이끌어주십시오.”

"알겠네."
"알겠습니다."
"네."
지금 현재 모두가 힘을 합쳐야 할 때, 웨이신의 말에 토를 다는 이는 없었다. 웨이신이 눈을 빛냈다.
"내일 우리는 대한민국 서버의 최정예 길드를 무너뜨린 사람들이 될 겁니다."

메이웨이. 그녀는 전설급 보스 몬스터를 사냥하고 광렙을 했을 때보다 더 기분 좋게 웃고 있었다.
그녀가 이마에서 흐른 땀을 훔쳐냈다. 코니르의 리어카를 손보았기 때문이었다.
이제 리어카의 위에는 제대로 된 이름이 걸려 있었다.

[코니르의 라면 가게]

"우와, 누나 대단해! 글자도 쓸 줄 알다니!! 혹시 읽을 줄도 알아?"
"으, 응……."
메이웨이는 그에 코니르를 돌아봤다가 허탈한 웃음을 터뜨렸다.

곧이어 코니르가 말했다.
"장사가 안되면 어떡하지?"
그에 메이웨이가 말했다.
"누나 같이 아름다운 종업원을 두었는데 장사가 안될 리가 있니, 코니르. 호호호호호호!"
"아앗, 형이 누나 같은 사람을 이렇게 말했다!!"
"뭐? 숨 막힐 듯 아름다운 여인……."
"공주병! 맞다!! 누나는 공주병이다!!"
메이웨이의 이마에 핏줄이 튀어 올랐다. 하지만 곧 피식 웃은 그녀는, 코니르의 머리를 쓰다듬어 주며 눈을 초롱초롱 빛냈다.
"코니르. 누나가 라면이 불티나게 팔릴 수 있는 방법을 알아냈어."
"우와! 정말~?"
"그래."
메이웨이. 그녀는 자신감에 충만한 표정이었다. 기대해도 좋다는 듯.

백룡 길드의 마스터 웨이신. 그는 다음날이 되자 곧바로 블랙 드래곤 보르몬의 힘을 빌어 서른 명의 최정예 랭커들을 이끌고 진입 통로에 들어섰다.

그가 안쪽으로 빠르게 들어가기 시작했다.

'이곳에 웬 이상한 소년 악마가 있다고 했지?'

그를 떠올리며 걷는 웨이신.

하지만 크게 걱정할 건 없었다. 지금 이 자리엔 마천우 같은 자들이 대다수 있었으니까.

그렇게 안으로 들어가던 웨이신. 그는 자신도 모르게 걸음을 멈췄다.

멀리 '코니르의 라면 가게'라고 적혀져 있는 리어카가 있었다.

"어서옵쇼!! 코니르의 라면 가게에 오신 것을 환영합니다!"

그리고 소년이 나타났다.

웨이신과 랭커들이 경계를 하던 그때, 웬 여인도 나타났다.

입과 코를 검은 마스크로 가린 그녀는 하늘하늘한 원피스를 입고 있었는데, 선녀가 내려왔다면 이런 말이 어울릴까? 얼굴이 보이지 않음에도 아름다웠다.

그녀가 자신의 치마 끝을 잡고 살짝 들어 올리더니, 오른 다리를 내밀며 말했다.

"우리 가게에서 라면 먹고 갈래? 앗흥~♥"

"네! 네! 네! 네! 네! 네! 먹고 갈래요!!"

웨이신의 옆에 있던 길드원이 1초에 '네'를 일곱 번 이상 외치며 강력한 의지를 드러낸 순간이었다.

2장
가장 하고 싶었던 일

오른 다리를 내밀며 치마를 살짝 올린 메이웨이.

그녀가 코니르에게 호언장담하였던 가게로 손님을 모는 방법은 바로 미인계(美人計)였다. 메이웨이가 슬쩍 들어 올린 치마 사이로 보이는 고운 피부 결에 그들은 넋이 나가 있었다.

그리고 그중, 가장 먼저 정신을 차린 것은 웨이신이었다.

'이, 이런…… 무의식적으로 저 초라한 리어카 가게에서 라면을 시킬 뻔했다……!'

하지만 꾹 참아낸 웨이신이었다.

그는 방금 전, '네'를 1초에 일곱 번 이상 외친 그 길드원에게 한소리를 해야겠다고 생각했다.

그때, 한 사내가 먼저 반응했다.

"롤트, 네놈이 정녕 돌았구나!!"

백룡 길드에 있는 1공격대장이자, 총공격대장 '대검의 기사' 브렉이 화를 성토했다.

그는 1m 90㎝나 되는 큰 키의 거구였다. 그러한 브렉은 평소에도 말수가 적었으며 길드원들을 눈빛 하나만으로도 제압하는 카리스마의 사내였다.

'그래, 역시 브렉. 네가 고작 미인계 따위에 당할 놈이 아니지!!'

그렇게 생각한 순간.

"위아래가 있는 법이다!! 저 작은 리어카 가게에 앉을 수 있는 것은 고작해야 두 사람뿐. 마스터와 나 먼저 먹고 오겠다!"

'컥!!'

웨이신은 순간 경악 어린 목소리를 토해낼 뻔했다.

거기에 한술 더 뜨며 말하기를.

"사장! 나는 딱 라면 50그릇만 먹겠네!!"

"네엡! 주문받았습니다!!"

그리고 꼬마 소년이 움직이기 시작했다.

거기에 한술 더 떠버리니, 웨이신으로썬 미치고 팔짝 뛸 노릇 아니겠는가?

"마스터. 어서 라면 먹고 오죠."

심지어는 자신을 돌아보며 그 카리스마의 브렉이 '저 잘했죠?' 하는 표정을 짓는다.

"이 등신들아!! 지금 우리는 라면을 먹으려고 이곳에 온 게 아니다!! 대한민국 서버를 점령하러 가는 것이다!"

그 말에 넋이 나가 있던 랭커들이 정신을 차렸다.

그리고 그 안에 있던 여성 랭커들은 화가 나 있었다.

'미, 미친…… 너무 아름답잖아…….'

'세상은 불공평해…….'

몇몇 여성들은 자신보다 아름다운 여성이 있으면 부정한다. 하지만 메이웨이 앞에선 그런 것도 할 수 없었다.

그녀들도 보자마자 감탄을 흘렸다. 뭐 하나 콕 집어 깔 수도 없을 만큼 그녀는 너무 아름다웠던 거다.

그에 이젠 슬슬 화가 나기 시작했다.

'세상은 정말 불공평해……! 어, 어떻게……!'

'망가뜨리고 싶어……!'

그때 한 여성이 앞으로 나섰다. 그는 키가 약 170㎝ 정도였고 어깨는 떡 벌어져 남자와 같았다. 바로 '알데디의 후예 리벤'이었다.

리벤은 여성이었지만 남자와 같이 늠름하고 씩씩했기 때문에 어떠한 이들은 '여포 리벤'이라고도 부른다.

"한국에는 구미호 같이 남성을 홀린다는 요괴가 있다더니, 네가 딱 그 짝이로구나."

수우웅- 수우웅-

리벤이 철퇴를 휘두르며 접근했다. 철퇴가 공기를 찢는 소리가 위협적으로 났다.

그때, 웨이신이 그녀를 막아 세웠다.

"우리는 여기에서 싸우러 온 게 아니다."

웨이신은 지금 몹시 당혹스러웠다. 그는 여성이나 소년이 보스 몹의 개념이 아님을 알아챘다. 어째서 이곳에 이러고 있는지는 모르겠다만, 싸워서 좋을 건 없다.

그때.

“라면 나왔습니다. 손님!!”

메이웨이에 의해 장사 예절을 배운 코니르가 ‘헤헤’하고 웃어 보였다. 라면 손님을 맞을 준비에 기뻤던 거다.

“미안하지만 그 라면도 한가로이 먹을 시간은 없겠군.”

“에……?”

그에 코니르는 당혹했다. 아까 전 브렉이 외쳤던 50그릇이라는 말에 성심성의껏 준비했던 코니르였기 때문이다.

“돈은 넉넉히 주마, 1플래티넘이면 되겠지?”

“마스터. 어째서 그런…….”

“조용히 해라, 이곳에서 최소한의 전력 손실로 한국으로 넘어간다.”

그때 메이웨이가 코니르를 돌아봤다. 코니르는 실망한 기색이 역력했다.

“그래도 시켰으면 최소한의 예의로 한 젓가락 정돈 먹어줄 수 있는 거 아니야?”

“주문을 한 건 미안하게 됐군, 그렇지만 1플래티넘을 지급하면 된 것 아닌가?”

“무조건 돈이 중요한 건 아니잖아, 요리를 한 사람의 성의도 생각해 줬으면 좋겠어. 그저 저 어린아이가 정성스레 만든 요리를 한 젓가락 먹어주는 게 힘들어?”

그리고 그때. 아름다운 메이웨이를 보며 계속 씩씩거리던 리벤이 결국 먼저 움직였다.

"마스터, 저 요망한 계집을 제가 가만두지 않겠습니다!! 우린 분명히 값어치를 지불하겠다고 말했습니다. 저런 ×신 같은 꼬마와 남자들을 홀리려는 저 계집을 제가 죽이죠!!"

"리, 리벤……!"

웨이신이 당황한 목소리로 그녀를 불렀다. 하지만 리벤은 멈추지 않았다.

그녀는 레벨 556의 전사였다. 그것도 힘 위주의, 그녀가 휘두른 철퇴는 바위도 가볍게 부숴낸다.

[알데디 전사의 투지]

[힘을 비약적으로 2배 상승시킵니다.]

알데디 전사. 과거 유명했던 여전사들을 뜻한다. 그녀는 알데디 전사 중 왕이라 불렸던 이의 후예. 알데디의 후예였다. 그런 그녀의 힘이 2배나 증가되었다.

그리고 그때, 메이웨이의 입이 열렸다.

"지금 내 동생한테 뭐라고 했니? 너."

쐐에에에에엑-

강력한 철퇴가 성벽도 부술 듯한 기세로 그녀를 향해 내려쳐졌다. 하지만 그녀는 움직이지 않았다.

리벤은 그녀가 겁에 질려서라고 생각했다.

하지만 그때.

[방어의 여신의 축복]
[회피율이 3초 동안 250% 증가합니다.]

콰아아아아아아아앙! 후두두두두두두둑!

철퇴는 분명히 그녀의 머리로 꽂히고 있었다. 하지만 철퇴는 그녀의 바로 옆의 애먼 땅에 박혔다.

그리고 메이웨이가 귀신같은 신형으로 움직여 그녀의 목을 움켜쥐었다.

"컥, 커컥……!"

메이웨이는 여성치고는 거구의 리벤을 한 손으로 목을 잡고 가뿐히 들어 올렸다.

리벤은 목을 붙잡은 손을 풀어내려고 했지만 풀어지지 않았다. 이 자리에 모든 랭커 중 가장 높은 힘 스텟을 가졌음에도 말이다.

메이웨이가 차갑게 읊조렸다.

"신께선 모든 만물을 사랑하라 하셨다. 하나, 같은 생명을 가지고도 누군가를 무시한 어리석은 자를 심판한다."

[여신의 심판]
[추가 공격력 800%의 심판의 번개가 내리칩니다.]

콰아아아아아아아아앙-

그 순간, 허공에서 내리친 번개가 리벤을 집어삼켰다.

엄청난 폭발력이었다. 주변으로 흙먼지가 자욱해지고 그것이 사라졌을 때, 리벤은 형체도 없이 소멸되었다.

메이웨이가 가진 기본 공격력은 현 랭커들이 감당할 수 없는 수준이다. 그 상태에서 800%의 추가 공격력을 내는 심판의 번개를 리벤이 견딜 수 있을 리 만무했다.

"비, 빌어먹을……!"

그리고 웨이신. 그는 눈치채고 있었다. 그녀가 메이웨이라는 사실을. 그 때문에 라면 가게에서 돈을 지불하고 그냥 가려고 했던 거다.

세계 공식 랭킹 1위의 메이웨이.

그녀의 영상은 많은 곳에 전파를 탔고 유명했다. 하지만 실제로 그녀를 본 이들은 많은 편은 아니다.

그중에 한 사람이 바로 웨이신이었다.

이 자리의 랭커들이 한눈에 메이웨이를 알아보지 못했던 이유는 영상으로 봤기 때문이다. 실제로 봤을 때와 영상을 봤을 때는 분명히 다른 법. 그리고 설마 메이웨이가 미인계로 라면을 팔고 있다면 믿겠는가?

사실 웨이신도 처음엔 긴가민가했지만, 그녀가 이곳에 왔었다는 것과 그녀의 목소리 등을 통해서 확신했었다.

그는 알았다.

'절대 싸워선 안 될 존재…….'

그 존재가 바로 메이웨이. 누구하고도 크게 말을 섞지 않은 존재이기도 하다.

그녀의 전투를 실제로 본 웨이신은 그때 자신과 그녀 사이의 벽을 깨달았다.

그래도 어쩌면, 지금은 자신들 쪽이 더 숫자가 많기에 그녀를 사냥하는 게 가능할지도 모른다.

'피해를 최소한으로 하기 위해 그냥 지나치려 했지만.'

이렇게 된다면 그냥 지나칠 생각이 없다.

'원래 목적은 대한민국 최고의 길드를 무너뜨리는 거였지만 이렇게 된다면…….'

세계 랭킹 1위의 메이웨이를 잡는 것으로 대신한다. 그만큼 그녀의 이름값은 컸으니까.

"저 여성은 발키리 메이웨이다. 이 자리의 모든 이들은 방심하지 말 것."

"메, 메이웨이라고……?"

"어, 어쩐지…… 너무 강하더라니……."

그 자리의 랭커들이 경악했다.

하지만 그들도 방금 웨이신의 말처럼 희열했다.

'메이웨이는 지금 혼자다.'

'우리가 지금 충분히 사냥할 수 있어.'

'세계 랭킹 1위 메이웨이를 죽인다니……!'

그에 랭커들의 입가에 희열의 미소가 맺어졌다. 그리고 그 중 마천우를 비롯해 암살자 클래스들이 발 빠르게 움직이기 시작했다.

[살수의 질주]
[민첩이 4배 상승하며 빠른 속도로 적에게 쇄도합니다.]
[즉사]
[급소 공격에 성공할 시 600%의 추가 공격력.]
[은밀한 살수]
[순간적으로 투명화되어 빠르게 적에게 쇄도합니다.]

메이웨이는 공격을 시작한 그들을 매섭게 살폈다. 세 살수가 펼치는 단일 공격에 긴장하고 있을 때였다.

푹!

'푹……?'

메이웨이가 고개를 갸웃했다.

그녀는 자신의 등 뒤를 방어할 수단이 있었다. 때문에 전방만을 주시하고 있었는데, 공격당하는 소리라? 분명히 자신이 공격을 허용한 소리는 아니다.

바로 그때였다. 뒤쪽에서 공격을 허용한 암살자 리켈르냐가 목을 부여잡으며 비틀거리더니 바닥에 풀썩 쓰러졌다.

팟팟-

두 암살자의 공격이 메이웨이를 스치고 지나갔다.

하지만 그들의 공격은 허공을 공격했다. 그녀가 또다시 회피율 250% 증가의 방어의 여신의 축복을 사용했기 때문이었다.

그리고 그녀를 스쳐 지나간 자들은.

푹푹-

또다시 죽음을 맞이했다.

메이웨이가 고개를 돌렸을 때, 그곳에 코니르가 있었다. 씩씩거리는 코니르는 이제까지와는 사뭇 다른 분위기를 보이고 있었다.

"누나…… 괴롭히면……."

그리고 소년의 눈에 살기가 어렸다.

"죽인다."

영지 아틀라스에서 자신을 도와줄 이가 블란이라는 사실을 듣게 된 민혁은 매우 만족스러워했다.

'그의 감자와 고구마는 정말 맛있었지, 후후후후.'

그런 생각을 하던 중 민혁은 시련을 시작하기 전, 잠시 로그아웃했다.

본격적인 시련을 시작하면 시간제한이 생긴다고 하였다. 하지만 시작 전엔, 시간제한이 없기 때문에 로그아웃한 것.

오늘은 매우 중요한 날이었다.

민혁은 분명히 호전 증세를 보이기 시작하고 있었다. 스스로도 어느 정도 느낄 수 있을 정도로.

'몸이 가벼워…….'

하루하루가 지날수록 그 사실을 느끼고 있는 것 같았다.

하지만 그 때문에 민혁은 한 가지 규칙을 정했다.

'정기적으로 하는 검사일 때까지 거울을 보지 않는다.'

그 이유는 간단했다.

다이어트의 적은 '안도'다. 내가 안도하는 순간, 그만큼 또 먹게 될 확률이 높았다. 최대한 그의 살을 빼는 데 방해가 될 만한 요소를 스스로 없앤 것이다. 그에 민혁은 매번 거울을 보고 싶은 욕구를 참고 또 참았다.

조금은 얇아진 듯한 손목도 보이지만 가끔씩은 이런 생각도 든다.

'착각인가?'

사실 오랜만에 본 사람들은 살이 빠지면 바로 알아보는 법. 하지만 매일 보던 사람들은 무디게 마련.

천천히 진행된 치료에서 민혁은 이제까지 자신의 손목이 가늘어지는지도 잘 몰랐다. 그렇지만 한 가지 느끼는 건 역시나 가쁜 호흡과 무릎의 통증이 사라지고 있다는 것이었다.

아버지 강민후와 트레이너 오창욱, 담당의 이진환, 식단 관리사 혜진이 모두 앞에 모여 있었다.

민혁이 한 걸음 한 걸음을 뗐다. 그리고 체중계 위로 올라갔다. 체중계의 숫자가 쉴 새 없이 변화한다. 민혁은 눈을 질끈 감았다.

그리고 오창욱이 서둘러 자신의 입을 틀어막았다. 소리를 지르려던 것을 막은 것이다.

민혁은 천천히 눈을 떠 확인했다.

[126.4㎏]

“이야아아아아!! 강민혀어어억!! 이 자식아아아!!”

오창욱이 번쩍 뛰어올라 민혁을 꽉 껴안았다. 이진환도 작게 ‘나이쓰!’하는 팔의 제스처를 취해 보였다.

강민후는 감격에 차올라 눈시울을 붉혔으며 식단 관리사 혜진도 입을 가리고 눈시울을 붉혔다.

“이, 이거 고장 난 거 아니죠?”

“아니야, 인마!!”

“진짜 민혁 군의 몸무게이네. 사실 우리도 그동안 힘들었네, 하루하루 빠져가는 모습을 보면서도 말해줄 수 없어서 말이야.”

이진환이 쓴웃음을 지었다.

강민후가 천천히 민혁에게 다가가 양팔을 벌려 그를 껴안았다. 그러고는 민혁의 등을 손으로 토닥여 주었다.

그리고 그들이 몸을 뗐을 때, 이진환이 작은 찬물을 끼얹었다.

“하지만 아직 안심해선 안 되네, 가장 큰 문제는 그 폭식증이 사라지지 않았다는 거니까.”

그렇다, 민혁이 방심하는 순간, 이는 다시 확 하고 불어날 확률이 매우 높았다. 그의 몸무게가 빠진 것이지, 아직 먹고자 하는 그 욕구가 사라진 게 아니니까. 민혁의 폭식증이 완전히 치료된 것이 아니라, 장시간의 치료로 몸이 호전 증세를 보이는 것뿐이니까.

하지만 변화는 분명히 많았다.

"어쩐지 걸어도 숨이 그렇게 안 차더라니, 무릎도 그렇게 안 아프고."

"이로써 이제 달리기나 웨이트 같은 운동을 할 수도 있겠는데?"

오창욱이 흐뭇해하며 하는 말이었다.

운동할 수 있는 범위가 넓어진 셈이다. 기존엔 너무도 뚱뚱한 몸 때문에 운동에 많은 제한을 받았었다.

운동 범위가 넓어졌다고 살이 더 빨리 빠지는 건 아니기도 했다. 살이 170kg인 사람과 120kg인 사람은 움직일 때 소모되는 칼로리 자체가 다르기 때문이다. 앞으로는 더 천천히 더 탄탄하게 살이 빠질 확률이 높았다.

"이 정도라면…… 내가 가장 하고 싶었던 걸 할 수 있겠는데?"

"하고 싶었던 거?"

그에 모든 이들이 관심을 가졌다. 민혁이가 살이 빠지면 가장 하고 싶었던 게 뭐일까?

"여자 친구 사귀기?"

"노놉!"

"혼자 영화관 빌려서 영화 보기?"

"그건 집에서도 할 수 있잖아요."

"아…… 맞다……."

순간 오창욱은 민혁의 자택에 개인 영화관이 준비되어 있다는 사실을 자각하고 고개를 끄덕였다.

"그럼, 가장 하고 싶었던 게 뭐니?"

강민후가 굉장히 궁금해하는 표정으로 물었다. 그에 민혁이 얌체 같은 웃음을 지으며 말했다.

“비밀이에요!”

“허허허, 이 녀석이, 아버지한테 비밀도 다 있었구나?”

“이제 곧 알게 되실 거예요.”

강민후는 그저 살이 빠져 기뻐하는 민혁의 모습에 흐뭇하게 웃을 뿐이었다.

곧 창욱이 전신 거울을 낑낑거리며 가져왔다.

민혁은 호흡을 추스르며 천천히 전신 거울 앞에 섰다. 그리고 비치는 모습을 볼 수 있었다.

“이게…… 저예요……?”

처음 치료를 시작하기 전보다 약 45kg 정도가 감량된 상태였다. 보통 사람들은 약 2kg 정도만 빠져도 확연히 티가 나게 마련이다.

민혁은 자신의 몸을 조목조목 들여다보았다.

본래 170kg대일 때에는 얼굴이 거뭇거뭇한 느낌이 났으며 얼굴의 형체를 알아보기 거의 힘들었다. 뱃살은 축 늘어져 맞는 옷도 없을 지경이었다.

그런데, 지금은 아니었다.

민혁은 키가 약 185㎝에 달했다. 이 정도 키의 평균 체중은 약 80~90kg 사이일 것이다.

특히나, 민혁처럼 운동을 많이 한 경우 근육량에 의해서 체중이 더 나간다. 근육은 지방과 같은 크기라 가정했을 때, 약

세 배 정도는 더 무거운 수준이니까.

때문에 근육량이 높은 이들은 몸무게 대비해서 더 적게 나가 보이는 경향이 크다.

민혁이 딱 그랬다. 얼핏 보면 120kg이 아니라 약 105kg 정도로 보일 수준이다.

물론 지금도 상당히 덩치가 컸지만 '고도 비만'이라는 느낌이 아니라, 우락부락한 운동선수 같은 느낌이다.

그리고 콧대가 살아났고 턱선이 서서히 모습을 드러내기 시작하고 있었다.

"……같이 다니면 누가 건드리진 않겠다."

좋게 말하면 딱 이렇게 말할 수 있었고, 나쁘게 말하면…….

"그, 근육 돼지……?"

"푸흐, 근육 돼지가 뭐냐, 근육 돼지가. 이렇게 멋진 근육 돼지가 다 있냐?"

"민혁아, 멋있어."

분명히 덩치가 크고 민혁의 말처럼 근육 돼지처럼 보일 수 있었지만, 아니었다. 민혁 자체가 워낙 예쁘장하게 생긴 외모였기 때문에 커다란 몸집임에도 불구하고 기품이 흐르는 느낌이었다.

그리고 민혁은 지금 이 순간 또다시 생각했다.

'더 노력해야 해.'

그는 다행히도 안도하는 스타일은 아니었다. 앞으로 약 30kg 정도는 더 감량해야 했다. 체중이 줄어든 만큼 감량은 더 더뎌질 것이고 더 피나는 노력이 필요할 것이다.

곧 모든 사람이 제각각의 일을 하기 위해 사라지고, 민혁은 창욱에게 다가갔다.

"형, 제가 가장 해보고 싶었던 일 같이하러 가요."

메이웨이와 충돌한 중국 랭커들.

웨이신은 그제야 자각할 수밖에 없었다.

마천우는 신신당부했었다.

'거기에 있는 보스 몹은 악마 그 자체입니다. 라면을 팔고 있다고 해서 믿으면 안 됩니다!!'

하지만 처음, 메이웨이를 만났다는 충격에 그 사실을 자각하지 못했다. 심지어 소년은 듣던 악마라는 것과 다르게 예의 바르게 라면을 팔고 있지 않던가?

그런 소년이 단 일격에, 셋의 암살자를 사냥했다.

그리고 놀란 건, 웨이신뿐만이 아니었다. 메이웨이 역시 상당히 놀랐다.

'코, 코니르……?'

귀여운 소년 코니르. 자신을 유일하게 웃게 해주는 소년이었다. 정말 조금은 특별한 NPC라고만 메이웨이는 생각했었다.

그런데 아니었다.

"누나…… 괴롭히면…… 죽인다."

코니르에게서 엄청난 살기가 뿜어져 나오기 시작했다.

그 살기가 웨이신을 비롯해 랭커들을 삼키기 시작했다. 흡사 정말 '악마'를 보는 것 같았다.

심지어 그 강함이란…….

'나, 나보다도 더 강해…….'

단 일격에 정확히 두 암살자의 급소를 찌르고 로그아웃시킨 것은 분명히 메이웨이보다 한 수 위라는 사실이었다.

지금 코니르는 메이웨이를 민혁만큼 아끼는 존재로 인식한 상황이었다. 그러한 상태에서 메이웨이를 공격한 그들은 '나쁜 사람들'이었다. 심지어 라면 50그릇을 주문해 놓고도 먹지 않은 나쁜 손님!

파앗-

코니르가 귀신처럼 빠르게 움직였다.

메이웨이는 지금 코니르를 막을 필요성을 느끼지 못했다. 자신보다 강한 존재, 심지어 웨이신이나 랭커들과 틀어졌으니 저들을 모두 죽여야 한다.

그렇기에 메이웨이가 한 일은 간단했다.

[기사를 향한 여신의 축복]

[공격력 24% 방어력 21%, 스킬 레벨이 1 상승하며 기본 HP량이 25% 증가합니다.]

발키리는 공격 능력도 뛰어나지만, 본래는 '버프' 능력에 초점을 둔 클래스였다. 사실상 현존하는 버퍼 능력자 중 최정점에 선 것이 바로 그녀란 사실이다.

그리고 랭커들 사이에 뛰어든 코니르. 그는 마치 핵폭탄 같았다.

[파라밀 검술 1장]

[울부짖는 아이]

[예측할 수 없는 빠른 검술.]

엄청난 빠르기로 주변에 포진해 있던 랭커들의 급소가 베이기 시작했다.

피피피피피피피피피피핏-

"크하아아악!"

"으, 으아아악!"

"잡아!!"

탱커 계열 유저 르덴은 다른 유저들보다 방어력이 높았다. 때문에, 피해를 당하면서도 소년 코니르를 잡으려 했다.

하지만 소년은 너무도 빨랐다.

뒤로 한 발자국 물러난 코니르가 또 다른 스킬을 발현.

[파라밀 검술 2장]

[포효하는 아이]

[강력한 찌르기가 검 끝에 응축되어 보이는 것보다 더 기다란 사정거리를 발휘합니다.]

한 발자국 물러섰던 코니르의 검 끝에 강력한 힘이 깃들며 탱커인 르덴을 향해 뻗어진다.

르덴은 레벨 579의 탱커로서 중국 탱커 랭킹 1위였다. '불사의 르덴'이라고도 불리며 그의 HP량은 일반 전사 클래스보다 약 3배가량 높다고 알려져 있다.

그러한 르덴은 자신을 향해 뻗어져 오는 검 끝을 방어하기 위해 방패를 내려쳤다.

콰아아아아앙-

"막았……!"

르덴이 조소했다.

하지만 그 순간, 르덴은 이미 검 끝이 자신의 가슴을 파고들고 뽑혀 나왔다는 걸 알아챘다.

포효하는 아이는 보이는 것과 다르게 사정거리가 더 긴 검이다. 즉, 눈속임이 깃들어 있는 급소 찌르기 스킬이며, 메이웨이에 따라 스킬 레벨이 상승해 그 힘은 훨씬 더 강력해졌다.

콰아아아아아아아앙-

르덴의 복부가 폭발하며 강력한 타격치가 들어왔다.

그 순간, HP량이 동레벨 전사들보다 3배 정도 높다는 르덴이 한 번에 강제 로그아웃 당했다.

"마, 말도 안 돼……."

웨이신은 경악에 경악하고 있었다.

'대한민국 서버에는 이런 괴물들이 득실거린다고……?'

믿기지 않는 일이었다. 그 작은 나라의, 인구수도 6천만이 채 될까 말까 한 곳에 저토록 강한 자가 있다니. 또한, 지체 장애인 소년 아니던가?

그리고 그때, 메이웨이도 전투에 참여했다.

[번개 신의 은총]

[번개처럼 빠르게 움직입니다.]

파지지지직-

메이웨이가 움직이는 자리마다 스파크가 튀긴다. 또한, 그녀가 걸음을 뗄 때마다 그녀가 사라졌다.

그리고 어느덧 그녀는 랭커들의 머리 위에서 나타나 있었다. 그녀의 주위로 여러 개의 미사일이 움직이고 있었다.

[파괴의 여신]

[분노한 여신의 미사일이 적들을 집어삼키며 추가 공격력 850%의 힘을 냅니다.]

"막아아아아아!"

웨이신의 말에 따라 마법사들은 서둘러 거대한 실드를 형성

시켰고, 탱커들은 거대한 방패를 치켜들었다.

하지만 그 틈에 코니르가 귀신같이 움직여 그들의 진형을 적절히 무너뜨렸다. 환상의 호흡 그 자체였다.

그리고 스무 명 남짓의 랭커들 사이로 거대한 미사일이 폭격했다.

콰콰콰콰콰콰콰콰콰콰쾅! 후두두두두둑-

웨이신은 믿기지 않았다.

'이렇게 압도적이라고……?'

혹여나 잡을 수 있을지도 모른다고 생각했다. 그런데, 그럴 수 없었다. 랭킹 1위 메이웨이와 자신 사이의 벽은 너무도 커다랗게 느껴졌다.

심지어 저 어린 소년이 더 문제였다. 버퍼 중 최고라 불리는 메이웨이의 버프 능력을 받은 그는 당해낼 재간이 없어 보였다.

하지만.

"메이웨이. 우리는 대한민국 서버를 가려고 했다. 넌 그런 우릴 막은 거고. 고작 라면 몇 그릇 안 먹어줬다고 우리를 등지겠다는 거냐?"

심지어 이제까지 메이웨이는 어떤 길드의 접촉도 차단하였다. 이는 혼자서 묵묵히 게임을 하겠다는 의사를 밝힌 것이다.

어디에도 소속되는 것을 싫어하는 유저 메이웨이. 그렇다고 딱히 다른 유저들을 불편하게 한 적도 없다. 그런 그녀가 대한민국으로 가는 자신들을 막아 세웠다.

"그 나라에 네 부하들이라도 있더냐?"

그 말에 메이웨이. 그녀는 천천히 걸음을 옮겼다.

권왕의 후예. 웨이신이 최고의 공격을 준비한다. 그의 팔 끝에 강력한 힘이 넘실거린다.

[권왕연권]

[타격마다 400%의 대미지를 입히며 총 15번을 가격합니다.]

공격마다 400%의 대미지를 15번 가격한다. 웨이신을 PVP의 신과 같다는 이름으로 올려놓은 스킬이었다.

파파파파파파파파파팟-

그 주먹이 메이웨이를 향해 꽂히고 들어왔다.

콰콰콰콰콰콰콰콰쾅!

메이웨이의 몸에 그 타격이 계속해서 들어왔다.

'자, 잡을 수 있어……!'

웨이신은 마지막 희망을 보았다.

그리고 마지막 일격.

콰아아아아앙-

메이웨이의 몸이 벽에 처박히더니, 주르륵 쓰러졌다.

웨이신이 희열했다.

'내가, 이 내가 메이웨이를 잡았다……!'

바로 그때였다. 등 뒤에서 목소리가 들렸다.

"글쎄, 부하는 없는데, 왠지 친구가 될 수 있는 사람은 있을 것 같더라고. 물론 나도 그 사람을 본 적은 없어, 듣기만 했지,

하지만 너희들처럼 이득에 멀어서 나를 섭외하려던 이들과는 확연히 다를 것 같아, 정확히는 난 그와 친구가 되고 싶어, 꼭."

'어, 어떻게……?'

웨이신은 경악했다.

등 뒤에서 들리는 메이웨이의 목소리.

그녀는 순간의 찰나, 스킬을 발현한 것이다.

[비밀의 여신]

[타격을 대신 받을 인형 하나를 세워, 적의 공격을 무효화시킵니다.]

바로 순간적으로 자신과 똑같은 인형을 만들어내 모든 타격을 받게 만드는 놀라운 스킬이었다. 그리고 본인은 투명화가 되어 빠르게 몸을 뺄 수 있다.

곧 웨이신의 목으로 뜨거운 통증이 느껴졌다.

서걱-

"크허억!"

강제 로그아웃 당하는 웨이신. 그는 검은 화면을 보면서도 이런 생각을 했다.

'이, 이런 메이웨이가 친구가 되고 싶어 하는 유저가 있다고?'

그는 누구인가?

누구인지 모르지만, 웨이신은 이때 이러한 생각을 했다.

그가 미치도록 부럽다고.

모든 랭커들을 정리하고 난 후, 메이웨이는 코니르를 돌아봤다.

"오늘도 라면 못 팔았다…… 누나의 방법이 실패했다……!"

다시 순박한 소년으로 돌아온 코니르. 그를 보면서 메이웨이는 머릿속이 혼란스러웠다.

'도대체…….'

코니르의 정체는 무엇인가? 이제까지 코니르처럼 강력한 NPC는 본 적이 없었다.

물론 추후 차근차근 업데이트되면서 숨어 있던 강자 NPC들이 모습을 드러낼 확률이 매우 높았다. 하지만 현재로서는 코니르라는 존재보다 강력한 존재는 없어 보인다는 거다.

"그러게, 누나 방법이 실패해 버렸네."

하지만 메이웨이는 곧 피식하고 웃음 지었다.

코니르가 정체 모를 NPC이면 어떠한가? 코니르가 남들보다 강력하고 특별한 NPC이면 또 어떠한가. 이미 메이웨이는 그를 단순히 NPC가 아닌, 한 사람의 동생으로서 친구로서 생각하고 있었다.

메이웨이는 현실에서 친구가 단 한 명도 없었다. 그때의 일 이후로, 자신이 모두와 멀어졌기 때문이었다.

심지어 남동생과 단둘이 살아가기만 했던 메이웨이였기에 코니르가 더 각별하게 느껴지고 있었다.

"코니르, 우리 이제 바깥세상에서 라면 한번 팔아볼까?"

"코니르!! 이번엔 라면 팔기 성공한다!!"

메이웨이와 코니르가 진입 통로를 벗어나 아스간 대륙에 진입했다.

웨이신은 아테네에서도 현실에서도 똑같은 이름을 사용하고 있었다.

캡슐에서 나온 웨이신은 메이웨이가 친구가 되고 싶다던 그 유저가 부러운 마음을 뒤로하고 분노했다.

'메이웨이……!'

만약 정말로 그 어린 소년만 없었더라면 메이웨이를 잡을 수 있었을지도 모른다. 실상 버퍼 능력자 중 최고로 불리는 발키리에게 그러한 강력한 힘을 드러내는 소년이 함께였다는 게 너무도 큰 악수였다.

하지만 웨이신은 아직 끝이 아니라고 생각했다.

'용왕의 바다로 간 유저들…….'

그들은 준랭커와 랭커들로 구축된 천 명의 이들이었다. 그들 정도라면 바할라 영토를 초토화시키는 데 그치지 않고 대한민국에 중국이란 나라가 어떠한 곳인지 명명백백 알려줄 수 있을 것이다.

웨이신은 곧바로 천명의 랭커들을 이끌고 용왕의 바다를 건너려는 이중 한 명인 카니발을 떠올렸다. 카니발은 북경 길드의 마스터였다.

그는 휴대폰을 이용해 아테네에 있는 그에게 귓속말을 보냈다.

[웨이신: 카니발 님, 아스간 대륙엔 도착하셨습니까?]

[카니발: 큰일 났습니다. 현재 저와 두 명의 유저를 제외하고 전부 전멸했습니다!!]

"……?"

웨이신은 지금 이 상황을 이해할 수가 없었다. 전멸했다니? 그게 무슨 소리란 말인가?

[웨이신: 그게 무슨 말씀…….]

[카니발 님이 로그아웃하셨습니다.]

"……?"

웨이신은 지금 이 상황을 이해할 수가 없었다.

도대체 무슨 일이 있었던 걸까?

카이온 대륙에서 아스간 대륙으로 넘어가는 바다의 중앙. 그곳에 천 명의 중국 4대 길드의 길드원들이 모여 있었다.

그들은 길드에서 선출된 준랭커들과 일반 랭커들로 이루어진 이들이었다.

진입 통로의 서른 명의 랭커들과 추후에 합류하여 그대로 바할라 영토를 점령할 생각이었다.

그렇게 거대한 함적이 나아가던 때였다. 갑자기 바닷속에서 수백 마리의 몬스터 떼들이 배를 공격하기 시작했다.

콰아아아앙- 콰콰콰콰콰콰콰쾅!

"바다 몬스터들을 죽여라!! 배를 부수게 두지 마라!!"

"이, 이게 도대체 어떻게 된 일이야?"

"끄아아아아악!"

그리고 당혹한 카니발이 한 길드원의 목소리를 들었다.

"카, 카니발 님!! 아, 앞쪽을 보십시오!!"

카니발의 시선이 황급히 돌아갔다.

그곳을 본 카니발의 눈이 휘둥그레 떠졌다.

'뭐, 뭐야…….'

흰수염이 난 돌고래들.

흰수염 돌고래. 일반 돌고래들과 다르게 강한 악력을 가지고 있어 용왕의 바다의 상어라 불리는 500레벨대의 몬스터다. 심지어 그 크기는 일반 돌고래의 여덟 배에 달한다.

그 위에 탄 세 존재가 맹렬한 기세로 이곳으로 질주하고 있었다. 두 마리는 토끼였고 또 한 마리는 한쪽에 검은 안대를 쓴 애꾸눈 자라였다. 바로 토인족 캬리와 제빗, 그리고 자라 인간 라든이었다.

그리고 곧 더 놀라운 일이 벌어졌다.

쏴하아아아아아아악-

거대한 해일이 생성되며 그 위에 올라탄 사내가 있었다. 해일은 자그마치 약 7m 높이로 커다랬다.

드리워진 그림자를 보며 그들은 해일의 위에 올라탄 존재를 보았다.

“요, 용왕!!”

황금 도포를 입었으며 메기의 얼굴에 기다란 수염이 자라난 존재. 그가 삼지창을 들고 그들을 매섭게 노려보고 있었다.

“요, 용왕!! 바다를 건널 때 해만 끼치지 않는다면 우릴 막을 이유는 없지 않은가.”

용왕은 대답하지 않았다.

사건의 전말은 이러했다.

캬리는 배를 띄운 카이온 대륙의 이들의 용무가 궁금하여 그들의 이야기를 엿들었다.

그리고 들을 수 있었다.

‘아기 돼지가 절대 신수라니, 크흐흐, 대한민국 식신 민혁 유저라. 그곳의 강자들을 무릎 꿇린다면 우리 중국 랭커들의 입지가 더 단단해지겠지.’

‘민혁 님?’

용왕의 바다에서 민혁은 은인이었다. 또한, 용왕의 목숨을 구해준 이이기도 하였다.

캬리는 곧바로 용왕님께 보고를 올렸다. 그리고 용왕은 곧

바로 바다의 군대를 불러들였다.

"돌아가지 않는다면 모두 바다에 묻힐 거다."

"미, 미친…… 모두 공격해라!!"

카니발은 이곳에서 차마 돌아갈 수 없었다.

용왕과 그 아이들, 그리고 바닷속 생명체들이 그들을 압박해 갔다. 이곳은 바다였다. 용왕과 그곳에서 사는 이들의 세상이다. 반대로 유저들은 물에 빠지면 상태 이상 호흡 곤란에 빠져 서서히 죽게 된다.

콰아아아아아아앙-

용왕의 삼지창에서 뻗어진 폭발이 단숨에 배를 가격한다. 그리고 캬리와 제빗, 자라 인간 라든이 배 안으로 뛰어들어 와 학살하기 시작했다.

"끄아아아아악!"

"으, 으아아아아아아악!"

결국에 배는 완전히 반파되어 버렸다.

난간의 끝에 선 카니발과 그를 비롯해 생존한 두 명의 유저들. 그들은 이 상황을 믿을 수 없었다.

'우, 우리가 대한민국 땅을 밟아보기도 전에 전멸이라고……?'

그때 때마침 귓속말이 왔다.

[웨이신: 카니발 님, 아스간 대륙엔 도착하셨습니까?]

[카니발: 큰일 났습니다. 현재 저와 두 명의 유저를 제외하고 전부 전멸했습니다!!]

그리고 카니발의 몸이 물속으로 잠기기 시작했다.

박민규 팀장은 눈을 떨었다.

중국 유저들이 아스간 대륙을 침범하는 것으로 업데이트의 방향을 잡았었다. 그런데, 지금 용왕의 바다로 갔던 이들이 자신들도 예측하지 못한 공격에 전멸해 버렸다.

박민규 팀장의 경악한 표정 뒤에서 이민화 사원이 말했다.

"미, 민혁 유저는 정말 특별한 것 같아요…… 그는 그저 가만히 있었을 뿐인데, 그를 아끼고 사랑하는 존재들이 그에게 가는 걸 막고 있어요……."

이민화 사원은 지금, 메이웨이와 함께 있는 코니르를 보고 있었다.

그렇다. 민혁은 그저 가만히 있었을 뿐이고 이 모든 상황을 모른다.

그런데, 그를 아끼고 사랑하는 존재들. 그들이 그를 지키기 위해 싸우고 있었다.

그에 박민규 팀장이 말했다.

"역시 사람은 착하게 살아야 하나 봐, 이민화 씨."

"네?"

"이제까지 내가 화낸 거 많이 서운하진 않았지?"

그에 이민화는 활짝 웃으며 말했다.

"그럼요."

'아니요.'

속마음과 겉모습이 완전히 다른 이민화 사원이었다.

박민규 팀장은 몰랐다. 이민화 사원의 집에 만들어진 저주의 인형에 '박민규'라고 적혀 있었고 매일 밤 이민화가 바늘로 찌른다는 사실을!

로열 백화점의 신사복 매장.

그 매장 안에서 여성 직원 효진이 눈물을 꾹꾹 억누르다 결국 눈물을 흘리고 말았다.

그녀가 서둘러 눈물을 훔쳐냈다.

스무 살이라는 어린 나이에 어려운 가정 형편으로 백화점에서 일을 시작한 효진.

그녀는 오늘 진상 중 진상을 만났다.

한참 떠오르기 시작한 중소기업의 대표 CEO인 젊은 남성이었는데, 그는 엊그제 사 간 정장이 찢어져 있었다며 환불하러 왔다. 하지만 찢어진 부분도 그랬지만 옷 자체가 얼룩져 있었다.

'술 마시다가…… 엎지른 게 분명해…….'

그런데 그것을 가지고 환불을 요구하고 있었다.

효진은 처음엔 차분하게 불가능하다고 말씀드렸다. 또한, 꼼꼼하게 옷을 확인하고 보냈기 때문에 절대 그럴 리 없다고 확신하고 있었다.

하지만 이 남성 우태진은 버럭버럭 소리를 쳤다.

"그럼 내가 거짓말이라도 한다는 거야? 응? 나 당장 컴플레인 걸 수 있어! 고객 관리를 이따위로 하나?"

사람의 천성은 변하지 않는다.

우태진은 우연히 하던 사업이 잘 되어 대표가 되어 성공한 타입이었다. 그리고 그 전엔 나쁜 일에 몸담고 있었다.

"하, 하지만 손님…… 이건 분명히…… 술 자국……."

"와, 원래부터 묻어 있었다니까?"

그리고 우태진은 손가락으로 그녀의 이마를 눌러댔다.

"내가 여기에서 쓴 돈이 얼마인데, 일화그룹 백화점은 이딴 식이야? 그 회사는 사람을 이런 식으로 가르치나?"

"죄송합니다."

효진은 억울했지만, 고개를 연신 숙일 수밖에 없었다.

그렇게 고개를 숙일 때, 어디선가 목소리가 들렸다.

"로열 백화점의 일화그룹 강민후 회장님께선 직원분들께 이렇게 가르치셨죠. 우리 그룹의 주인은 직원들이라고요."

그에 우태진의 고개가 돌아갔다. 그곳에 키가 185㎝ 정도 되는 어마어마한 키에 엄청난 덩치를 가진 남성이 있었다.

'뭐, 이렇게 커?'

순간 우태진은 당황했다. 심지어 그 옆에 있는 머리를 짧게

친 남성도 덩치가 상당했다.

하지만 우태진은 당황하지 않았다. 세상을 휘두르는 건 이제 몸과 힘이 아니라, 돈이라는 걸 알고 있었기 때문이다.

남성은 그렇게 좋은 명품 옷도 걸치지 않았다.

"당신은 뭔데, 끼어……."

"그리고 회장님께서 또 말씀하신 게 있죠. 스스로 잘못하지 않았을 때, 절대 고개 숙이지 마라. 당신은 소중한 우리 가족이며, 그에 대한 후폭풍은 자기가 모두 감당하겠다고요."

이는 유명한 일화였다.

강민후 회장은 직원들을 누구보다 아끼는 이였다.

심지어, 어떤 중소기업 대표가 미팅 자리에서 여직원을 성추행하고 그쪽 대표가 모르쇠 하며 일관할 때, 직접 쳐들어가 한바탕 엎어버리고 계약을 끊어버렸다는 일화는 유명하다.

기업은 곧 직원들의 것이라는 말을 명명백백 보여주는, 말뿐만이 아닌 회장이 바로 로열 백화점의 주인이기도 했다.

"그러니까, 직원분은 고개 숙이실 필요가 없죠."

"아니, 당신 진짜……!"

그리고 사내가 성큼성큼 다가왔다. 순간 우태진은 위압감을 느꼈다.

사내가 옷을 확인했다.

"누가 봐도 술 자국이 분명하네요, 이 찢어진 부분은 어디 못 가운데에 긁힌 것 같은데."

"야!! 너 누구냐고!!"

"손님인데요?"

사내가 태연하게 답했다. 그리고 침착하게 목소리 하나 흐트러지지 않고 품속에서 무언가를 꺼내 들었다.

"손님이고 SNS를 할 줄 알며 업로드를 아주 좋아하는 손님입니다. 얼굴 잘 찍혔는데요, 계속하실래요? 아, 여러분 보이시나요? 대일기업 대표 이사 우태진 님께서 찢어진 옷 가지고 갑질하시네요. 와~ 돈도 많으신 분이 못~ 됐~ 다~"

"……!"

우태진은 요즘 뉴스에 떠오르는 '갑질 동영상' 등을 그제야 떠올렸다. 사내는 그것을 이용하는 것이다. 하지만 여기에서 기가 죽기엔 너무 자존심이 상했다.

그가 한 마디 더하려는 때, 청년이 차가운 목소리로 말했다.

"나이 처먹고 쪽팔린 줄 아세요."

그는 바로 민혁이었다.

"……!"

그 순간, 우태진의 얼굴이 붉어졌다. 사내가 보통내기가 아니라는 걸 깨달았다.

그는 여기에 있다간 더 자존심 상할 일이 많아진다는 걸 깨닫고 서둘러 도망치듯 벗어났다.

그리고 효진은 방금까지 차가운 표정을 짓던 남자가 부드러운 표정을 짓는 걸 볼 수 있었다.

"이런 곳은 처음인데…… 50대 초반 남성 정장 좀 같이 봐주시면 안 될까요?"

"아, 아…… 네!! 선물이신가요?"

"네, 아버지께 선물하려고요."

"와, 효, 효자 아드님을 두셨네요."

상당히 고가 브랜드였기에 효진은 다소 놀랐다.

"제가 직접 사드리고 싶어서 벌었거든요."

"멋지네요."

효진은 이상한 감정을 느꼈다.

분명히 우락부락하고 무서운 체형이었는데, 얼굴은 순딩순딩했고 목소리는 한없이 부드러웠다. 심지어 침착한 그 모습을 보일 때는 깜짝 놀라기도 했다.

그리고 지금은 어리숙한 모습으로 아버지 정장을 고르는 모습이 흔히 볼 수 있는 아르바이트로 부모님 선물해 드리기를 하는 학생 같았다.

"이걸로 할게요."

"네! 아, 그리고 양말은 제가 서비스로 넣어드릴게요."

"아, 감사합니다!!"

청년이 예의 바르게 꾸벅 고개를 숙여 보였다.

그리고 막 나서기 전 말했다.

"일화그룹 회장님은 직원분들이 당하시는 걸 정말 싫어하신다던데, 다음부터 이런 일이 있으면 이렇게 말하세요."

"네?"

"회장님한테 이를 거라고."

"풉."

심지어 그는 재치까지 있었다.

효진은 기분이 좋아졌다. 진상 손님도 많은 백화점이지만 저런 좋은 사람들도 많은 곳이기도 했다.

그가 나서고 얼마 후, 효진은 퇴근 시간이 됐음을 알 수 있었다.

'그 남자는 대학생인가?'

딱 자기 또래였으니, 그럴 것 같았다.

그렇게 사복으로 갈아입고 밖으로 나온 그녀는 곧이어 놀라운 광경을 마주할 수 있었다.

"도련님. 도련님의 첫 쇼핑에 저를 빼두고 가시다니. 서운합니다!

"……?"

효진은 당혹했다. 그 앞에 있는 남성은 로열 백화점의 대표이사였다. 그리고 알기로 일화그룹의 강민후 회장의 직속 비서이기도 한 박문수였다. 그런 그가 조금 전, 그 덩치 큰 남성을 향해 도련님이라고 했다.

'서, 설마……?'

그리고 청년과 효진의 눈이 마주쳤다. 청년은 부드럽게 웃으며 작게 묵례를 취한 후, 차에 올라 사라졌다.

어째서 강민후 회장의 아들이, 직접 돈을 주고 뭔가를 구매하러 온 건지는 모르지만 효진은 그 이유가 있을 거라 생각했다. 누구에게도 말하지 않을 것이다.

그리고 가슴의 떨림을 느꼈다.

'지, 진짜 부자잖아……?'

말하는 것도 마음 씀씀이도, 다른 모든 것도 정말 부자였다. 우태진과는 격이 달랐다.

돌아가는 차 안.

민혁은 옆에 놓여 있는 쇼핑백과 트렁크에 가득 담긴 것들을 생각하며 흐뭇하게 웃었다.

민혁이 살이 빠지면 가장 하고 싶었던 건 뭘까?

여자들과 클럽에서 춤을 추며 신나게 놀기? 놀이공원에 가기? 또 아니면 젊음의 거리라는 홍대를 걸어보기?

전부 아니었다. 나를 위해 함께 싸워준 사람들의 선물을 직접 자신의 손으로 구매하는 것이었다.

그리고 민혁은 아테네에서 벌어들인 골드를 판매해 현금을 벌어들였고 '자신이 직접 번 돈'으로 선물을 구매한 것이다.

민혁은 집으로 돌아온 뒤 곧바로 선물들을 나눠줬다.

헬스 트레이너 오창욱은 동행해 줬기 때문에 트레이닝복 세트와 운동화를, 식단 관리사 혜진은 매일 휴대폰으로 쇼핑을 하며 눈을 반짝반짝 빛내던 패딩 하나를, 문수에게는 고급 만년필을, 아버지껜 고급 정장을 선물했다.

"허허허허."

강민후가 찻잔을 기울이다가 문득 고개를 돌리고 잘 걸려 있는 정장을 보고는 웃었다.

그리고 통화를 하다가도.

"허허허허허!"

하고 웃었다.

그리고 외출을 나가서 다른 회장들을 만날 때마다 괜스레 옷매무새를 만졌다.

"아, 이거 우리 아들놈이 사준 건데!! 하하하하! 보는 안목이 정말 대단하지 않나?"

"오, 센스가 정말 좋군."

정장 한 벌쯤이야 수만 벌은 더 넘게 살 수 있는 돈을 가진 강민후였다. 하지만 아들이 자신의 힘으로 직접 돈을 벌어서 맞춰준 정장은 그 어떠한 수백억짜리 정장보다도 더 소중한 법이었다.

"이렇게 보는 안목이 뛰어난 줄 알았으면 패션 디자이너를 시킬 걸 그랬어……!"

"하, 하하하하하하, 하하!!"

그리고 강민후는 대표적인 아들 바보 중 한 명이기도 했고 말이다.

그들은 강민후 회장을 만날 때마다 '이거, 우리 아들놈이 사준 건데!'라는 말을 들어야만 했다.

우태진. 그가 키워낸 회사는 사실 부쩍 상승세를 보이는 듯했지만 근래에는 무척이나 재정이 어려워진 상황이었다.

그 때문에 투자를 받아야 했는데, 다행스럽게도 일화그룹 쪽에서 예전에 투자하겠다고 했던 적이 있었다.

일화그룹 쪽과 미팅을 하기 위해 걸음을 옮기던 우태진은 생각했다.

'그 어린놈…….'

그때 백화점에서 창피를 주었던 녀석. 지금 사람을 시켜 그 녀석을 찾으려고 했었지만 찾아지지 않고 있었다. 하지만 찾는다면 그놈에게 돈의 무서움이 무엇인지 똑똑히 보여줄 생각이었다.

우태진이 걸음을 옮겨 미팅 장소로 향했다.

그리고 그곳의 직원들과 화기애애하게 웃으며 투자와 관련한 이야기를 진행하기 시작했다.

'그래, 돈을 투자하라고 자식들아!!'

일화그룹을 등에 업고 간다면 무너져 가던 회사이지만 다시 재기할 수 있을 것이었다.

그렇게 화기애애하게 이야기를 진행하고 있던 때였다.

미팅 장소로 한 사내가 도착했다.

"어? 이사님."

"아, 자네들, 회사로 좀 돌아가겠나?"

우태진은 깜짝 놀랄 수밖에 없었다.

일화그룹 회장 강민후의 실질적인 오른팔이라고 할 수 있는 사내! 바로 박문수 비서가 도착했기 때문이었다.

고작 비서직으로 보일 수 있었지만, 그는 수십 년이란 세월 동안 강민후를 옆에서 보필하였고 상당수의 회사 지분 또한 가지고 있었다. 또한, 백화점이나 그 외의 몇 개의 자회사들도 담당하고 있었다. 우태진은 눈도 마주치지 못할 정도의 어마어마한 거물급 인사인 셈이다.

"뵙게 돼서 영광입니다."

우태진은 땀을 뻘뻘 흘렸다. 박문수는 고개를 주억이더니 입을 열었다.

"얼마 전에 로열 백화점에서의 일 기억하십니까?"

박문수는 민혁이 아닌, 직원들로부터 그러한 이야기를 들은 바가 있었다.

"배, 백화점이요? 기억이 잘……."

우태진은 설마 그때의 일을 말하는 건가 싶어서 시치미부터 뚝 떼고 봤다.

박문수가 부드럽게 웃으며 찻잔을 기울였다.

"저는 CCTV로 보았기에 잘 기억 나는군요."

"……!"

우태진은 눈을 크게 떴다.

박문수가 앞에 놓여 있는 계약서를 양손으로 잡고 찢었다.

찌이이이이익-

"아, 아니…… 제가 실수한 건 알지만 고작 직원 한 사람 때문에…… 일화그룹에도 막대한 이득이 될지도 모르는 계약을 파기한다고요?"

우태진의 상식으로는 이해가 안 되는 일이었다.

일화그룹이 데리고 있는 직원들의 숫자만 수십만, 아니, 세계로 나간다면 수천만 명 이상일지도 모른다. 그런데, 고작 그 어린 직원 한 사람 때문에 일화그룹 측에 이득이 될지도 모르는 계약을 파기한다?

"고작이 아닙니다."

박문수는 넥타이를 고쳐 매고 말했다.

"우리 가족의 일원이고 이 회사는 그 직원의 것이니까요."

박문수는 천천히 몸을 일으켰다.

"또한, 사람을 막 대하는 곳의 대표가 있는 회사에서 우리 일화그룹에 실질적인 이득을 가져다줄 것인가? 라는 것에 대한 의문도 들었습니다. 그럼 이만."

"……아, 안 돼! 제, 제발……!"

하지만 박문수는 가차 없이 밖으로 나섰다. 우태진은 그에 좌절할 수밖에 없었다.

그리고 그때, 때마침 휴대폰으로 전화가 한 통 걸려왔다. 홍신소였다.

[말씀하셨던 분은 죄송하지만 찾을 수가 없습니다. 아무리 수소문을 해도 실마리조차도 잡히지 않네요. 이런 경우 두 가지로 나눠집니다. 죽은 사람이거나 혹은.]

우태진은 마지막 말에 귀 기울였다.

[우리 같은 사람들이 건드려선 안 될 거물이거나.]

우태진은 미간을 구겼다.

되는 일이 하나도 없었다. 그리고 자신은 쫄딱 망해 버렸다는 거다.

황금 망치 드워프 란트!

그는 아틀라스 영지의 시련을 도전할 이방인이 자신의 세상에 갔다가 다시 돌아온 것을 볼 수 있었다.

이방인 민혁은 생명의 어머니 에덴으로부터 퀘스트를 받았다.

[영지 퀘스트: 세계수의 줄기를 갉아 먹는 농작물 제거]

등급: SS

제한: 영지 아틀라스에 대한 힌트를 얻은 자

보상: 영지 아틀라스에 작은 세계수 나무가 적용됩니다. 작은 세계수의 신비한 과일(1) 획득

설명: 영지 아틀라스에는 놀랍게도 세계수의 축소형인 작은 세계수 나무가 있다. 그런데, 어느 날부터 '시듦의 수박'이나 '시듦의 멜론'과 같은 것이 자라나 세계수의 줄기를 갉아 먹기 시작했다.

그러한 것들을 2주일 동안 20% 따내어라, 따낸다면 아틀라스 영지의 주인이 될 수 있다.

시듦의 과일!!

이 시듦의 과일은 식신의 영지에서 파멸의 마에스트로로 주인이 바뀌었을 때, 갑자기 자라나기 시작했다. 그리고 작은 세계수 나무의 줄기를 갉아 먹고 시들게 했다.

사실상 이 시련은 작은 세계수를 완치시키는 퀘스트는 아니다. 블란과 생명의 어머니 에덴을 도와 20%의 농작물만 따도 성공이다.

하지만 문제가 있었다.

'어지간해선 따기 힘들지.'

이 아테네는 이방인들의 세계와 다르게 농사를 짓는 것도 다양한 요소들이 필요한 법. 전설의 농사꾼이라 불리는 블란조차도 하루에 서른 개를 따기가 힘들었다.

바로 그때, 이방인 민혁이 블란에게 질문한다.

"이 시듦의 과일들은 전부 맛은 똑같나요?"

"아니, 오히려 시듦의 과일들은 일반 과일들보다 훨씬 더 맛이 좋다네, 단지 작은 세계수 나무에만 안 좋게 작용하는 거지."

민혁은 고개를 주억이더니 란트의 앞으로 다가왔다.

"아까 전에 영지민들도 함께 깨어난 것을 보았습니다."

"그렇지."

영지 아틀라스에는 과거의 영지민들도 상당수 남아 있었다. 그리고 만약 이 시련을 완수하면 그 영지민은 대부분 사라지고 대신에 새로운 주인이 새로운 영지민을 채워 넣어야 한다.

"영지민의 도움을 받는 것도 가능한가요?"

"그건 나도 장담할 수 없군."

란트는 피식 웃음 지을 수밖에 없었다.

전설의 영지 아틀라스에 거주하던 영지민이다. 그러한 영지민이 고작 새로운 주인이 되려는 이방인을 도와줄 리는 만무하지 않은가?

하지만 그 사실을 아는지 모르는지 민혁은 음침하게 웃고 있었고 란트는 몸을 돌렸다. 그리고 어딘가로 걸음을 옮겼다.

'20%의 시듦의 농작물을 캐내는 건 불가능해.'

란트는 걸음을 옮기다가 넓게 펼쳐진 밭을 보았다. 밭은 말도 안 되게 광활하게 커다랬다. 절대 혼자서 20%를 딸 수 없는 양! 물론 시련 도전자가 어떤 방식으로 도전하느냐에 따라 가능할지도 모르지만, 매우 힘든 시련이라는 거다.

하지만 란트는 이미 실패할 거라는 것을 거의 기정적인 사실로 보고 있었다. 전설의 농사꾼 블란도 하루에 서른 개를 따기 힘들고 2주 동안 10%를 수확하기 힘드니까.

걸음을 옮기던 란트는 어딘가로 들어갔다. 그곳에 하나의 동상이 세워져 있었다. 바로 식신의 동상이었다.

그 앞에 주저앉은 란트는 허허거리며 웃다가 욕지거리를 토해냈다.

"빌어먹을 놈! 나한테 고작 부침개가 잘 구워지는 도구나 만들어달라고 하더니, 결국 죽고 말았군!"

그는 고거 쌤통이다 하는 표정을 지었지만, 그 앞에 털썩 주저앉아 술을 기울였다.

"술을 항아리에 넣고 마시던 자네가 그립군."

그러다 문득 란트는 생각했다.

작은 세계수 나무 시련.

'어쩌면 식신이었더라면 가능했을지도 모르겠군.'

그는 높은 손재주를 가지고 있었다. 자그마치 1천이 넘는 손재주를 말이다.

하지만 그래도 겨우겨우 해내는 수준일 터다.

'그보다 놈의 후예는 세상에 아직 나타나지 않은 걸까?'

란트는 의아해하며 술잔을 기울였고, 그 안에서 사흘을 보냈다.

그리고 진행 경과를 확인하기 위해 밖으로 나온 그는 이상한 기현상을 볼 수 있었다.

펏펏펏펏펏-

생명의 어머니 에덴이 열심히 시듦의 과일들을 캐고 있었는데, 눈이 붉게 충혈되어 있었다.

평소의 그녀는 매우 도도하고 말수가 적은 여인. 그런 그녀가 중얼거린다.

"먹는다…… 수박 생과일주스!!"

콰지익-

"먹는다, 수박화채!!"

콰작-

그뿐만이 아니었다.

검과 방패라 불리는 크로세우. 대륙 최고의 스승! 그 또한 호미를 쥐고 열심히 땅을 판다.

[연검술]

[빠른 속도로 적을 공격합니다.]

그것도 스킬을 사용하며 호미를 들고 파파파파팟 땅을 파고 있었다.

"잉?"

거기서 그치지 않는다.

대륙을 강타한 전염병의 약을 개발하고 최고의 사제라 불리는 루이스!! 그가 양손을 모아 기도를 올렸다.

"제발, 오늘 하루 민혁느님께서 저에게 일용할 양식인 멜론주스를 내려주게 해주소서!! 아멘!"

"저, 저건 또 뭔가!!"

그리고 그치지 않는다. 근처에 수백 명의 영지민이 마치 흑마법사에게 홀린 듯 곡괭이와 호미질을 멈추지 않고 있었다.

그보다 놀라운 것. 갑자기 그 이방인이 나타나 한 손을 들어 올리자 마치 사이비 종교의 신도들처럼 모두의 시선이 향했다.

"여러분 조금만 더 힘내십시오!! 오늘 수박주스!! 멜론주스!! 먹을 수 있습니다!!"

"우오오오오오!"

"꺄악, 행복해에!!"

"나 열심히 하겠네."

"민혁루야!!"

그리고 란트는 당황했다.

'대륙 3대 전설들을 농사꾼으로 부리고 있다니? 그, 그것도 고작 주스들로?'

자그마치 대륙 3대 전설들이다. 그런데, 고작 '주스'라는 값싼 인건비로 그는 그들을 개처럼 부려먹고 있었다.

'도대체 이게 어떻게 된 일이야!!'

그는 영문을 알 수 없었다.

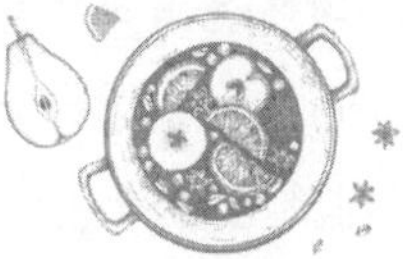

3장
쥬씨 음료

드워프 란트가 사라지고 난 직후 민혁은 생각해 봤다.

‘작은 세계수의 신비한 과일이라고?’

확인해 보자 작은 세계수의 신비한 과일은 하나의 과일에 여러 가지 과일들의 맛이 난다고 적혀 있었다.

참으로 신비한 과일이었는데, 민혁은 자신도 모르게 절로 군침이 돌았다. 심지어 먹는 즉시, 상당한 양의 경험치를 얻을 수 있다고 되어 있다.

민혁은 먼저 블란을 따라서 걸음을 옮겼다.

“이것들이 바로 시듦의 과일일세.”

블란은 땅에서 자라나 있는 희한한 과일들을 가리켰다. 희한하게도 이곳에선 나무가 아닌, 땅에서 과일들이 자라나며 고구마나, 감자 등도 있었다.

"과일들이 땅에서 자라나는 이유는 작은 세계수 나무의 힘을 받기 위함이지, 그런데 시듦의 과일들이 오히려 작은 세계수를 갉아 먹고 있어. 자, 하는 방법은 어렵지 않네."

블란은 호미를 이용해서 땅을 팠다.

팟팟팟-

그리고 서른 차례를 넘게 호미질을 하고 나서야 시듦의 과일이 모습을 드러냈다. 다름 아닌, 사과였다.

"와, 신기하네요."

"하지만 이 땅 자체는 작은 세계수 나무가 아틀라스의 주인이 오기 전까지는 아무나 캘 수 없게 힘을 발하고 있지."

"주인이 오기 전까지요?"

"그래, 그렇기 때문에 윤곽을 드러내게 하는 데만도 이렇게 오랜 시간이 소요되지 않았는가? 나조차도 하나를 캐는 데 20분은 소요된다네."

그러면서 블란은 계속해서 호미질을 했다. 그리고 사과에 연결된 줄기를 끊기 위해 작은 단도를 집어 들었다.

"조심해야 해, 이 줄기는 작은 세계수의 줄기이기 때문에 다치지 않게 끊어내는 것도 중요하지, 이래서 20분 이상 걸린다는 거네."

민혁은 그 말에 고개를 주억였다. 그러면서 블란은 아주 열심히 사과를 채집하기 위해 노력했다.

"예전에 고구마와 감자를 캤던 자네는 꽤 빨랐지만, 그때완 많이 다르다네, 1시간에 하나를 캐기도 힘들어."

그리고 그때.

툭-

"……응?"

블란이 고개를 갸웃했다. 자신의 옆으로 웬 큼지막한 멜론 하나가 뚝 떨어졌기 때문이다.

거기서 그치지 않았다.

팟팟팟팟-

민혁이 빠르게 손을 움직이고 있었다.

그리고…….

[시듦의 수박을 획득합니다.]

[손재주 1을 획득합니다.]

블란은 잠시 이 상황이 이해가 되지 않았다.

'뭐, 뭐야?'

마치 일반적인 농사처럼 땅에 호미를 가져다 대고 파파팟 하는 순간 곧바로 땅이 파였다.

언급했듯 이 땅은 작은 세계수 나무의 힘에 의해 잘 팔 수 없게 되어 있다. 그런데, 민혁은 가뿐히 파내더니, 작은 세계수 나무가 다치지 않을 부위를 정확하게 잘라내 과일을 수확해 냈다.

그 이유는 간단했다. 민혁의 손재주 스텟이 자그마치 2천을 넘어갔기 때문이다. 전설의 농사꾼이라는 블란도 고작해야 1천을 조금 넘는 수준밖에 되지 않았다.

"……?"

"아자, 시듦의 멜론이다!! 헤헷-"

"……?"

"아싸라뵤! 시듦의 참외!!"

순간 블란은 울고 싶어졌다.

'이, 이놈은 정말…….'

예전에도 그랬지만 정말이지 특이한 사내였다.

'이 정도 속도라면 충분하겠는데?'

20%의 '시듦의 과일'들을 수확하는 게 크게 어려워 보이지는 않았다.

하지만 곧 그렇게 캐던 민혁은 주변을 둘러봤다.

"밭이 정말 넓네요, 히야~"

그 눈빛은 탐욕과 욕망에 물든 눈빛이었다. 마치 예전에 감자와 고구마를 캘 때의 눈빛을 보는 것 같았다.

돈보다는 맛있는 것, 명예보다도 역시 맛있는 것, 그 어떠한 것보다 역시 맛있는 게 최고인 민혁 아니던가? 그에게 있어서 이 밭에 있는 것들은 말 그대로 금은보화 그 자체였다. 그랬기에 고작 20%가 아니라 전부 따내고 싶었다.

하지만 그러기에는 시간이 다소 부족해 보였다.

민혁은 아테네 신전에서의 일을 떠올렸다.

'그때…….'

그 방법을 다시 사용해 볼까 했다.

민혁은 이 주변 사람들에게 맞는 음식을 떠올렸다.

'그래, 이곳엔 과일이 종류별로 정말 많아, 그리고…….'

민혁은 인벤토리에서 물을 꺼내었다. 그리고 흙이 묻은 사과를 씻어낸 후에, 그 주먹만 한 사과를 그대로 베어 물었다.

와삭-

이빨 자국이 남으며 아삭아삭한 사과가 입안으로 들어왔다. 턱을 움직일 때마다 상큼한 과즙을 품은 사과가 맛있게 씹혔다.

'와, 진짜 달다…….'

민혁은 감탄했다. 시듦의 과일은 일반 과일들보다 훨씬 더 맛이 좋았던 거다.

그에 민혁은 손가락을 튕겼다.

따악!

'그래, 이렇게 많은 과일, 그리고…….'

민혁은 하늘을 올려다봤다.

아틀라스 위로 뜨거운 태양이 내리쬐고 있었다. 당장에 움직이는 몇몇의 영지민만 보아도 그들은 후덥지근한 더위에 손부채질을 멈추지 않았으며 땀을 비 오듯 흘리고 있다.

심지어 대륙의 전설들은 유치원에 소풍 온 것처럼 나무 밑 그늘에 앉아서 소꿉놀이(?)를 하는 듯 쉬고 있었다.

"그래, 쥬쒸가 답이다!"

쥬쒸. 길거리에서 흔하게 찾아볼 수 있는 프랜차이즈로, 생과일주스가 주메뉴였다. 가격도 싸고 맛도 좋아 여름이면 누구든 한 번씩 떠올리는 가게. 그 음료를 만드는 거다.

민혁은 시듦의 과일들을 더 캐냈다.

'저놈이 또 뭘 하려는 거지?'

블란은 의아한 표정을 지으며 민혁을 보았다.

더 캐낸 민혁은 그것들을 깨끗하게 씻었다. 그다음 커다란 믹서기에 넣었으며 그 안으로 얼음들도 가득가득 넣었다.

그리고 돌리기 전에, 마지막 재료를 넣었다.

'바다꿀!'

바다꿀은 용왕의 바다 인근에서 채취한 놀라운 재료였다.

그 설명을 보자면.

(바다꿀)

재료 등급: C

특수 능력:

- 스트레스받았을 때 최고다.
- 중독성이 있다.

설명: 바다의 식물에서 채취할 수 있는 바다꿀이다. 당 떨어졌을 때 최고이며 일반 설탕이나 꿀보다 훨씬 건강하게 달콤하다. 하지만 중독성이 있어, 많은 복용을 금한다.

바다꿀은 민혁도 직접 먹어봤는데, 중독성이 꽤 강했다. 한번 탁 찍어 먹어보면 일반 꿀만큼 단데, 그 특유의 맛이 존재한다. 그리고 한번 먹고 나면 머릿속에서 계속 아른거리며 심지어 일반 꿀이나 설탕보다 더 건강하게 달다.

민혁은 믹서기 안으로 그 꿀을 넣었다. 그리고.

드르르르르르르르륵-

갈기 시작했다. 그리고 민혁은 인벤토리에서 일회용 컵과 빨대를 꺼냈다.

"아, 아니, 자네 인벤토리에서 그게 왜 나오나?"

"머그 컵에 마시면 맛이 없어서 항상 삼만 개씩 가지고 다니는데요?"

"……."

블란이 말문을 잃었다.

그렇다, 민혁은 한 번씩 더울 때마다 카페 음료를 마시곤 하는데, 자고로 카페 음료는 머그 컵보다 희한하게도 일회용 컵에 마셔야 맛있던 것이다!! 물론 환경을 생각하는 민혁은 일회용 컵에 마신 후에, 깨끗이 씻어 재사용을 한다.

민혁은 일회용 컵 안으로 수박주스를 따랐다.

불그스름한 수박주스로 곱게 갈린 얼음들이 함께 보인다.

자그마치 900ml 대용량의 수박주스. 손으로 쥐자 그 차가움이 손을 타고 온몸에 전달되었다.

민혁은, 갑자기 팔굽혀펴기를 하기 시작했다.

"자네, 또 왜 그러나?"

"이렇게 먹어야 맛있거든요."

블란은 예전에 민혁이 고구마는 이불 안에서 까먹어야 맛있다고 했던 기억을 떠올렸다.

'진짜…… 제정신이 아니야…….'

그렇게 팔굽혀펴기를 끝낸 민혁이 숨을 거칠게 쉬더니, 이마에서 흐르는 땀을 느꼈다. 그래, 딱 이 느낌.

쥬쒸. 해가 쨍쨍하고 몸이 저절로 축 처지는 그 더운 날, 갈증이 극에 달했을 때 급하게 찾는다.

"수박으로요, 사이즈 큰 걸로요."

시원하게 갈리는 소리를 들으며 수박주스가 나오길 기다리면 직원이 묻는다. '빨대 꽂아드릴까요?' 라고.

그렇게 받아 든 음료는 너무 시원하다. 막 가게를 나서며 갈증이 심할 때, 그 한 모금을 착 마셔준다.

그럼 입과 목구멍 뒤로 시원하고 달콤한 쥬쒸 수박 음료가 넘어간다. 바로 지금처럼.

"크!!"

절로 감탄이 나오는 맛이었다. 맛이 좋아 계속해서 마셔도 희한하게 쥬쒸 음료는 줄지 않는다. 물론 일반인들 기준에서.

민혁은 블란에게 먼저 내밀었다.

"수박주스입니다. 시원하게~ 한 잔 들이켜고 하세요! 하핫!"

'이, 이놈이 그냥 음식을 베풀 놈이 아닌데?'

블란은 의아해졌다. 독이라도 탔나? 아니면 뭐 다른 거라도?

하지만 블란도 극심한 갈증을 느꼈다.

그가 한 모금 쭉 들이켰다.

그리고 그 순간 눈이 크게 떠졌다.

"마, 맛있군……."

"헤헤, 그렇죠?"

블란의 목울대가 쉴새 없이 움직였다.

민혁이 쥬쒸를 택한 이유는 여러 가지가 있다.

첫 번째, 이곳 영지민은 수백 년 전의 사람이다. 그때 얼음이 흔했을까? 아니다. 이토록 시원한 음료를 먹기는 힘들었을 것이며 심지어 꿀까지 함께 넣은 이러한 음료의 맛을 잊지 못할 거다.

두 번째, 이곳에 이토록 많은 재료가 있었으며 오히려 이를 이용해 영지민이 어떻게든 캐게 할 수 있다는 것.

민혁은 수백 잔의 음료를 만들고 걸음을 옮겼다.

그리고 생명의 어머니 에덴에게 한 잔.

"어머, 이런 맛은 처음이야, 너무 맛있어!!"

검과 방패 크로세우에게 한 잔.

"난 단 걸 별로 좋아하지 않는데, 한번 맛이나 보……."

쭈우우우우웁!

"헉……! 마, 맛있군, 살면서 이런 맛은 처음일세!!"

사제 루이스에게.

"감사합니다. 신의 은총이 함께하길……."

쭈우우우우웁!

그가 갑자기 덥석 손을 잡았다.

"신이시여!"

"예?"

"아, 아닙니다."

"……."

그렇게 셋의 전설들에게 쥬씨를 먹인 후, 민혁은 계속 걸음을 옮겼다.

어린 소녀에게.

"꼬마야, 이 음료수 한 잔 먹어볼래?"

"고마워요!"

쭈우우우우웁-

"마, 맛있어요!!"

민혁은 흐뭇하게 웃었다.

'이 아이도 열심히 농사일을 해주겠구나.'

민혁은 계속해서 영지민들에게 쥬쒸 음료를 나눠주었다.

그들은 이 음료가 무엇인지도 모르고 잘도 마셨다. 실제로는 그저 맛만 좋을 음료일 뿐이지 않은가?

처음 그들은 자존심이 강했고 민혁에 대한 거리감을 보였다.

"이방인? 이 땅의 주인이 되려 한다고? 당신 같은 이방인이 가당키나 할 것 같은가?"

하지만 민혁의 쥬쒸를 맛보고 손을 잡는다.

"영주님, 사랑합니다."

그렇게 민혁의 쥬쒸 음료가 입소문을 타고, 덕분에 많은 영지민들이 모여들게 된 것이다.

그리고 블란…….

"아, 아니, 난 왜 여기서 이걸 갈고 있는 거지?"

"한 잔 더 드릴 테니, 어서 갈아주시죠."

"나 열심히 갈겠네!!"

그는 음료수를 갈아주는 직원이 되어버렸다. 이상한 일이었다. 입안으로 들어오던 그 시원한 맛이 계속해서 생각났다.

손에 쥐었을 때의 차가움, 큼지막한 빨대로 쭉 빨아들였을 때의 그 맛!

꾸울꺽-

목울대가 움직인 블란이 쉴 새 없이 음료를 갈았다.

그리고 영지민들이 모두 먹었을 때쯤, 생명의 어머니 에덴이 눈 밑이 퀭해지고 손을 파들파들 떨며 왔다.

"저, 저기요."

"네, 호갱…… 아니, 에덴 님!"

"주스 한 잔 더 마실 수 없을까요? 아, 공짜로 달라는 건 아니에요. 이거……."

그러면서 생명의 어머니 에덴이 건넨 것은 다름 아닌 명약 중 하나인 500년 수박이었다. 500년 수박은 그 과즙이 농축되어 훨씬 달고 맛있다고 한다. 또한, 특수 능력으로 경험치 100만이 올라가는 놀라운 힘을 가졌다.

일단 샤샤샥 인벤토리에 챙긴 민혁.

그가 안타까운 표정으로 말했다.

"저런…… 이 아틀라스 영지민분들과 전설분들을 만나 너무 기뻐, 음료를 돌리고 있지만 제가 캐낸 '시듦의 과일'들로 하는 것인지라, 어렵겠네요. 다른 분들 먹을 게 부족해요."

"그, 그런……."

생명의 어머니 에덴은 울먹이며 돌아갔다.

'흐흐, 500년 수박 챙겼다.'

그리고 민혁은 기분 좋게 웃었으며 이번엔 검과 방패 크로세우가 왔다.

"그…… 한 잔 더 주지!"

민혁은 똑같은 말을 반복했다.

그가 거칠게 몸을 돌려 사라졌다.

마트 시식 코너란, 맛을 보고 사라는 의미를 뜻한다. 민혁은 이처럼 시식을 시키고 이들에게 일을 시킬 생각이었고 계획이 차근차근 진행 중이었다.

생명의 어머니 에덴. 그녀는 손이 파들파들 떨려오고 있었고 불안 증세가 나타나는 듯 안절부절못했다.

"흠흠, 이놈의 팔이 왜 이러는 거지."

에덴뿐만이 아니었다. 그 위엄 있는 크로세우도 팔을 부들부들 떨었다. 그리고 사제, 루이스 또한 마찬가지였다.

"시, 신이시여…… 어찌 제게 이런 시련을 주시나이까…… 제발 제게 그 멜론주스를 한 입 더 먹을 영광을 주소서……."

동등하게 음료를 나눠주겠다는데 자신들만 더 마시고 싶다 하는 게 이상한 일 아니겠는가?

그러다 지나가는 영지민들이 수박주스를 마시는 게 보인다.

"와, 이거 진짜 맛있어!!"

"우와!! 저분이 영주님이 되면 매일 마실 수 있는 건가?"

"바보야, 우리는 새로운 영지의 주인이 나타나면 사라진다고."

"아참."

그리고 생명의 어머니 에덴. 생명, 따뜻함, 자비, 그녀를 뜻하는 것들. 그런 그녀가 지금 생각하는 것은…….

'저들을 기습해서 뺏을까?'

참으로 나쁜 생각이었던 것!

하지만 그녀는 곧 이성을 차렸다.

그리고 그들은 힘겨운 시간을 보내면서 하루를 이겨냈다. 내일을 위해서.

'맞아, 생각해 보니 그는 시듦의 과일들을 계속 캐야 하니, 내일이면 마실 수 있어…….'

'오늘만 참자!'

하지만 그들의 생각은 오산이었다.

다음 날, 천 명 가까이의 영지민과 3대 전설들이 민혁의 앞에 모여들었다.

하지만 민혁은 시듦의 과일을 캐지 않았다. 오히려 입술을 파랗게 만들고 안색이 창백해져 기침을 했다.

"콜록콜록! 어제 무리했더니, 그만 감기 몸살에 걸렸어요. 쿨러억! 시듦의 과일은 당분간 채집할 수 없겠네요."

"이, 이런……."

"아, 안 돼!!"

"안 됩니다!! 어서 빨리 나으셔야……!"

"쿨러어어억!"

민혁은 그 순간 기침을 하며 목을 부여잡고 풀썩 쓰러졌다. 올해 남우 주연상은 바로 민혁이었다.

"으으으…… 너무 힘들어요."

"……."

모두가 미치고 팔짝 뛸 노릇이었다. 아픈 사람에게 마시고 싶다고 재촉할 수도 없는 노릇 아닌가!!

바로 그때였다. 한 여인이 먼저 나섰다. 그녀는 항상 베품과 자비, 따뜻함 그 자체라는 생명의 어머니 에덴이었다. 그녀의 좌로 호미가, 우로 곡괭이가 들려 있었다.

그녀를 선두로.

"모두 연장(?) 챙기시게."

검과 방패 크로세우 또한 좌 호미, 우 곡괭이를 들고 달려 나갔다. 그에 영지민들이 하나둘, 농사 기구를 챙기고 움직이기 시작했다.

그리고 달려가는 그들의 뒷모습을 보며 입술을 계속 파랗게 만들기 위해 민혁은 '페인트 사탕'을 먹어줬다.

'크흐흐흐흐흐!'

민혁이 회심의 미소를 짓는 바로 그때.

[전설들을 착취하는 자 칭호를 획득합니다.]

알림이 울렸다.

민혁은 쾌재를 불렀다. 전설들을 착취하는 자 칭호의 효과는 다름 아닌, 전설들을 상대로 거짓말을 할 때 그들이 더 믿을 수 있게 된다는 거였다.

그리고 민혁은 보았다.

[어머니의 손길]

[어머니의 따뜻한 손길에 따라 뿌리들이 스스로 움직여 도와줍니다.]

생명의 어머니 에덴이 쥔 곡괭이에서 뻗어 나간 힘에 의해 땅속에서 뿌리들이 비집고 튀어나와 과일들을 따려고 노력한다. 당장 주스를 마셔야겠다는 일념으로 에덴은 곡괭이질과 호미질을 멈추지 않았다.

그리고 검과 방패라 불리는 크로세우. 그가 힘껏 곡괭이를 땅에 박아넣자 놀라운 일이 일어났다.

[스승의 부름]

[크로세우의 손을 거쳐 간 수백 명의 인재가 깨어나 그를 돕습니다.]

흙으로 빚어진 수백 명의 사람들이 나타났다. 그들은 갑자기 자신들을 소환한 크로세우에게 의아함을 드러내고 있었다.

"명을 받들어라!"

"예!"

의아함도 잠시 그들은 위엄 넘치는 크로세우의 말에 모두가 일사불란하게 정렬하고 섰다.

수백 년 만에 내려지는 스승님의 명령!

"과일들을 따라, 거무스름한 빛을 내는 과일들 위주로 말이다. 어서!!"

"예, 예!"

수백 년 만에 흙으로 소환된 크로세우의 제자들은 의아해하면서도 열심히 과일들을 따기 시작했다.

그리고 루이스는.

"신이시여…… 수박주스가 너무나도 먹고 싶습니다…… 제발, 수박주스를 먹을 수 있게 제게 힘을 빌려주소서……!"

크로세우가 소환한 병사들, 그 외의 영지민들에게 버프 능력을 내려주고 있었다.

"민혁 님께서 아프시니 우리가 오늘 따지 않으면 과일주스를 마실 수 없습니다."

"모두 힘을 냅시다!!"

"와아아아아아!"

하루에 그들의 임금이 약 5만 골드라고 가정한다. 그와 비교했을 때, 보통의 사과와 같은 과일 하나에 약 1,500골드에서 2,000골드 정도를 한다. 음료 한 잔에 들어가는 재료비는 어찌 보면 고작해야 1,500골드 정도인 셈일 거다. 그런 1,500골드로 민혁은 수백 명의 영지민들과 하루 부리는 데 수십 플래티넘 이상의 값어치의 3대 전설을 부리고 있었다.

'오오오오! 쭉쭉 오르는구나, 쭉쭉 올라!!'

민혁의 좌측 상단 위에는 채집량이 적혀져 있었다.

어제까지만 해도 약 3%를 찍었고 오늘은 아픈 척을 하느라 앓아누웠기에 3%에 정체되어 있었던 채집도가 맹렬한 속도로 차오르기 시작했다. 1시간 만에 약 3%가 찼다.

한 사람이 혼자서 시듦의 과일을 캐내는 데 평균적으로 걸리는 시간은 3~4시간 남짓이었다. 한데 그것이 수백 명, 아니, 어쩌면 천 명이 넘는 인원들이 가세해 버리자 빠르게 오르기 시작한 것이다.

'자, 이제 여기에서 적당한 채찍질을 하는 거지.'

민혁은 몸을 파들파들 떨면서도 일어섰다.

"민혁 님, 안색이 안 좋으신데……."

생명의 어머니 에덴이었다. 그녀의 말에 민혁이 말했다.

"저를 위해 이렇게 열심히 해주시는데, 제가 이렇게 쉬고만 있을 순 없죠. 쿨럭!!"

민혁은 기침을 하다가 한 번 휘청였다.

그 순간, 에덴이 그를 부축했다.

'아아아아! 이렇게 훌륭하신 분이 있으실 수 있다니……! 아프시면서도 목말라하는 우리에게 마실 것을 주시기 위해……! 정말 멋진 분이다!!'

[에덴과의 친밀도가 상승합니다.]

[에덴과의 친밀도가 상승합니다.]

[5대 스텟을 10씩 획득합니다.]

[명성 20을 획득합니다.]

'뭐지?'

민혁은 그에 고개를 갸웃할 수밖에 없었다. 에덴과의 친밀도가 상승했을 뿐인데, 5대 스텟과 명성이 올랐다.

'아……!!'

그리고 민혁은 기억해 냈다. 예전에 엘레와의 친밀도를 상승시켰을 때도 이러한 비슷한 일이 있었다.

민혁은 공통점을 알아냈다.

'엘레 누나나 생명의 어머니 에덴은 사실상 쉽게 친밀도를 올릴 수 없는 존재들 아닐까? 그런 이들과의 친밀도를 올림에 따라 보상이 주어지는 시스템인 거지!'

민혁은 이 시스템을 정확히 간파해 낸 것이다.

때마침, 크로세우와 루이스가 다가왔다.

"무슨 일입니까?"

그리고 민혁은 이때다 싶었다.

"여러분을 위해 어떻게든 음료를 만들어 드릴 겁니다. 제 몸이 부서지는 한이 있더라도!!"

그렇게 외치며 걸어가던 민혁.

'아, 아니, 저런 강인한 정신력이라니…… 입술이 저렇게 파란데……!'

'정말 멋진 형제님이시군……!'

그렇게 걸어가던 중, 민혁은 마지막 화려한 장식을 했다.

풀썩-

그대로 기절하듯 쓰러져 버린 것이다.

[크로세우와의 친밀도가 상승합니다.]

[크로세우와의 친밀도가 상승합니다.]

[카리스마 50을 획득합니다.]

[힘 40을 획득합니다.]

[명성 20을 획득합니다.]

[루이스와의 친밀도가 상승합니다.]

[루이스와의 친밀도가 상승합니다.]

[신성력 50을 획득합니다.]

[명성 30을 획득합니다.]

소란을 듣고 영지민들이 달려왔다.

크로세우는 마치 폭탄에 맞은 전우를 챙기듯, 민혁을 안아 들고 열변을 토해냈다.

"우, 우리를 위해 음료를 만드시려다가 기절하셨다…… 아픈 몸을 이끄시고도 말이다!!"

"아아아아아! 민혁 님!!"

"아아아아아아아, 우리가 계속 음료를 해달라고 하니 강한 압박감을 느끼신 거군요. 그럼에도 우리를 위해 음료를 만들어주려고 했지만 결국에……!"

"크흐흐윽!!"

[버겐과의 친밀도가 상승합니다.]
[리차드와의 친밀도가 상승합니다.]
[루베르와의 친밀도가 상승합니다.]
[케네디와의 친밀도가 상승합니다.]

영지민들과의 친밀도가 올랐다는 알림이 쉴 새 없이 들려왔다.

그리고 크로세우의 품에 안긴 민혁의 입꼬리가 스리슬쩍 올라갔다.

식신의 동상 앞에서 그와의 며칠을 보냈었던 드워프 란트.

경악한 그는 볼 수 있었다.

'채집도 64%?'

"무, 무슨 이런 말도 안 되는 일이……."

세상에나 말이 되는가?

지금 민혁은 지금 이 자리에 있는 4대 전설 중에서, 세 명의 전설들을 손가락 하나 까딱하지 않고 부리고 있었다. 그리고 채찍 뒤에 당근을 주는 것도 잊지 않고 있었다.

"힘드시죠? 이거 한 잔 쭉쭉 들이켜고 힘내요."

"가, 감사합니다. 감사합니다, 정말 감사합니다!!"

영지민 한 사람이 그 음료 한 잔에 여러 번 고개를 숙여 보이며 고마움의 표시를 보이더니, 더 열심히 하기 시작했다.

그리고 그때, 민혁이 란트를 발견하고 음침한 미소를 지으며 다가왔다.

"더우시죠? 수박주스 한 잔 들이켜세요. 주스 들어간다, 쭉쭉쭉 쭉쭉~ 언제까지 어깨춤을 추게 할~거~야~"

특별 유저 관리팀은 말문을 잃었다.

"아, 아니, 저, 저게…… 허어……."

강태훈 사장은 무슨 말을 해야 할지 모르겠다는 듯 입을 벙긋거렸고 박 팀장은 이마에 손을 짚었다.

그리고 이민화는…….

'쥬씨 맛있겠다…… 헤…….'

지금 상황보단 시원한 쥬씨 수박주스 한 모금이 당기는 이민화였다.

"아니, 무슨 영지민들을 음료수 한 잔으로 꼬셔서 노예로 부립니까."

그렇다. 노예. 딱 그 말이 어울려 보였다.

민혁이 아닌 척은 하지만, 민혁은 편하게 음료수나 갈아주고 영지민들이나 3대 전설들, 아니, 정확히 이제는…….

[내가 과일들을 더 잘 딸 수 있게 농기구들을 닦거나 갈아주지!!!]

4대 전설들이다. 그 위엄 있는 황금 망치 드워프 란트도 민혁이 건넨 수박주스 한 잔을 들이켜더니, 저 모양이 된 것이다. 그는 영지민들의 농기구들을 손봐주어 더욱더 열매를 빠르게 수확할 수 있게 해냈다.

"그런데 고작 주스 한 잔에 저럴 수가 있나?"

강태훈 사장의 말에 평소 사원들 사이에서 '먹대장 꿈나무'라 불리는 이민화가 말했다.

"수백 년 동안 갇혀 있던 사람들이잖아요, 저 같아도 저럴 것 같은데요, 심지어 저들이 있었을 때는 시원한 얼음을 함께 간 음료도 찾아보기 힘들었겠죠. 거기에 2천이 넘는 손재주 스텟을 가진 민혁 유저가 갈아준 음료면 얼마나 맛있을까요…… 마시는 순간, 천상의 목소리가 들릴 것 같은데."

"……그, 그런가."

이민화 입장에선 충분히 이해가 된다. 심지어 중독 효과가 있는 '바다의 꿀'도 들어갔으니.

그래도 아무리 그렇지만 이건 너무 대단하다.

시련의 기간은 2주였다. 그런데, 이제 고작 시작한 지 1주일, 그 1주일 만에 시듦의 과일 대부분을 따냈다는 거다.

"만약 모든 시련을 다 저런 식으로 이겨내면 어떻게 되는 거예요?"

이민화 사원의 질문에 박민규 팀장이 한숨 섞인 목소리로 말했다.

"풍족한 재정을 가지고 있고 씨앗만 뿌리면 잘 자라나는 영지, 방어와 공격이 최고가 되는 영지, 아티팩트들이 하나같이 뛰어난 영지, 그리고……."

박 팀장이 말했다.

"심지어 회복 기능도 갖춘 영지가 되겠지. 말 그대로 사기적인 영지가 탄생할 거야. 과거의 아틀라스 모습 그 자체의 영지가."

아스간 대륙의 한 작은 마을. 그곳에 남성 유저가 모여 있었다.

한 여인이 말했다.

"우리 가게에서……."

치맛자락을 살짝 잡아 올리면서 말이다.

"라면 먹고 갈래~? 앗훙~"

"네네네네네네네!!"

"먹을래요! 먹을래요! 먹을래요!!"

"여기 다섯 그릇!!"

그와 함께 무수히도 많은 남정네가 모여들었다.

"이랏샤이마세!!"

코니르가 메이웨이가 가르쳐 준 인사말을 신나게 외치며 라면을 만들기 시작했다.

"히야……."

그리고 유저 아돌. 그는 장사 개시와 함께 먼저 자리 앉기에 성공한 유저다. 모태 솔로인 그는 라면을 파는 여인에 감탄하고 또 감탄했다.

"라면 나왔습니다, 손니임!"

꼬마 사장님이 라면을 내주었다.

꼬들꼬들한 면 위로 대파가 올라가 있고 함께 익혀진 계란도 보인다. 하지만 평범한 라면일 뿐 아니겠는가?

'또 이 어린 꼬마 사장이 만들었으니, 맛은 썩 없을지도……'

그래도 괜찮았다. 미녀 종업원이 있으니.

"어서 드셔보세요. 손님~ 호홍~"

메이웨이의 간드러진 목소리에, 아돌은 서둘러 젓가락을 들었다. 물론 눈은 그녀를 향하고 있다.

"무, 물론입니다."

그리고 한 젓가락 맛봤다.

"후루루루루룹!"

'히야, 너무 아름다우셔서 라면이 코로 들어가는지 입으로 들어가는지…… 응?'

그렇게 생각하던 아돌은 멈칫했다.

'뭐, 뭐야?'

라면 맛이 뭔가 다르다.

한 젓가락을 더 집어 먹어본다.

"후루루루루루룹!"

그러다 이번엔 앞에 놓인 아삭아삭한 김치도 입에 넣는다.

'와, 김치도…….'

아돌의 입이 쉴 새 없이 움직인다.

꼬마 사장님이 눈을 초롱초롱 빛내며 물어왔다.

"어떠십니까, 손님!!"

"찬밥 좀 주세요."

아돌은 대답하지 않았다.

소년이 재빠르게 찬밥을 가져왔다. 그 뜨끈한 국물에 찬밥을 말아 넣자 국물이 다소 식었다.

크게 한 수저 퍼서 입에 넣는다.

갑자기 아돌이 미친 듯이 허겁지겁 먹기 시작하자, 줄을 선 인파가 웅성거린다.

"뭐, 뭐지?"

아돌은 그릇째로 들고 아예 마셔 버렸다. 그리고 마지막 남은 밥알 한 톨까지 혀를 날름거려 먹었다.

"후아…… 하, 한 그릇 더……."

"우우우우우우우!"

"기다리는 사람 안 보이냐!!"

야유가 흘렀지만 아돌은 개의치 않았다. 정말 한 그릇을 더 먹고서야 일어섰다.

아돌은 넋이 나가 있었다.

"왜, 왜 그래요?"

"도대체 어떤 맛이었길래 그러는 겁니까?"

"천…… 맛…… 이었습니다."

"예?"

그에 아돌이 또박또박 말했다.

"천상의 맛이었습니다. 세상에서 이렇게 맛있는 라면은 처음 먹어본다고요!!"

"저, 정말요?"

"머, 먹는 순간, 저 아름다운 여성분이 눈에 들어오지 않을 정도라고요!!"

그 가게의 사장 코니르. 그가 해맑게 웃었다.

"라면 대상인 코니르!! 이제 부자다! 우왓!"

코니르의 라면이 불티나게 팔리기 시작했다.

메이웨이. 그녀는 놀랐다. 코니르의 라면이 엄청나게 맛있다는 입소문을 타고 하루 매출 1플래티넘을 달성했기 때문.

1플래티넘을 달성할 수 있었던 이유는 손님들이 진심을 담아 팁까지 듬뿍 주고 간 덕분이다.

거식증 때문에 그의 라면을 맛보지 못했던 메이웨이였기에 놀라운 발견이었다.

그리고 메이웨이에게 퀘스트 완료 알림이 들렸다.

[히든 퀘스트 '코니르의 장사 돕기'를 완료했습니다.]

[세상에서 가장 맛있는 라면 한 그릇을 코니르가 당신께 선물하려 합니다.]

메이웨이는 그에 고개를 주억였다.

코니르가 때마침 말한다.

"우와, 코니르!! 세상에서 가장 맛있는 라면 두 그릇을 만들 수 있게 되었다. 한 그릇은 누나에게 선물한다."

그리고 코니르가 라면을 만들기 시작했다. 메이웨이는 걱정 반 기대 반인 표정이었다.

코니르가 냄비에 물을 넣고 불을 켠 후에 말했다.

"코니르!! 누나에게 부탁이 있다."

"부탁?"

메이웨이가 고개를 갸웃했다.

"누나가 찾는 사람, 식신. 사실 그 사람이 내 형아다! 우리 멋진 형아다!"

"뭐……?"

메이웨이의 눈이 가늘게 떨렸다.

예전에 코니르와 메이웨이는 이야기를 나누었다. 메이웨이는 식신이란 유저를 찾는다고 했고, 코니르는 고개만 끄덕였다.

코니르가 말한다.

"라면 선물해 줄 테니, 우리 형아랑 싸우지 마라, 라면 백 그릇, 천 그릇도 해줄 거다! 우리 형을 지켜줘라. 누나가 강하다는 거 알고 있다! 싸우지 말고 지켜줘라!"

코니르가 활짝 이를 드러내며 웃었다. 그는 두 사람이 친구가 되길 바라는 것 같았다. 코니르는 그녀가 민혁을 찾는 이유를 잘못 이해한 거다. 싸우기 위함이라고.

그녀가 활짝 웃으며 답한다.

"코니르, 넌 잘못 이해하고 있었어, 난 너희 형과 싸울 생각이 없어, 그리고 네가 그렇게까지 말한다면……."

메이웨이가 부드럽게 웃었다.

"어떤 일이 있어도 그 사람을 지켜줄게."

"응!! 싸우면 안 된다. 친하게 지내야 착한 사람들이다!!"

그에 코니르는 해맑게 웃으며 고개를 세차게 끄덕였다. 메이웨이가 그를 보며 부드럽게 웃었다.

'한 번.'

일단 코니르에게 그렇게 말하긴 했지만 메이웨이는 그가 도움이 필요할 때 딱 한 번 도와주거나 지켜줄 생각이었다.

메이웨이는 민혁에 의해서 마음의 치유를 어느 정도 받았다. 물론 코니르가 대신한 말들이었지만 그는 매우 뜻깊은 일이었다. 그리고 코니르의 부탁이기도 하였다.

세계 랭킹 1위 메이웨이가 그를 위해 한 번 움직인다는 것은 매우 놀라운 일이 아닐 수 없을 것이다.

코니르가 중얼거렸다.

"우리 공주병 누나를 위해 세상에서 가장 맛있는 라면을 선물한다!"

그러자 코니르의 양손에서 작은 빛이 뿜어져 나와 그가

만들어낸 라면을 감쌌다.

그녀가 호흡을 침착하게 추스르며 라면 앞에 앉았다.

'먹을…… 수…… 있을까?'

음식 앞에만 서도 토를 하는 그녀였다. 그랬기 때문에 작은 우려가 있었다.

그러다 문득 코니르가 해줬던 말이 생각난다.

'네 잘못이 아니니다. 네 잘못이 아니니다. 한 부분 부족한 부분쯤, 내가 도와주면 아무것도 아니니다.'

그래, 내 잘못이 아니야.

그녀의 입가에 작은 미소가 감돌았다. 자신의 잘못이 아니다. 단지, 불행이 닥쳐왔을 뿐이다.

눈을 뜬 메이웨이가 김을 모락모락 피워내는 라면을 바라봤다. 붉은 국물 안에 있는 면발들과 그 위에 얹어진 얇게 썬 대파, 그리고 노른자와 흰자가 적당히 어울려 익혀진 계란.

천천히 그 국물을 먼저 떠먹기 위해 입으로 가져갔다.

그런데, 놀라운 일이 벌어졌다.

'매스꺼움이 없어……?'

거식증은 어쩌면 정신병의 일종이다. 그리고 그 정신병의 일종이 시간이 지날수록 위에서 거부하기 시작하는 거다. 그런데 거부감이 들지 않았다.

"후루룹."

그녀가 국물을 한 모금 떠먹어 봤다. 뜨거우면서도 얼큰한 라면 국물이 입으로 들어왔다.

'맛있…… 어…….'

가슴이 벅차오른다. 그래, 음식은 나쁜 것이 아니다. 이처럼 사람을 행복하게 하는 거다.

그녀의 입가에 미소가 감돈다.

그릇에 젓가락을 푹 집어넣는다. 그리고 면을 들어 올린다.

"후루루루루룹!"

그 탱글탱글한 면발이 입안으로 들어왔다. 우물우물 씹어 주다가, 김치 하나를 집어 든다.

아삭아삭- 새콤하면서도 매콤한 김치가 기분 좋게 씹힌다. 적절히 익혀진 계란도 한 입 베어 문다.

"맛있어, 정말 맛있어, 코니르."

"코니르, 기분 좋다!!"

메이웨이는 허겁지겁 먹기 시작했다. 그리고 면을 어느 정도 먹었을 때쯤.

"사장님, 여기 찬밥 하나요."

"네에~"

코니르가 찬밥을 가져왔다.

메이웨이는 라면에 밥을 말아 먹을 때 면이 꽤 남은 상태에서 말아 먹는 것을 좋아했다.

찬밥을 말아준 후에 수저로 꾹꾹 눌러준다. 그리고 수저로 퍼서 들어 올린다. 국물과 밥알, 그리고 면이 함께 딸려온다.

그것을 그대로 입에 넣는다.

'정말 맛있어…….'

찬밥과 라면의 조화. 정말 최고였다. 그녀가 그릇째로 들어 올려 마지막 한 방울까지 먹어치웠다. 그리고 모든 스킬 레벨이 1씩 올랐다는 알림이 들렸다.

하지만 그게 중요한 게 아니었다.

'첫…… 걸음…….'

거식증 치료에 첫걸음 크게 다가간 것이 분명한 일이었다.

"어땠어?"

"세상에서 먹어본 라면 중 가장 맛있었어, 코니르. 고마워."

그녀가 부드럽게 웃음 지었다.

그리고 코니르의 장사 퀘스트는 어느 정도 끝났다.

메이웨이는 진전을 보인 것뿐, 아직 완전한 완치를 한 건 아니다. 때문에 민혁을 만나야 한다는 사실은 변함이 없었다.

"이제 너희 형을 만나러 가도 되겠니?"

"응!"

코니르는 메이웨이를 믿었기에 크게 거리감 느끼지 않았다. 또한, 그녀는 민혁과 친구가 되고 그를 지켜주겠다고 하지 않았는가.

코니르가 품속에서 양피지를 꺼냈다.

'가신의 추적 양피지.'

가신의 추적 양피지는 오로지, 누군가에게 소속된 가신이 사용할 수 있다. 이 양피지를 찢으면 그 주인의 위치를 확인할 수 있다.

곧이어 코니르가 가신의 추적 양피지를 찢었다.

[가신의 추적 양피지를 찢었습니다.]
[민혁의 위치를 확인합니다.]

4대 전설들과 일천 명 가까이 되는 영지민들을 착취하였던(?) 민혁. 그는 고작 일주일 만에 자신에게 울리는 알림을 들을 수 있었다.

[시듦의 과일을 모두 수확하는 데 성공하셨습니다.]
[영지 아틀라스에 생명의 어머니 에덴의 힘이 깃듭니다.]
[힘을 잃었던 작은 세계수 나무가 다시 활기를 띱니다.]

파아아아아아앗-
곧이어 아틀라스 영지의 중심에 있던 거대한 크기의 세계수 나무의 시들시들했던 잎들이 사라지고 푸르게 낙엽이 돋아나기 시작했다.

[아틀라스 영지 안에서 심은 채소나 과일은 30일 동안 SS~S등급 20~30개 이상 자라나게 됩니다.]
[아틀라스 영지에서 심은 모든 씨앗의 성장력이 2배가 됩니다.]

[아틀라스 영지에서 심은 모든 씨앗이 열매를 맺을 시에 E~SS급까지의 특별한 힘을 품게 됩니다.]

[아틀라스 영지에서 심은 모든 씨앗의 열매들과 곡식들은 제철에 상관없이 항상 맛이 좋습니다.]

[영지 아틀라스에 자체적으로 아름다운 꽃과 나무들이 자라나 영지민의 활력을 돋워줍니다.]

[앞으로 아틀라스 영지에서 거주하게 될 영지민들은 활력 4% 상승 효과를 받게 될 것입니다.]

[전설의 농사꾼 블란이 영지 아틀라스의 소속원이 되어 체계적으로 모든 농사를 관리합니다.]

[영지 아틀라스의 소유권을 가진 민혁에게 선물이 주어집니다.]

[명성 500을 획득합니다.]

[손재주 300을 획득합니다.]

[높은 점수를 기록하여 영지 아틀라스가 천공의 도시의 힘을 각성합니다.]

[높은 점수를 기록하여 다른 시련 중 한 가지를 선택하여 진행하실 수 있습니다.]

[영지 퀘스트 '세계수의 줄기를 갉아 먹는 농작물 제거'를 완료했습니다.]

[작은 세계수의 신비한 과일을 획득합니다.]

그 순간, 작은 세계수 나무에 빛이 번쩍였다. 그 빛은 이어 둥글게 압축되어 민혁의 앞으로 날아왔다. 그리고 민혁의 앞에서 두둥실 내려앉았다.

민혁이 손을 뻗어 그것을 집자 빛이 사라지며 과일이 모습을 드러냈다. 과일은 여러 가지 색을 띠고 있었다.

'이게 신비한 과일?'

민혁은 흐뭇한 미소를 지으며 물로 깨끗하게 씻었다. 크기는 약 사과 두 개를 합쳐놓은 정도였으며 껍질 또한 사과처럼 얇은 편에 속했다.

'이 껍질도 먹어도 되겠지?'

민혁은 그 상태에서 한입 크게 베어 물었다.

와삭-

베어 물자 첫맛에 아주 맛좋고 시원한 사과의 맛이 났다.

'사과 맛?'

그리고 두 번 베어 물었을 때.

'응? 배 맛이잖아?'

이번엔 냉장고에 넣어놨다가 꺼낸 시원하고 달콤한 배 맛이 났다. 그리고 세 번째 베어 물었을 때.

'참외?'

참외의 씨앗 부분이 달콤하게 함께 씹히는 맛이 났다.

분명히 외형은 그렇지 않았지만, 입안에 넣는 순간 씨앗이 함께 씹혔다.

"허어- 이거 참 신비한 녀석일세!"

심지어 그 과일들이 당도를 가득 품어 맛이 좋았으니 감탄이 절로 나왔다.

그리고 마지막 베어 물었을 때쯤엔, 딱딱하지 않고 말랑말랑한 복숭아의 맛이 났다.

"그렇지, 그렇지. 복숭아는 너무 딴딴한 것보단 약간 말랑말랑한 게 이렇게 달콤하고 부드러운 법이지."

심지를 먹었다고 해도 될 정도까지 갉아 먹은 민혁!

모두 먹어내자 알림이 울렸다.

[작은 세계수의 신비한 과일을 드셨습니다.]

[경험치 30,000,000을 획득합니다.]

[레벨업 하셨습니다.]

[레벨업 하셨습니다.]

[레벨업…….]

무수히도 많은 레벨업 알림. 자그마치 11업을 해냈다.

민혁은 흡족한 표정을 지으며 '천공의 도시'가 되었다는 것을 확인했다.

'와…….'

영지 아틀라스는 원한다면 하늘로 띄워, 말 그대로 하늘의 도시가 될 수도 있었다. 물론 시간제한은 존재하는 편이다. 한 번 하늘에 띄우면 약 6시간 정도만 비행할 수 있다.

영지 이전 또한 가능하다는 이야기였으며 반대로는 전투에서 유용하게 사용도 가능했다.

그와 함께 민혁은 곧바로 다음 시련을 선택했다.

[검과 방패의 시련을 선택하셨습니다.]

민혁이 생각하는 에덴의 시련 다음으로 영지에 꼭 필요한 것은 바로 검과 방패였다. 강한 군사력은 말 그대로 영지를 지킬 수 있는 힘이었으니까.

그런데, 그때 예상치 못한 일이 일어났다.

[히든피스. 에덴의 시험을 불가능의 영역으로 달성해 낸 자.]

[식신이 숨겨놓은 시련이 다음 시련의 달성도에 따라 나타날 수 있습니다.]

[숨겨져 있는 시련을 이행할 시 추가 보상을 획득합니다.]

[영지 아틀라스의 소유권자 개인 보상으로 식신이 천계의 신 루니아의 농장에서 획득한 천계의 소의 꽃등심, 살치살, 토시살을 획득할 수 있습니다.]

'헉……! 뭐, 뭐라고?'

민혁이 전율했다.

천계의 신인 루니아의 농장의 소라? 심지어 그 재료가 너무 파격적이었다. 꽃등심, 살치살, 토시살이라니?

그리고 그때, 크로세우가 다가왔다.

"이제 다음 시련을……."

"달궈진 불판에 살치살 한 점을 차악~ 올려준 후에, 정확히

7~10초 정도 굽고 바로 뒤집은 후에 육즙을 머금은 그것을 소금장에 찍어서 먹으면……."

우물우물!

민혁의 입이 움직였다.

크로세우는 갑작스럽게 이러한 행동을 하는 민혁에 의해 의아했다.

그는 목울대를 움직였는데, 그 얼굴에 행복함이 서려 있었다.

특별 유저 관리팀.

[민혁 유저가 히든피스. 에덴의 시험을 불가능의 영역으로 달성해 낸 자를 완료하였습니다.]

[식신이 숨겨놓은 시련이 다음 시련의 달성도에 따라 나타날 수 있습니다.]

"티, 팀장님……!"

이민화는 예상치 못한 상황에 다급하게 박 팀장을 불렀다. 그에 박 팀장이 서둘러 그 내용을 확인했다.

"뭐, 뭐야?"

박 팀장은 당혹한 목소리를 감추지 못했다.

그 이유는 하나였다.

"도대체 이게 뭐야?"

그조차도 이 상황이 무엇인지 몰랐기 때문이다.

이는 이민화 사원도 마찬가지였다. 그는 서둘러 개발팀 이석훈 팀장에게 연락을 취했다.

전화를 받은 이석훈 팀장이 헐레벌떡 뛰어왔다.

"헉헉……! 미, 미친……! 정말이잖아?"

"이게 어떻게 된 거야?"

"……아직 오픈되어선 안 될 시스템이 깨어난 거야."

"뭐……?"

박민규 팀장은 다소 이해가 되지 않는다는 표정이었다.

"본래 파멸의 마에스트로가 아틀라스를 얻을 추정 레벨은 550~630 사이였어."

박 팀장이 고개를 끄덕였다. 모두가 알고 있는 사실.

"그리고 민혁 유저가 레벨 600쯤에 본래 식신의 영지였던 아틀라스의 소유권을 다시 뺏기 위한 영지전이 감행되지, 그때쯤에 서버 통합도 될 거라고 우리 아테네 개발팀은 예측했고."

아테네 운영자들이 잡는 700레벨의 유저들이 나타날 때는 앞으로 1년 반에서 2년이다. 본래 식신 민혁과 켄라우헬은 그때 충돌했어야 한다.

"만약 민혁 유저가 농사의 시련을 도전해 정말 만에 하나 높은 확률로 깨낸다면 저 시련이 깨어나게 되어 있는 거지, 그런데, 그 시스템은 아직 '열람 불가' 단계와 마찬가지야."

열람 불가 단계. 운영자들이 설정을 짜놓긴 했지만 유저들이 열람 불가능하게 숨겨진 시스템이다.

대신에, 이 시스템들은 시간이 지날수록 하나둘 풀린다. 유저들의 레벨이 높아짐에 따라서 말이다.

"즉, 원래는 지금이 아니라 1~2년 뒤에나 나와야 할 시련이라는 거야."

"그렇다면 보상은……?"

"……지금 얻을 수 없는 보상이겠지."

지금 얻을 수 없는 보상이다.

박 팀장이 턱을 쓸었다.

게임의 1년 후와 현재의 아티팩트의 값어치는 확연히 다르다.

아테네 초창기에 유니크 아티팩트가 어마어마한 고가에 팔렸었다. 하지만 1년 후에, 유니크 아티팩트의 값어치는 약 서른 배 가까이 떨어졌다.

당연한 이치였다. 그땐 물량이 많지 않았으니까. 그런데, 지금 아직 풀려선 안 될 것이 풀리려 하고 있다.

더 큰 문제는.

"천계의 소고기라니……."

천계. 마계보다도 더욱더 비밀리에 감춰져 있는 곳. 그곳의 소고기 또한 보상으로 나온다고 한다.

이민화가 침을 꿀꺽 넘기며 말했다.

"헤…… 처, 천계의 소고기면…… 얼마나 맛있을까요?"

"그렇지, 맛있긴 하겠…… 응?"

박 팀장이 시선을 돌렸다. 이민화가 눈을 마주치자 서둘러 표정을 추슬렀다. 지금 그럴 때가 아니다.

"민혁 유저는 살치살과 등심을 먹기 위해서라도 어떻게든, 이 시련을 최고치로 달성하고 말 거야."

이어 박민규 팀장이 물었다.

"근데 만약 시련에 도전할 시에 민혁 유저가 성공할 확률은?"

그에 이석훈이 모니터를 보며 대답했다.

"2%."

"……2%라 크게 걱정하지 않아도 되는 건가?"

"그렇겠지, 지금 민혁 유저의 레벨과 스텟, 스킬 등을 분석해 봐도 깬다는 거 자체가 말이 안 되니까. 변수가 나타나지 않는다면."

"변수?"

변수라는 말에 박 팀장이 의아한 표정을 지었다.

그에 이석훈이 말했다.

"식신이 추가로 걸어놓은 시련을 도전하게 되면 민혁 유저는 '조력자' 한 명과 함께 시련을 진행할 수 있게 되지, 그리고 그 조력자가 민혁 유저를 평소보다 훨씬 강력하게 만들어주는 사람이라면 모를까……."

"불가능하군."

이석훈의 말은 말 그대로 뛰어난 사제와 같은 인물이었다. 민혁이 그 시련을 깰 수 있을 정도로 강력하게 해줄 수 있는 인물! 하지만 레전드 길드는 애석하게도 소수 정예의 길드이기는 하였지만 뚜렷한 사제들이나 혹은 버퍼 능력자는 없었다.

가신 코루? 그의 경우는 '성기사'였기 때문에 스킬의 경우 공격형 위주였다.

"안심해도 되겠어."

흠칫!

그리고 이민화는 그 말을 듣고 박 팀장을 돌아봤다.

그녀가 정해놓은 특별 유저 관리팀의 금기어!! 꼭 박민규 팀장님이나 혹은 자신이 이 말을 하면 상황이 자신들의 예측한 것과는 전혀 다른 방향으로 전개된다.

그 말은 바로 '안심해도 되겠어'였다.

'불길해…….'

이민화가 모니터를 바라보며 심각한 표정이 되었다.

4장
검과 방패의 시련

검과 방패 크로세우. 그는 소고기를 먹을 생각에 취해 있던 민혁이 상념에서 깨어나자 설명했다.

“검과 방패의 시련은 간단하게 진행됩니다. 민혁 교주…… 아니, 민혁 님께 100명의 병력이 주어집니다. 그리고 저 또한 마찬가지이고요.”

민혁은 그에 고개를 주억였다.

“그리고 민혁 님과 저는 똑같이 생긴 기다란 땅을 병력과 지나칠 겁니다. 민혁 님이 가는 곳과 제가 가는 곳은 같은 곳이지만 다른 곳이기도 하죠.”

민혁은 쉽게 이해할 수 있었다. 시련하는 장소는 같으나, 각자 다른 곳에서 진행된다는 이야기였다.

“이해하셨습니까?”

"예, 이해했습니다."

민혁은 고개를 주억였다.

두 사람이 가지는 조건은 모두 똑같았다.

"저보다 약 20% 미만 안으로 공략도가 달성된다면 민혁 님께서 다음 시련을 수월히 진행하실 수 있게 될 겁니다."

만약 크로세우가 80%의 공략도를 달성했을 시 민혁이 60~80% 사이 정도의 공략도를 달성해 내면 이 시련을 통과하는 거다.

"만약 제가 더 높은 공략도로 해낸다면요?"

"……글쎄요."

크로세우는 쓴웃음을 지었다. 그조차도 어떤 일이 생길지는 모른다. 하지만 이는 쉽지 않은 일일 것이다.

"민혁 님과 함께하면서 참 똑똑한 분이라는 건 알았습니다. 하지만 전, 모든 검과 방패를 쥔 이들의 스승이라 불렸습니다."

대륙의 전설 중 하나인, 크로세우. 그는 모든 검과 방패를 들었던 이들의 스승과 같았다. 지휘관 능력 또한 발군으로써 그는 고작 200명의 병력을 이용해서 다양한 전술을 펼쳐 약 1만의 병사들을 후퇴하게 했다는 일화도 존재하는 인물이다.

예전에 민혁이 상대했던 전쟁의 신 이클리나, 죽음의 신 바흐와는 차원이 다른 인물이다. 그들은 '군주'이자 '신' 클래스로서 지휘관의 주된 능력을 갖췄지만 실제로 죽고 죽이는 전쟁터에서 살아본 적은 없었다. 반대로 아테네 세계관에서 살아가는 크로세우는 실제로 전쟁을 수백 번도 더 겪어본 인물. 질이 다르다는 거다.

크로세우가 추가적인 이야기를 시작했다.

"이 시련은 일반 토벌과는 다르기 때문에 사냥할 때마다 꽤 빠르게 병력이 성장하게 됩니다. 그 때문에 병력을 최소한의 피해로 살려가는 건 매우 중요한 일입니다."

최소한의 피해로 살려 나가야 성장한 병력이 갈수록 계속 더 큰 힘을 발한다. 반대로 병력을 계속 꾸준히 상실한다면, 마지막까지 가지도 못할 확률이 매우 높다.

"그리고 세 마리의 보스 몬스터들이 등장하며, 아시겠지만 맨 마지막에 등장하는 놈은 결코 호락호락한 놈이 아니지요. 그리고 보스 몬스터들을 사냥할 때마다 유용한 양피지나 포션 등이 드랍되니, 그 사실 또한 숙지하시고요."

민혁은 모든 정보를 머릿속에 집어넣었다.

"이제 시작합니다. 조심하십시오."

크로세우가 진심을 담아 한 말이었다. 그가 시련을 진행하다가 죽으면 더 이상 그의 수박주스를 먹을 수 없으니!

그리고 민혁이 빛이 되어 사라졌다.

눈을 질끈 감고 있는 병사 파크는 속으로 간절히 바라고 또 바랐다.

'제발…… 제발…….'

그리고 다른 99명의 병사도 그와 같은 마음을 품고 있었다.

이 자리에 있는 병사 100명은 수백 년 전 아틀라스 영지에 머물렀던 이들이다. 그들은 모두 죽은 자들이다. 하지만 특별한 힘 덕분에 일시적으로 깨어날 수 있었다.

그리고 그들은 이 시련에서 죽지 않으면 딱 하루 동안은 다시 인간의 몸이 되어 아틀라스 영지 안에서만 돌아다닐 수 있다는 걸 알았다.

'나는 꼭 시련에서 죽지 않고 살아서 어머니의 묘에 다녀올 거야…….'

수백 년 만에 깨어난 파크는 하루 동안의 자유 시간에 사랑하는 어머니의 무덤에 갈 생각이었다.

그러니, 제발 지휘관이 크로세우이길 빌었다. 크로세우 님이라면, 여기 있는 상당수를 살려서 이 시련을 이겨내게 하시리라.

하지만 눈을 뜬 파크는 보았다.

"모두 안녕하세요?"

부드러운 웃음을 지은 남성이 예의 바르게 상체를 꾸벅꾸벅 숙여 보이고 있었다.

그는 굉장히 곱상한 외모였는데, 병사들 하나하나와 악수를 했다.

파크도 그의 손을 잡았다.

'이자가…… 우리를 이끌고 저 시련을 돌파한다고……?'

그것도 크로세우 님과 겨루게 되는 것이다.

'시련 선택을 잘못한 거 아니야?'

아틀라스 영지에 존재하는 네 개의 시련들은 소유권자의 특성에 맞게 잘 선택해야 한다.

높은 손재주 스텟을 가졌다면 에덴의 시련을. 신성력이 높다면 루이스의 시련을. 공격력과 방어력이 높고 지휘관으로서 능력이 뛰어나다면 이 검과 방패 시련이다.

이러한 것을 알고 있는 이유는 간단했다. 여기에 있는 병사들은 일반 병사들이 아니었다. 그들은 과거 크로세우가 200명의 병력으로 1만 명의 병력을 후퇴시켰다는 전설 속의 인물들이다. 그 병사들이 지금 정확히 크로세우에게 100명, 민혁에게 100명이 나눠진 것.

그리고 파크는 그중 더 특별하고 뛰어난 히든 NPC였으며 이들의 백부장 역할을 하고 있다.

"실례지만 지휘관님께서는 직업이 무엇인지 여쭈어도 되겠습니까?"

파크가 작은 소망을 가지며 말했다.

그에 민혁이 말했다.

"제 직업이라…… 요리사입니다."

순간 모든 병력이 말문을 잃었다.

'요, 요리사라고?'

'아, 아니, 요리사가 왜 여깄어!!'

그리고 항상 예외의 일은 존재하게 마련!

'그래, 요리사라고 약하기만 한 건 말이 안 되지?'

파크가 또 한 번 질문했다.
“그럼 혹시 특기가 무엇이십니까?”
그에 민혁이 침착하게 생각하더니 턱을 쓸었다.
“흐음…….”
그러고는 심사숙고 끝에 말했다.
“아주 잘 먹습니다.”
‘컥!!’
‘마, 망했어!’
‘우린 끝이야! 시작하자마자 죽을지도 몰라!!’
한술 더 뜨기를.
“아, 정말 잘 먹습니다.”
파크는 생각했다.
‘어머니…….’
갑자기 돌아가신 어머니 얼굴이 더 그리워지는 파크였다.
모두가 딱히 내색은 안 하지만 실망했을 때, 민혁이 말했다.
“아, 그리고…… 제가 잘 먹는 만큼, 우리 병사분들도 잘 먹어야겠지요?”
민혁이 인벤토리에서 무언가를 꺼냈다. 그것은 투명한 잔 같은 것에 담겨 있었고 길쭉한 무언가가 꽂혀 있었다. 그리고 그 안의 내용물은 붉은빛이나 혹은 초록빛 등으로 있었고 투명한 잔 바깥에는 이슬이 맺혀 있었다.
“이, 이건 뭡니까?”
지휘관 민혁이 빙긋 웃었다.

"수박주스, 멜론주스, 바나나주스, 딸기주스, 믹스베리주스입니다."

"……?"

모두가 의아해했다.

"크~"

파크는 무더운 찜통더위 속에서 처음으로 맛본 수박주스에 감탄사를 터뜨렸다.

옆에 있던 다른 병사 루크는 멜론주스를 맛보고 있었다.

"와…… 어찌 얼음이 이 작은 그릇 안에 담겨 있단 말인가?"

"신통방통한 일이군!!"

그들은 새삼 기분이 좋아졌다.

하지만 그러다가도 파크는 다시 침울해졌다.

'어머니를 다시 뵙는 건…… 힘든 걸까?'

그는 쓴웃음을 지었다. 다른 병사들도 음료 맛에 감탄하고 있었지만, 이 시련에서 모두 죽을 것이라 생각하고 있었다.

그리고 지금 이 시각. 요리사라고 한 지휘관 민혁은 발 빠르게 요리를 만들고 있었다.

그는 과거에 처음 전설 요리를 만들고 칭호 '전설을 만들어낸 자'를 획득했다. 그때 버프량이 2배가 되었다. 그 외의 각종 칭호나 혹은 다양한 것들에 따라 그의 버프량은 처음 식신으로 전직하여 요리 스킬을 습득했을 때보다 4배 정도는 더 많은 버프를 담은 요리를 만들 수 있게 되었다. 이 100명의 인원을 먹이기에도 충분할 정도로 말이다.

"지휘관님을 돕자."

"암, 그래야지."

병사들은 음료를 먹은 후 발 빠르게 민혁에게 다가가 그를 도왔다. 파크 또한 양 소매를 걷어붙였다.

그들은 민혁에게 분명히 실망하였지만, 옳고 그름을 아는 자들이다. 나약한 지휘관이라 할지라도 자신들의 지휘관이다. 또한, 솔선수범하시며 직접 요리를 하시고 계신데, 어찌 밑의 것들이 가만히 있겠는가?

"도와줘서 고마워요."

"말씀 편하게 하십쇼. 지휘관님."

"흐음."

그에 민혁은 파크를 한번 보았다. 그의 머리 위로 그 이름이 떠올라 있었다. 레벨도 마찬가지였다.

'병사인데 레벨이 자그마치 473이라니…….'

이필립스 제국이나 콜로디스 제국의 병사들보다 훨씬 더 강력한 자들이었다.

민혁이 곧 말했다.

"그럼 그렇게 하지."

민혁이 현재 하고 있는 요리는 치킨이었다. 자신과 동행하게 될 병사들에게 '치느님'의 세상을 영접하게 해주고 싶어서였다.

물론, 다른 이유도 있어서였다.

"요리사이신데, 어째서 검과 방패 시련을 선택하신 겁니까?"

파크의 조심스러운 질문에 민혁은 잠시 생각하다 말했다.

"요리사이지만 강인하기도 하니까."

"예?"

파크가 고개를 갸웃할 때, 민혁은 싱긋 웃기만 했다.

민혁은 자신을 도와주기 위해 일을 거드는 병사들을 보았다.

"이렇게 멋지고 늠름한 병사들이 있으니, 나 또한 선전해야겠지? 최소한 크로세우 경의 코를 짓뭉개 줘야겠어."

"그러면 좋긴 하겠네요."

파크는 빙긋 웃었지만 속은 씁쓸했다.

크로세우. 그분은 절대 이길 수 없다. 검과 방패라 불렸지만 다른 이름으로 '전술의 신'이라 불리신 분이다.

어느덧 민혁은 치킨을 완성해 냈고 버프 알림을 들었다.

민혁이 말했다.

"파크 백부장."

"예, 지휘관님."

"이곳의 병사들과 크로세우 경의 병사들의 힘은 같지?"

"물론입니다."

"그런데 모두가 동일한 이때 만약 자네들의 힘과 스피드 같은 게 약 14% 정도쯤 상승하고 검술, 창술, 궁술들이 한 단계쯤 성장한다면 어떨까?"

"……그땐, 초반에 저희가 치고 나갈 수 있겠지요. 하지만 그런 게 가능할 리 없잖습니까?"

갑자기 요리를 만들다 말고 왜 그런 질문을 하는 걸까? 파크는 이해할 수 없었다.

민혁이 부드럽게 웃음 지었다.

"가능하니까 하는 말이야."

"예?"

"가능하다고. 그리고 한 가지 더."

민혁이 넓은 땅을 보았다.

이곳, 시련을 시작하는 땅. 이 안전 지역을 넘어서면 몬스터들이 나온다. 그곳을 바라보며 민혁이 말했다.

"우리는 저곳에 존재하는 보스 몬스터들을 사냥하지 않고 나아갈 걸세."

"……그, 그게 도대체 무슨 소리입니까?"

민혁이 그 먼 곳을 바라보며 이를 드러내 웃었다.

"대신에, 우리 아군으로 만들어서 갈 거야."

파크는 도통 무슨 소리인지 이해할 수 없었다.

하지만 그때, 민혁은 식신의 한 가지 비기 스킬을 떠올리고 있었다. 바로 '유혹의 요리' 스킬이었다.

(유혹의 요리)

엑티브 스킬

레벨: 2

사용 시 페널티: 모든 스텟 -2

효과:

• 상대방이 원하는 레시피를 창조해서 먹일 시 테이밍 확률이 오르며 다양한 조건에 따라 확률이 상승하거나 낮아진다.

• 현재 가능 횟수 3/3

이 유혹의 요리 스킬은 민혁이 카이스트라의 동생인 리체에게 요리해 준 후에 '많은 인간을 배불리 하라'라는 신의 요리 퀘스트를 달성하고 얻은 식신의 비기 스킬 중 하나였다.

민혁이 이 유혹의 요리 스킬을 사용했을 때는 딱 한 번뿐이었다. 바로 바포메트 룬을 테이밍할 때였다.

그때를 제외하고 한 번도 사용하지 않았으며 우연한 기회로 한 번 1 레벨업을 해냈다. 그 때문에 3회 가능한 테이밍 회수가 다시 채워졌으며 본래 본인보다 100레벨 이상의 존재는 테이밍할 수 없음 항목이 사라지게 되었다.

그가 이 놀라운 능력인 유혹의 요리를 사용하지 않았던 이유는 간단했다.

'내가 뭐하러 입이 늘어나게 해?'

그렇다. 아무리 좋은 병력이 생겨나고 몬스터가 생겨나도 민혁은 입이 늘어나는 게 너무도 싫었던 것이다. 그랬기에 사용하지 않은 것.

하지만…….

'입이 늘어나지만, 이들을 테이밍함으로 천계의 소고기를 얻게 된다면……'

살을 주고 뼈를 취한다! 딱 그것이었다.

의아해하는 파크. 그를 뒤로하고 민혁은 싱긋 웃었다.

이제 곧 알게 될 테니.

"음식이 준비되었으니 이제 모두 치느님을 영접하지."

파크를 비롯한 분대원들은 민혁을 다시 볼 수밖에 없었다.

'치느님의 힘 덕분에 자그마치 모든 능력치가 14% 상승하다니……?'

'이럴 수가……?'

'치느님이라는 건 신과 같은 존재라더니. 그래서 이러한 힘을 품은 건가?'

민혁의 어마어마한 요리를 먹고 그들은 감탄하지 않을 수 없었다.

심지어 민혁은 그들의 방어구와 검을 모두 갈고 닦아주었다. 그에 방어력이 4% 상승하고 공격력이 3%씩 상승했다.

그뿐이랴?

'내 검술 실력이 한 단계 나아졌어…….'

'내 궁술 실력도…….'

한 단계의 성장. 이는 전투에서 어마어마한 효과를 준다. 전장이란 0.1초 차이에 따라 생과 사가 갈리는 처절한 곳이었으니까.

그리고 그때, 파크는 보았다.

[크로세우. 첫 번째 보스 몬스터 사냥 중. 사망한 병력:1 명, 부상을 당한 병력: 5명 달성도 23%.]

'어느덧 크로세우 님은 첫 번째 보스를 잡고 계신다…….'

그와 반대로.

[민혁. 안전 지역에 위치. 사망한 병력: 0명, 부상을 당한 병력: 0명 달성도 0%.]

본인들은 아직 시작도 하지 않았다. 이 시련은 누가 더 빠르게 사냥하느냐도 달성도가 더 오를 수 있게 해준다.

그리고 그때 민혁이 외쳤다.

"출정한다!!"

첫 번째 보스 몬스터를 사냥한 크로세우. 그 병력은 여전히 지치지 않았다.

그의 병력은 감탄했다.

'과연 크로세우 님……!'

'수백 년 만에 깨어나셨음에도 고작해야 1명의 사망자와 5명의 부상자라니…….'

병사들은 역시 대단한 크로세우라고 생각했다. 검과 방패라는 이름이 아깝지 않은 사내.

그리고 그때, 크로세우는 민혁이 지금쯤 무엇을 하고 있을지 확인했다. 30분 정도에 한 번씩 무엇을 하는지 보여주고 서로 견제할 수 있는 시스템이었다.

"엥?"

위엄 넘치는 사내 크로세우의 입에서 다소 맹구 같은 목소리가 흘러나왔다.

그가 고개를 갸웃했다.

"뭐야?"

[민혁. 삽질 중. 사망한 병력: 0명, 부상을 당한 병력: 0명 달성도 0%.]

"삽질 중……?"

열심히 삽질 중이라는 민혁 때문이었다.

출정을 시작한 파크와 병사들은 꽤 기대했다. 자신들은 처음 그에게 실망했으나 그는 놀라운 요리를 먹여줬으니까.

그런데 일정 부분에 도달하자 민혁이 갑자기 무언가를 꺼내어 들었다. 그것은 바로 삽이었다.

팟팟팟팟-

그는 빠르게 삽질(?)을 하기 시작했다.

"자네들도 어서 파지!!"

"아, 예, 예……!"

일단 병사들은 그의 말대로 삽질을 하기 시작했다. 크로세우는 첫 번째 보스 몬스터를 사냥하는 중이었다.

병사들은 민혁을 보며 경악하고 있었다.

'커헉…… 삽만 가져다 대면 땅이 푹푹 파지잖아?'

'사, 삽질의 신?'

민혁이 땅에 삽을 가져다 댈 때마다 자신들보다 훨씬 더 부드럽게 파지고 있었다. 삽질엔 도가 튼 병력이 당혹할 정도였다.

"삽질은 곳곳에 한다!"

"예!!"

병사들은 의아했지만, 열심히 삽질을 했다.

파크가 물었다.

"이 삽질로 무엇을 하려는 겁니까? 이대로 가다가는 크로세우 님한테 질 텐데요."

파크는 일단 시련이 진행되지 않으면 자신들의 경우는 좋다는 걸 알았다. 전투를 하지 않아도 되니까, 그런데 그렇게 되면 민혁은 시련을 통과하지 못한다.

애초에 시련을 통과할 생각이 없나?

그때 민혁이 말했다.

"놈들을 유인할 거거든."

"네?"

파크가 또 한 번 물음표를 던졌다.

그리고 민혁이 말했다.

"본래 수색대에서 근무했던 병사들 있나?"

"예!!"

"예!!"

"예!!"

각잡힌 병사들이 차렷 자세로 답했다.

"나와 함께 간다. 그리고 모든 병력은 대기하며 계속 삽질을 한다."

"예!"

민혁은 병력을 이끌고 움직이기 시작했다. 수색 인원들은 총 열 명. 그들은 모두가 발이 빠른 자들.

"우리는 빠르게 어떠한 몬스터들이 있는지만 확인하고 들키지 않게 빠진다."

"알겠습니다."

민혁은 그들과 함께 움직였다.

그리고 첫 번째 몬스터.

'철갑 오크 전사.'

철갑 오크 전사. 온몸이 철로 이루어진 놈들이었는데, 검 또한 일반 오크 전사들보다 흉흉해 보였다. 또한, 크기 또한 커다랬다.

민혁은 녀석에게 레시피 창조 스킬을 사용했다.

[상대방이 원하는 레시피를 창조합니다.]
[날고기 레시피를 확인할 수 있습니다.]
[레시피 창조에 따라 버프량을 소모합니다.]

"놈에게 발각되지 않게 빠르게 빠진다."
"옙!"
이처럼 민혁은 몬스터들을 마주할 때마다 레시피 창조를 사용했다.
그가 레시피 창조를 사용한 이유는 간단했다. 민혁은 이곳에서 눈에 익은 식물 하나를 발견했기 때문이다.

(냄새 꽃)
재료 등급: D
특수 능력:
• 음식에 뿌리면 그 냄새가 극대화되어 퍼져 나간다.
설명: 아테네에서 흔하게 볼 수 있는 냄새 꽃이다. 악취 나는 음식에 발라 몬스터들이나 유저들을 괴롭힐 수 있다.

흔하디흔하지만 유저들은 등한시하는 꽃이었다.
민혁은 수색대원들과 돌아와 레시피 창조에 따른 요리를 만들었다.
이후 그가 한 행동은 간단했다. 구덩이가 깊고 넓은 곳에 그 음식들을 던지고, 그 위로 냄새 꽃들을 가득 뿌려댔다. 그리고 모든 병력과 함께 뒤로 빠졌다.

민혁은 병력과 수풀 뒤에 숨어 숨을 죽였다.

곧.

쿠쿠쿠쿠쿠쿠쿠쿠쿵-

곳곳에서 뜀박질 소리가 들려왔다.

오십 마리가 넘는 철갑 오크들이 나타났고 독수리와 같은 생김새이지만 이족 보행인 레벨 450의 몬스터 독수리족도 나타났다. 독수리족은 애석하게도 날지는 못했다.

그들은 곧이어 구덩이 깊은 곳에서 나는 냄새에 그곳으로 뛰어들기 시작했다.

"취이이이이익, 내가 먹을 거다!!"

"취이이이이익!"

"삐이이이이~ 내 거다!!"

서로가 구덩이 안에 어떻게든 들어가기 위해 노력했다.

하지만 예외도 있었다. 민혁이 유심히 지켜본 몬스터 중 하나인 강철 아울베어들! 그들은 냄새를 맡고 오지 않았다.

'예외의 경우에 해당하는군.'

하지만 지금 철갑 오크들과 독수리족 녀석들 대부분이 구덩이에 들어간 이때를 노린다면?

민혁은 요리를 매우 좋아하며 인벤토리에 담고 다니는 재료들도 어마어마한 양이다. 한 번 살 때 그 가게가 동날 정도로 산다. 그에 민혁은 기름도 많이 가지고 있었다.

"돌격하라! 기름을 뿌리고 불을 지펴라!! 나오는 놈들은 그 자리에서 처리한다!"

"예!"

병사들이 발 빠르게 움직였다.

푹!

창을 든 병사들이 아직 들어가지 않은 놈들을 노련하게 찔렀고 등 뒤의 궁수들이 놈들을 쐈다.

'확실히 내가 더 강해졌어…….'

'화살의 명중률이 훨씬 더 올라갔다!'

민혁의 요리를 먹은 덕분이 분명했다.

병력이 구덩이에 기름을 부었다.

콸콸콸-!

그리고 그 위로 불을 지폈다.

화르르르르르르륵-

"취이이이이이이익!"

"크하아아아아악!"

비집고 나오려는 몬스터들을 창으로 찌르거나 화살로 견제한다.

민혁은 디아블로의 검을 꺼내 들었다. '디아블로의 낫'을 사용하자, 검이 쇠사슬 달린 낫의 모양으로 변화했다.

촤르르르르르르르르륵!

자유자재로 빠르게 움직여 대는 낫.

그때 병사 레로드가 불붙은 철갑 오크의 도끼에 정수리가 위협당하고 있었다.

좌르르르르륵! 콰지익!

[무형검]

[방어력을 무시하는 검.]

자유자재로 움직이는 낫이 단숨에 날아가 철갑 오크의 목을 가격했다.

철갑 오크가 쓰러졌다.

민혁은 자유자재로 곳곳을 뛰어다니며 병사들을 공격하는 놈들을 처리했다. 그뿐만이 아니다. 등에 활을 매기까지 한 그는 신궁 같은 솜씨로 활 또한 쏘아대고 있었다.

"와……."

"이, 이럴 수가……."

순식간에 첫 번째 지점에 있던 한 종류의 강철 아울베어를 제외하고 모두 사냥했다.

그에 모든 병사는 경악했다.

'우리도 강해졌지만…….'

'지휘관님의 능력이 탁월하시다…….'

'우리가 위험에 빠졌을 때 귀신같이 나타나셨어!!'

그리고 그 순간, 파크는 전율했다.

'어, 어머니…… 어, 어쩌면 어머니를 다시 뵐 수 있을지도 모르겠습니다.'

그리고 민혁. 그는 사람을 부리는 방법을 알고 있었다.

일부러 파크에게 질문한다.

"부상자, 사망자는?"

"어, 없습니다!"

"그래, 예상했던 바다."

"……!"

그 자신감 있는 한 마디. 그 말에 모든 병력이 전율하기 시작했다.

예상했다. 즉, 확실히 그럴 거라고 생각했다는 거다.

'크로세우 님도 1명의 사망자, 5명의 부상자를 동반했건만……!'

'뛰어나시다, 요리 버프도, 그리고 주변 환경에 따라 사용하는 전략 전술! 심지어 개개인의 뛰어난 실력까지. 병사들을 부리는 능력까지 놀랍도다!!'

'또한, 요리할 때 누군가를 먼저 시키지 않으셨다. 그는 솔선수범하는 자신을 알아서 우리가 도울 것도 알고 계셨겠지!!'

모두가 감탄했다.

그리고 그들의 전율 뒤엔.

[병사들의 사기가 큰 폭으로 상승합니다.]

[병사들이 당신을 굳게 믿고 따릅니다.]

[한때 대륙 최고의 부대라 불리던 아틀라스의 '죽음의 부대'의 믿음을 얻은 유저입니다.]

[카리스마 50을 획득합니다.]

[명성 100을 획득합니다.]

[경험치 7,000,000을 획득합니다.]

[레벨업 하셨습다.]

예상치 못했던 특별한 보상이 있었다.

지금 이 순간, 그 누구보다 병사들은 민혁을 믿게 되었다.

민혁이 말했다.

"강철 아울베어를 사냥한 후, 우리는 보스 몬스터를 길들인다!!"

"예!!"

"예!!"

"예!!"

그들이 진격을 시작했다.

"호오?"

크로세우는 흥미로운 표정이 되었다.

아까 전에 삽질(?)을 하고 있던 민혁. 그가 아주 높은 달성도를 기록했다.

'26%.'

초반은 달성도가 자신보다 높게 나왔다. 그는 사망자와 부상자 자체가 없었기 때문이다.

'사망자와 부상자가 없다니, 놀라운데? 다소 느리긴 하지만.'

자신과 비교하면 확연히 느리다. 자신은 벌써 두 번째 스테이지의 중앙에 도달했지만 민혁은 이제 겨우 첫 번째 보스를 사냥할 때니까.

크로세우는 조심하면서 나아가고 있었다. 첫 전투에서의 병사 한 명 사망과 다섯 명의 부상을 만회하기 위해서였다.

'첫 번째 보스는 쉽지 않을 겁니다.'

크로세우도 그곳에서 사망자 한 명과 부상자들이 나온 것이다.

첫 번째 보스는 다름 아닌 트윈 헤드 오우거가 나타난다. 문제는 그 오우거는 이제까지 봐왔던 트윈 헤드 오우거들과 다른 능력을 두 가지 가지고 있다.

첫 번째는 '오우거 소환'이었다. 놈은 발 빠르게 오우거들을 소환시켰다. 그리고 두 번째 능력은 바로 '치유'다. 소환된 오우거들, 즉 아군들은 트윈 헤드 오우거와 근접하기만 해도 엄청나게 빠른 속도로 상처가 회복되었다.

그리고 그때.

"응?"

크로세우가 고개를 갸웃했다. 이상한 문구가 뜬 것이다.

[민혁. 첫 번째 보스 몬스터 테이밍 중. 사망한 병력: 0명, 부상을 당한 병력: 0명 달성도 26%.]

곧 상황을 인지한 크로세우가 눈을 크게 떴다.
“헉!!”
예상하지 못한 돌발 상황이 발발했다.
‘테이밍 중이라고?’
말도 안 된다. 그는 요리사 아니었던가? 그런데 몬스터 테이밍 능력을 가지고 있다고?
그러다가 곧 크로세우의 눈이 파르르르 떨렸다.
‘만약…… 트윈 헤드 오우거를 테이밍하는 데 성공한다면?’
더 말도 안 되는 일이 벌어진다.
트윈 헤드 오우거의 특수 능력은 주변에 붙은 아군들을 치유시키는 특별한 능력이다. 그러한 능력을 갖춘 트윈 헤드 오우거. 테이밍에 성공된다면?
‘민혁 님이 데리고 있는 병력의 상처도 회복시킨다. 즉, 피해 없이 계속 빠르게 나아가게 될지도 모른다?’
정말 말도 안 되는 경악스러운 일이 생겨날 것이다.

첫 번째 보스 지역. 그곳에서 병사들과 민혁이 꽤 버거운 사투를 벌였다.
“흩날리는 검.”
민혁이 몰려오는 수십 마리의 오우거들을 향해 흩날리는 검을 사용했다. 빠르게 뻗어 나가는 낙엽들이 오우거들을 쓰러뜨렸다.

"돌격하라!!"

멈추지 않고 백부장 파크가 하늘 높이 검을 치켜들고 명령을 하달했다.

첫 번째 보스 지역의 트윈 헤드 오우거는 특이하게도 회복 능력을 가지고 있었다. 그 때문에 빠르게 사냥하지 않는다면 곧바로 회복해 버린다. 그 회복력이 거의 트롤 이상인 놈들이었다.

푹! 푹! 콰작- 푹!

병사들이 빠르게 오우거들의 숨통을 끊어놓기 시작한다.

바로 그때, 피를 흘리는 오우거들이 다시 트윈 헤드 오우거 쪽으로 기어서, 달려서 필사적으로 이동하려 했다.

민혁이 서둘러 디아블로의 검을 낫으로 변화시키고 놈들을 공격했다.

콰지익- 콰작-

디아블로의 낫으로 변화하는 순간 공격 속도는 180% 상승하게 된다. 길게는 8m까지 길어지는 디아블로의 낫이 빠르게 오우거들의 등을 도륙해 냈다.

그리고 마지막 남은 트윈 헤드 오우거. 트윈 헤드 오우거는 소환 스킬을 사용, 오우거들을 불러들일 수 있었다. 하지만 당연하게도 쿨타임의 시간이 존재한다.

"크르르르르!"

트윈 헤드 오우거가 울음을 터뜨린다. 한 손에는 두꺼운 쇠사슬을, 또 다른 손에는 묵직한 도끼를 든 녀석.

그를 보면서 민혁은 레시피 창조 스킬을 사용하였다.

[상대방이 원하는 레시피를 창조합니다.]
[돼지 통구이를 확인할 수 있습니다.]
[레시피 창조에 따라 버프량을 소모합니다.]

민혁은 창조된 레시피를 확인하고는 얼굴을 일그러뜨렸다.

'빌어먹을 놈, 몬스터 주제에 돼지 한 마리 통구이를 원한다고……?'

당연하게도 민혁의 인벤토리에는 항상 돼지 한 마리쯤은 떡하니 들어 있었다. 그도 마음먹고 먹는다면 이 앞의 트윈 헤드 오우거, 아니, 이 녀석보다 더 먹을 수 있는 사람이었으니까.

그런데 중요한 건, 녀석이 아주 작은 한 그릇의 음식이 아니라 돼지 한 마리 자체를 원한다는 거였다.

'크흑, 살을 주고 뼈를 취한다…….'

민혁은 정말 진심으로 싫었지만 어쩔 수 없는 일이었다.

이 과정을 거쳐 천계의 소를 먹을 수 있을 테니.

"녀석을 죽이지 않는 선에서 최대한 막아라. 룬, 콩!"

"꿀!"

"매애애애애!"

"병사들이 위험할 때 곧바로 도와줘, 룬은 마법 캐스팅 준비해 놨다가 사용하는 거 잊지 말고."

"매애애애애애애!"

룬이 울음을 터뜨렸다.

민혁은 돼지고기 통구이를 준비하기 시작했다. 간을 하고 적당한 칼집을 내주었다. 그리고 장작불에 구워야 더 맛있는 통구이 바비큐였기에 성심성의를 다했다.

'크흑, 내가 먹는 것도 아닌데, 이런 노력을 해야 하다니…….'

그렇게 50분이 넘게 걸린 돼지구이 통구이가 완성되었고 민혁이 통구이에 손을 뻗었다.

'유혹의 요리.'

['유혹의 요리'의 효과가 발현됩니다.]

[맛, 혹은 몬스터의 배고픔 등 예측할 수 없는 다양한 요소에 따라서 몬스터를 테이밍할 수 있게 됩니다.]

유혹의 요리는 이처럼 레시피 창조 스킬을 사용한 후에 그 요리에 힘을 적용해야만 했다.

"크와아아아아아아!"

포효성을 터뜨리는 트윈 헤드 오우거.

다행히도 콩이와 룬이 그동안 병사들 서포터를 잘해주었기에 크게 부상당한 병사나 사망한 자가 없었다. 그리고 민혁도 한 번씩 위험하다 싶을 때, 디아블로의 낫을 휘둘러 병사들을 보호해 주었다.

쿠우우우우웅-

민혁이 돼지 통구이를 트윈 헤드 오우거의 앞에 내려놓고 서둘러 뒤로 빠지라 명령을 내렸다. 병사들이 서둘러 후방으로 빠졌다.

돼지 통구이는 방금 막 요리를 끝냈기 때문에 표면에 기름이 자글자글 끓고 있었다. 저 탐스러운 엉덩이에 식칼을 넣고 먹기 좋게 잘라내어 쌈장에 푹 찍어 먹고 싶은 민혁이었다.

그러한 상상을 하던 때.

"크워어어어어어!"

뻥~

트윈 헤드 오우거가 돼지 통구이를 발로 걷어찼다.

그 순간, 병사들은 '헉!' 하는 표정을 지으며 놀랐을 뿐이었으나, 그와 다르게 콩이와 룬은 갑자기 몸을 부들부들 떨기 시작했다.

"꿀 꿀꿀꿀, 꿀꿀!!"

콩이의 말을 해석하자면.

주인, 화났다. 세상에, 저 트윈 헤드 오우거가 죽고 싶나 보다, 꿀!! 감히 주인 앞에서 음식을 걷어차다니……!

"매, 매애애애, 매애애애애애……!"

룬의 말을 해석하자면.

트, 트윈 헤드 오우거 머리가 하나 뽑혀서 하나만 남을지도 모른다! 매애애애애! 였다.

"……크워?"

그리고 트윈 헤드 오우거는 갑자기 인간의 몸에서 발산되리라고는 믿기지 않는 살기를 느꼈다.

"너…… 지금…… 음식을…… 발로 찬 거야……?"

"크, 크워어어어……."

트윈 헤드 오우거가 뒷걸음질 쳤다.

민혁은 자신이 생각하지 못했던 부분이라는 걸 깨달았다. 모든 몬스터들이 유혹의 요리를 먹어준다는 보장은 없는 것은 당연했다. 하지만 그것을 발로 차는 행위를 해선 안 되는 것이었다.

그러다 민혁은 한 가지 기발한 생각이 났다.

'먹기 싫다면 먹게 하면 그뿐.'

그가 디아블로의 낫을 인벤토리 안에 집어넣었다.

'트윈 헤드 오우거의 추정 레벨은 532였어.'

일반 트윈 헤드 오우거보다 훨씬 더 강력한 녀석이었다. 심지어 오우거 소환 능력과 회복 능력이 있으니 까다로운 건 어쩔 수 없다.

하지만 민혁과 비교했을 때는?

'내가 충분히 압도할 수 있다.'

민혁이 맨손으로 빠르게 걸음을 옮겼다. 트윈 헤드 오우거가 묵직한 도끼를 휘두를 때 가볍게 안으로 파고든다.

콰자악-

민혁이 자신의 주먹으로 트윈 헤드 오우거의 주먹을 강타했다. 크기 차이는 확연했지만 민혁과 트윈 헤드 오우거의 힘 스텟은 같거나 혹은 민혁이 더 높을 터.

"크아아아악!"

트윈 헤드 오우거가 비명을 지른다. 그치지 않고 민혁은 오른손을 집중 공략했다.

펏펏펏펏-

"크아아아악!"

탱그랑!

그리고 결국에 녀석은 도끼를 놓치고 말았다. 민혁이 도끼를 멀리 던져 버렸다.

유저는 몬스터의 무기를 빼앗을 수 없다. 하지만 사용할 수 없게는 할 수 있다.

그러나 일반 유저들은 몬스터와 싸울 때 무기를 빼앗는다는 생각을 하지 않는다. 그럴 수 있는 사람이라면 차라리 죽이는 게 나으니까.

먼저 한쪽 도끼를 멀리 던진 후, 민혁은 다른 왼손도 공략했다.

퍽퍽퍽퍽퍽!

왼손에서 트윈 헤드 오우거가 도끼를 놓쳤을 때, 민혁은 이번에도 쇠사슬을 빼어 멀리 던져 버렸다.

맨손이 된 트윈 헤드 오우거.

그리고 민혁이 한 행동은 간단했다.

퍽퍽퍽퍽퍽퍽퍽-

아픈 곳만 골라서 패기 시작했다.

"네가!!"

"크워어어어어어!"

퍽퍽퍽!!

"먹을 걸!!"

"크아아아아악."

퍽퍽퍽퍽!!

"버려어어어어어?"

"크아아악!"

트윈 헤드 오우거는 갑자기 이러는 이유를 이해할 수 없었다.

두 개의 머리는 나름대로 비명을 토하며 대화를 시도했다.

"크아아아악(무기를 들고 싸우자, 왜 그러는 거냐!!)"

퍽퍽퍽퍽퍽!

"크아아아아악(잠만, 뼈 맞았어, 뼈!!)"

퍽퍽퍽퍽!

"크아아아아아아악!(때린 곳 또 때리지 마라!!)"

심지어 민혁은 트윈 헤드 오우거를 공격하면서 스킬까지 사용했다.

[디아블로의 눈]

[1초 동안 적의 급소가 한 군데 이상 보여집니다.]

[디아블로의 눈이 발현되고 30초 안에 급소 찌르기에 성공할 시 200% 추가 대미지를 입힙니다.]

트윈 헤드 오우거의 급소는 총 세 곳이었다. 30초 안에 세 곳을 다 때리면 각 200%의 추가 대미지를 입힌다. 심지어 스킬 발현 중이라면 그 스킬의 대미지 효과도 중첩된다.

먼저 명치를 가격한다.

퍼직-

"크아아아아아아악(제, 제발 그만!!)"

그리고 목을 때린다.

퍽!

"크와아아아아악(커헉, 숨이, 자, 잠깐만 거, 거긴 안 돼!!)"

마지막으로 중요한 부분을…….

펑!

"끄허어어어억(터, 터졌…….)"

요란한 소리가 났다.

민혁이 멈칫했다. 남자라면 아는 그 끔찍한 고통. 심지어 소리가 심상치 않았다. 마치 무언가가 터지는 듯한…….

하지만 곧.

[트윈 헤드 오우거의 특성이 발현됩니다.]

[몸의 상처가 회복됩니다.]

다시 재생되었다.

그리고 멈췄던 민혁은 다시 한번…….

퍽퍽퍽퍽!

"크아아아악!"

퍼퍼퍼퍼펏!

"크라아아아아!"

펑!

"크아아아아(또 터졌…….)"

끔찍한 참상이 펼쳐지고 있었다.

"으……."

파크를 비롯한 병력은 눈 뜨고는 볼 수 없는 처참한 광경(?)에 시선을 회피했다.

"지휘관님, 정말 냉정하신 분이야."

"어, 어찌 저렇게 잔혹하실 수가……."

"세상에, 그 소리 들었나? 펑! 하고……."

그들은 혹시나 그럴 일은 없겠지만 지휘관님의 말을 잘 들어야겠다는 생각을 했다.

그러고 있을 때였다. 갑자기 트윈 헤드 오우거가 돌발 행동을 보였다.

어딘가로 달려갔다. 그곳은 놈이 뻥 차버린 돼지 바비큐가 있는 곳이었다. 놈이 그것을 서둘러 주워서 무릎 꿇은 자세로 먹기 시작했다.

트윈 헤드 오우거가 공손히 무릎 꿇고 돼지 바비큐를 뜯는다! 살면서 한 번도 보지 못할 법한 기이한 광경이었다.

그리고 그때, 민혁에겐 알림이 울렸다.

[유혹의 요리 스킬이 성공합니다.]

[트윈 헤드 오우거를 테이밍하는 데 성공하셨습니다.]

살기 위해 먹고 있지만, 트윈 헤드 오우거는 눈물을 머금었다.

'아픈데, 맛있다…….'

그렇다. 분명히 엄청나게 아픈데, 이 돼지 바비큐는 엄청나게 맛있었던 거다.

이로써 첫 번째 보스를 테이밍한 민혁이 다시 빠르게 나아가기 시작했다.

특별 유저 관리팀으로 또 한 번 여러 팀이 모인다.

개발팀, 스토리팀, 심지어 고객센터팀까지 무수히 많은 팀장이 모여 있었다.

"아, 아니…… 저런 방식으로 테이밍도 되는 거였어?"

"저 방법 예전 고전 게임에서 여우 같은 거 맨손으로 때려서 HP 최대한 하락시키고 고기 먹여서 테이밍하는 거랑 비슷하네……."

이민화가 계속 말한다.

"민혁 유저 두 번째 지점에서 병력의 피해 없이 나아갑니다!!"

크로세우는 두 번째 지점에서 두 명의 병력이 사망하고, 셋이 부상당했다. 반대로 민혁은.

"여전히 병력의 피해가 만무합니다!!"

그럴 수밖에 없다.

트윈 헤드 오우거의 특성! 주변 아군을 회복시키는 능력에 따라 그들은 죽는 것만 조심하면, 피해가 최소화된다.

심지어 민혁은 영특하게도 트윈 헤드 오우거의 오우거 소환 능력을 사용한다. 트윈 헤드 오우거와 오우거들을 몸빵 세우고 뒤에서 활과 창, 디아블로의 낫을 이용 사냥한다.

그리고 두 번째 보스.

"미, 민혁 유저가 두 번째 보스인 하피의 여왕 테이밍에 성공합니다……."

두 번째까지 성공한 민혁이었다.

하피의 여왕은 일반적인 하피들이 가진 석화 능력을 가지고 있는데, 더 특별했다.

일반 석화 능력은 돌로 굳어질 시 적들의 피해도 입지 않는다. 하지만 하피의 여왕의 석화 능력은 석화 시에도 적들의 피해를 받게 한다. 또한, 하피의 여왕은 대규모 석화까지 가능하다는 거다.

두 보스 몬스터를 테이밍한 민혁. 당연히 병력의 피해는 더 줄어든다.

세 번째 지점. 하피의 여왕의 석화로 몬스터들이 굳어지고 트윈 헤드 오우거와 오우거들이 우르르 몰려가 그러한 놈들을 부숴낸다. 병사들은 등 뒤에서 활 연습을 하듯 활만 쏜다.

"……민혁 유저 크로세우의 달성도를 뛰어넘습니다."

"……아, 안 돼……."

여러 팀의 팀장들이 좌절했다. 1~2년 후에나 나올 콘텐츠가 풀리면 그들은 야근 확정이었던 것이다.

그런데, 곧 박민규 팀장이 말했다.

"근데 식신의 시련이 발동되도 깰 수 있는 확률은 고작해야 2%라며?"

"아, 그렇지."

이석훈 팀장이 화색을 띠었다.

그렇다. 고작해야 2%의 확률!

"뭐, 특별한 조력자도 없어 보이니까 말이야."

민혁 유저는 시련이 발동되면 한 명의 조력자와 함께할 수 있다. 하나, 그 조력자가 포함되어도 2%의 확률이다.

"근데 민혁 유저는 어떤 유저를 조력자로 부를까?"

이석훈 팀장의 물음이었다. 골똘히 생각하던 박 팀장이 어깨를 으쓱였다.

"글쎄?"

용왕의 바다 근처.

한 소년과 한 아름다운 여인이 움직이고 있었다.

"코니르!! 곧 있으면 형 만난다! 형 만날 생각에 행복하다!!"

그리고 여인이 그런 소년의 머리를 쓰다듬어 주었다. 소년의 머리를 쓰다듬어 주는 여인, 바로 세계 랭킹 1위 메이웨이였다.

'이제 거의 도착해 가네?'

메이웨이는 이제 곧 식신 민혁을 만날 수 있다는 것에 미묘한 웃음을 지었다.

크로세우.

그가 믿기지 않는다는 표정을 지었다.

크로세우는 민혁보다 훨씬 더 빠르게 모든 시련을 끝내고 시련장 안에서 쉬고 있었다.

모든 시련을 끝낸 이는 상대방의 시련 모습을 수정구를 통해 확인할 수 있었다.

크로세우가 시련을 진행한 후의 결과는 이러했다.

[크로세우. 시련 완료. 사망한 병력: 19명, 부상을 당한 병력: 23명 달성도 71%.]

달성도 71%!

크로세우가 진행한 시련이지만 사실 이 시련에 대해선 크로세우도 민혁이 도전하기 전엔 알지 못했다. 이 시련을 설정한 건, 과거의 영지의 주인 식신이었으니까.

그리고 71%라면 어마어마하게 높은 달성도였다. 그런데, 지금 민혁의 달성도를 보며 크로세우는 더 경악하고 있었다.

[민혁. 마지막 보스 몬스터 사냥 중. 사망한 병력: 0명, 부상을 당한 병력: 0명 달성도 85%.]

"……아, 아니, 이게 말이 되나?"

크로세우는 수정구에서 보이는 모습에 말문을 잃을 수밖에 없었다.

사망한 병력과 부상 당한 병력이 없었다.

그런데 수정구를 보면 그 사실이 이해가 되었다.

민혁의 앞쪽으로 하피의 여왕을 비롯해 수십 마리의 오우거들이 탱킹 역할을 하고 있었다. 그 뒤쪽에서 병사들이 활을 쏘거나 혹은 창을 이용해 몬스터들을 사냥한다.

민혁은 쇠사슬이 달린 낫을 이용해서 7m 뒤에서도 자유자재로 적들을 공격하고 있었다. 심지어 그의 강력한 스킬들!! 그의 검이 수백 개의 잔상이 되어 보스 몬스터를 공격한다.

그리고 이내.

쿠우우우우웅-

보스 몬스터가 비명도 제대로 지르지 못한 채 그대로 쓰러졌다.

그 순간 알림이 울렸다.

[민혁. 마지막 보스 몬스터 사냥 완료. 사망한 병력: 0명, 부상을 당한 병력: 0명, 달성도 93%.]

'……미, 미친!'

달성도 93%. 크로세우가 말문을 잃을 정도로 어마어마한 수치였다.

그 순간, 크로세우와 살아남은 병력이 모두 워프 되었다.

[마지막 보스 몬스터를 사냥하셨습니다.]

[검과 방패 시련이 종료됩니다.]

[달성도 93%로 크로세우보다 훨씬 더 높은 수치의 점수를 기록합니다.]

민혁은 흡족한 미소를 지으며 고개를 끄덕였다.

민혁이 크로세우보다 높은 점수를 원했던 이유. 숨겨진 식신의 시련을 진행하기 위함이다. 그 시련을 완수해 낸다면 천계의 소를 먹을 수 있으니까.

"해냈어!!"

"우리 아무도 죽지 않았다고!!"

"와아아아아아!"

병사들은 기쁨에 찬 환호성을 터뜨리고 있었다. 죽지 않는다면 아틀라스 안에서 하루 동안 생활할 수 있다. 파크도 기쁨을 주체하지 못하고 있었다.

민혁은 추가 시련이 진행될 거란 말을 해주려고 했다.

바로 그때.

[숨겨져 있는 시련이 시작됩니다.]
[크로세우를 비롯한 모든 병력이 함께 또다시 워프됩니다.]
[시련은 '공성전'입니다.]
[2시간 동안 영지 아틀라스의 성 베르도를 수호하세요.]

'공성전……?'
민혁이 고개를 갸웃했다.
그리고 민혁이 눈을 감았다 뜬 순간.
"와아아아아아아아아!!"
"막아!!"
"절대 성벽에 붙지 못하게 막아라!!"
시야가 변화했다.
민혁은 고개를 갸웃했다. 그리고 설명하는 알림이 들려왔다.

[아틀라스는 본래 식신의 영지였습니다.]

민혁은 어째서 식신의 시련이 이 안에 있는 것인가 하는 의문이었다. 한데, 그 의문이 풀렸다.

[그러던 어느 날 파멸의 마에스트로가 전설의 영지인 아틀라스를 빼앗기 위해 침략을 감행하였고 결국 빼앗기고 맙니다. 지금은

그때 전투의 일부 진행형입니다. 적들로부터 아틀라스 영지를 지켜내시기 바랍니다.]

[적들로부터 아틀라스 영지를 지켜내는 데 성공할 시 보상을 획득합니다.]

[시련 도전자는 단 한 명의 조력자를 선택할 수 있습니다.]

[조력자는 길드원, 혹은 길드의 동맹원 외에도 현재 아틀라스 내에 있는 이의 승인을 받을 시 가능합니다.]

[시련에서 실패할 시 아틀라스 영지의 소유권자가 되실 수 없습니다.]

[아틀라스의 진정한 주인이 되고 싶은 자여. 왕이 될 그 위대함을 증명하라.]

'조력자?'

민혁이 주변을 둘러봤다. 조금 전 자신과 싸웠던 병력이나 혹은 크로세우와 싸웠던 병력도 보였다.

하지만 그렇지 않은 병력도 보였는데, 그들의 머리 위로 이름과 레벨이 떠올랐다.

[한스. Lv474.]

크로세우가 서둘러 다가왔다.

"이런 시련이 숨겨져 있었다니……."

처참한 표정의 크로세우는 전방에서 모습을 드러낸 많은 병력을 보았다. 검은 로브를 머리끝까지 두른 그들이 뼈밖에 없는 말을 타고 내달리고 있었다.

그때, 커다란 굉음이 들려왔다.

콰콰콰콰콰쾅!

[성벽의 내구도가 132,136만큼 감소합니다.]

[성벽의 내구도가 113,478만큼 감소합니다.]

적들이 성벽을 공략하기 시작한 것이다.

민혁은 갑작스러운 상황에 잠시 혼란에 빠져 있었다. 하지만 서둘러 정신을 차렸다.

"크로세우 님!"

"이곳에선 자네가 지휘관이 되어야 하네, 편하게 하달하지!"

"크로세우! 적들은 어떠한 자들인가!"

민혁은 서둘러 걸음을 옮기며 브리핑을 요했다. 크로세우가 서둘러 그의 옆에 붙어 브리핑했다.

"적들은 파멸의 마에스트로의 졸개들입니다. 파멸의 마에스트로는 대륙 전체를 무력으로 통일시켰던 인물. 그만큼이나 강력한 병력을 보유하고 있습니다."

"과거 영주성을 지키는 전투에서 적과 우리의 피해는?"

"과거 영주성을 지키던 병력 모두 전멸, 적군은 약 20% 정도의 사상자만 나왔습니다."

민혁이 고개를 돌려 크로세우를 보았다.

"그때 당시 영지엔 저를 제외하고 다른 전설들이 없었고, 식신님이 돌아가시기도 했습니다. 또한, 적들의 무력은……."

어느덧 걸음을 옮기던 민혁이 성벽 끝에 도달했다. 그곳에서 볼 수 있었다.

"……뭐 이리 압도적이야?"

민혁이 미간을 찌푸렸다.

아군들처럼 적들의 병력의 레벨도 확인하고 싶다면 확인 가능했다. 검은 로브를 머리끝까지 뒤집어쓴 채 달려오는 적들!

[어둠의 기사. Lv513.]

평균적인 적들의 레벨 수치가 500을 넘어서고 있었다.

민혁은 우측 상단에 적들의 숫자가, 좌측 상단에 아군의 숫자가 적힌 걸 볼 수 있었다.

[적들의 수: 2,135.]
[아군의 수: 1,735.]

"끄아아아아악!"

"으, 으아아아아아악!"

"아틀라스 영지를 위하여!!"

"위하여!!"

죽음에 이르는 병사들의 비명이 퍼진다. 누군가는 영광스러운 죽음을 맞이하기 위해 물러서지 않고 맞서 싸운다.

자신들 측 병력의 평균 레벨이 약 470 정도. 정예로 추정되는 자들이 약 530 정도였다. 반대로 적들의 평균이 약 500 정도, 정예들이 약 550 정도. 압도적인 차이였다.

고작 20~30레벨의 차이라고 볼 수 있지만, 대규모 전투에서 20~30의 레벨 차이는 큰 영향을 끼친다. 심지어 숫자도 적들이 더 우세하다.

그리고.

"너희들의 왕은 이미 죽었도다!! 내게 복종을 약속한다면 살려주마!!"

['파멸의 마에스트로'의 등장!!]

[한때 전 대륙을 통일했던 폭군!]

[파멸의 마에스트로를 사냥한 자는 보상이 주어집니다.]

[파멸의 마에스트로. Lv664.]

"개소리하지 마라!!"

"내 목에 칼이 들어와도 그분의 영지는 내어줄 수 없다!!"

"돌격! 앞으로!!"

하지만 병사 중 그 누구도 항복하는 자는 없었다.

파멸의 마에스트로는 검은색 풀 플레이트 아머를 두르고 있었으며 칠흙 같은 검을 들고 있었다. 그리고 뿔이 달린 투구에 검은 로브를 머리끝까지 쓰고 있었다.

"그렇다면 주어지는 건 죽음뿐이다!!"

그 순간, 파멸의 마에스트로가 검을 휘둘렀다.

그러자.

콰콰콰콰콰콰콰콰콰콰콰쾅!

강력한 힘이 성벽을 가격하고 병사들을 집어삼켰다. 너무도 방대한 힘에 순식간에 많은 병사가 죽음을 맞이했다.

[병력이 2% 이상 사망합니다.]

민혁이 중얼거렸다.

"지금 이걸…… 깨라고 만든 거야?"

[지금 이걸…… 깨라고 만든 거야?]

민혁의 중얼거림. 그에 이석훈 팀장이 씁쓸한 표정을 지었다.

"깨라고 만들었지만…… 사실 지금 깨라고 만든 거 아닌데……."

그렇다. 만약 예정되어 있던 1년이나 2년 사이에 이러한 퀘스트를 받았다면 충분히 공략 가능했다. 지금 2%의 승률이 최소 50%는 되었을지도 모른다. 한데, 민혁의 레벨이 너무 낮았다.

"이건 민혁 유저한테 보상을 해줘야겠군."

"맞습니다. 어떻게 보면 밸런스 붕괴가 확실하니까요. 또한, 지금 도달할 수 없는 시련에 도달했다는 건 민혁 유저가 그만큼 충분히 잘해주고 저희를 당황시킨 거니까요. 전적으로 저희의 잘못이 크죠."

강태훈 사장이 고개를 주억였다.

"현재까지 획득한 검과 방패, 그리고 작은 세계수 나무를 아틀라스 영지에 적용시킨 상태로, 민혁 유저에게 주면 될 것 같군."

"그 정도 보상이면 충분할 것 같군요."

"그래, 우리 실수인데, 최대한 민혁 유저가 피해 보지 않게 해야지. 이 부분은 따로 회의를 진행하도록 하지."

그렇게 그들은 민혁이 시련에 실패한다고 확정 짓고 있었다.

'왜 다 실패한다고만 하는 거야?'

이민화 사원은 뚱한 속내를 가지고 있었다.

이석훈 팀장은 2% 확률로 가능할지도 모른다고 했다. 어쩌면 그 2%의 기적이 일어날지도 모르는 일 아닌가?

그때, 모니터에 알림이 떠올랐다.

[민혁 유저가 조력자 한 명을 선택하기 위해 아틀라스 영지로 이동합니다.]

민혁이 조력자 한 명을 선택하려 했다. 이 조력자 한 명을 선택하려 하면, 잠시 모든 상황이 중단된 상태에서 민혁은 영지로 들어가 그 안에서 조력자를 찾을 수 있다. NPC도 가능했으며 유저도 가능하다.

"지금 영지 아틀라스에 누구누구 있지?"

"유저들 말씀이시죠?"

"그래."

타타타타타타탁-

이민화가 빠르게 키보드를 두들겼다. 그리고 곧 의아한 표정을 지었다.

"레전드 길드원들 전부 접속하지 않았는데요?"

"응? 어제까지만 해도 전부 있었잖아."

"그러게요."

그들은 몰랐지만, 오늘 레전드 길드는 현실에서 모여서 이야기를 진행하는 날이었다. 그 이야기는 민혁이나 특별 유저 관리팀은 모르는, 길드 마스터 권한 위임에 관한 이야기다.

"그럼 NPC들밖에 없는 건가?"

강태훈 사장이 중얼거릴 때, 이민화 사원이 고개를 갸웃했다.

"어? 저 사람은 또 누구지?"

"사람?"

"네, 여자 같은데요? 옆에 꼬마도 한 명 있습니다! 뭐지, 여성분 되게 눈에 익숙한 것 같은데……."

"응?"

이민화 사원이 모니터 속의 그 여인을 확대해 봤다.

"……!"

특별 유저 관리팀은 경악했다.

조력자를 선택하기 위해 아틀라스 영지로 온 민혁. 그는 레전드 길드원들이 보이지 않자 서둘러 귓속말했다.

[민혁: 지니, 어디야?]

[지니 님이 로그아웃 중이십니다.]

그제야 민혁은 아차 했다. 길드원들 전부 모임이 있는 날이었다. 정말 중요한 회의가 있다고 했다.

평소에도 민혁은 현실 회의에 참석하지 않았기에 그를 빼고 진행하는 회의가 이상한 일은 아니었다. 하지만 바로 지금, 민혁은 큰 난관에 봉착했음을 느꼈다.

'길드원들도 없다고……?'

지금 회의 중인 그들 중 한 명을 급히 불러들여도 현실 시간 1시간이 아테네에선 4시간이 되기에 적지 않은 시간이 소요되는 셈. 마냥 기다릴 순 없었다. 또한, 조력자 선택은 15분 안에 해야만 했다.

바로 그때.

"형아!!"

한 소년이 달려왔다. 그리고 달려온 소년이 쾌활하게 웃었다.

"코니르!! 라면 대상인이 되는 데 성공했어!!"

'아, 코니르……! 코니르가 있었어……!'

민혁이 코니르를 내려다봤다. 검성 코니르! 바로 그가 있었다.

하지만 곧 망설여졌다.

'만약 코니르가 시련에서 죽으면…….'

코니르는 HP가 10% 미만이 남으면 소환의 방으로 들어간다. 하지만 만약 10%까지도 한 번에 감소시킬 어마어마한 대미지를 받으면 그럴 틈도 사라진다. 그리고 공성전에선 그렇게 할 수 있는 존재도 있었다.

바로 그때였다.

"안녕하세요?"

한 여인이 인사했다.

그리고 그 여인이 부드럽게 웃으며 말한다.

"저랑 친구 하실래요?"

그에 민혁은 생각했다.

'갑자기?'

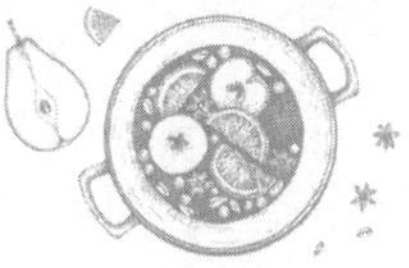

5장
영지의 진짜 주인

메이웨이. 그녀가 누구던가. 아테네 공식 세계 랭킹 1위이며 버퍼 능력자 중 최고라 불리는 발키리였다.

전투 능력 또한 발군이었지만 그녀의 버퍼 능력에 비교하면 그 전투 능력조차도 초라해질 정도였다. 누군가는 그녀와 손 한 번만 스쳐도 숨이 멎을 듯한 표정을 짓거나 혹은 감격에 차오른 눈물을 흘린다.

그런 그녀의 친구가 되고 싶다는 말. 하지만 그런 그녀의 말에 민혁은 황당할 수밖에 없었다.

"네, 그러시군요."

민혁은 그렇게 답하고는 서둘러 코니르를 돌아봤다.

'까, 까였다…….'

메이웨이는 순간 당황했다.

민혁은 서둘러 코니르에게 지금의 상황을 설명하기 시작했다.

메이웨이는 생각해 봤다.

'그러고 보니…….'

생각해 보면 자신 같아도 대뜸 처음 보는 사람이 다가와 '친구 할래?'라고 하면 이상한 사람 보는 듯한 표정으로 볼 것이다. 어쩌면 자신의 첫인사가 다소 부드럽지 못했을지도 모른다.

메이웨이는 오랜 시간을 혼자 지냈다. 담당의나 혹은 NPC들을 제외하고 일반 사람하고 이야기해 본 적이 너무 오랜만이었다. 그리고 메이웨이는 자초지종을 코니르에게 이야기하는 민혁을 볼 수 있었다.

'파멸의 마에스트로?'

민혁은 시간이 없기에 빠르게 이야기했다. 하지만 이야기했다가도 그는 쓰게 웃었다.

"아니야, 코니르. 코니르는 오늘도 여기서 열심히 라면을 만들어."

너무 급박한 상황에 말했지만 코니르는 절대 안 된다는 생각을 민혁은 해버렸다. 코니르가 만약 그 안에서 죽으면 어찌 될지 눈앞이 아찔해졌기 때문이었다.

'그렇다면 누굴 데려가야 하지?'

사제 루이스? 아니면 생명의 어머니 에덴? 또는 드워프 란트?

그나마 가장 나아 보이는 건 사제 루이스였다. 에덴과 란트가 가진 힘은 지금 당장 큰 힘을 발휘하기 힘들어 보였으니까.

바로 그때.

"제가 갈게요."

민혁은 그에 또 한 번 고개를 갸웃했다. 아니, 그러고 보니, 지금 급해서 인식하지 못했지만, 그녀는 어째서 코니르와 함께 온 것인가? 또한, 어째서 이 영지 아틀라스에 있는 것인가?

그때 코니르가 말했다.

"코니르!! 우리 메이웨이 누나가 민혁 형아 하고 친하게 지냈으면 좋겠다!!"

"응?"

민혁이 코니르와 메이웨이를 한번 번갈아 보았다.

"앞으로 친하게 지내라!! 애들은 싸우면서 큰다던데, 싸우지는 마라!!"

민혁은 머리가 혼란스러워지려 하고 있었다.

그러다 멈칫했다.

'메이웨이? 세계 랭킹 1위 메이웨이?'

민혁은 앞의 여인을 보았다. 그리고 실제로 그 메이웨이가 맞음을 알 수 있었다.

민혁은 더 맛있는 걸 먹기 위해 아테네의 많은 것을 공부했다. 그와 함께 자연스럽게 랭킹 1위가 누구인지 알고 있었다. 아니, 아테네를 하는 유저 중 모르는 사람이 있다면 그것이 더 이상할 것이었다.

'날 왜 도와준다는 거야? 아니, 그것보다 나랑 왜 친구가 되고 싶은 건데?'

한데, 질문할 시간도 지체할 시간도 없었다.

민혁은 갈등했고 끝내 결단을 내렸다.

"끄, 끄아아아아악!"

"으아아아아아악!"

"끄헉!"

비명이 난무했다. 어둠의 기사들과 '파멸의 마에스트로'의 공격에 병사들이 감당하지 못하고 있었다. 하지만 용맹한 아틀라스의 병사들은 성문 밖으로 달려 나가고 있었다.

병사들의 총사령관 코넬은 크로세우를 돌아봤다.

"그게 무슨 소리입니까? 그 이방인의 명령을 따르라니요?"

"그게 그렇게 되었네."

크로세우는 그렇게 말할 뿐이었다.

크로세우는 이 전쟁을 한 번 겪어봤던 사람이다. 반대로 이 안에서 싸우는 병사들은 처음 겪는 것과 마찬가지.

크로세우가 갑자기 나타난 이방인이자 민혁이란 사내에게 지휘권을 넘기라 말한다.

"말도 안 되는 소리. 저는 절대 이방인에게 지휘권을 넘기지 않을 겁니다."

이 영지가 어떤 영지던가. 바로 절대적이라고 할 수 있는 신인 식신의 영지였었다. 한데, 그가 죽고 나자 감히 대륙의 황제 따위가 이곳을 넘보려 한다. 그뿐만이 아니다. 감히 식신님의 영지를 정체도 모르는 이방인 따위가 지휘권을 가지고 지휘하겠다?

그에 크로세우는 입을 다물었다.

'민혁 님이 지휘권을 가진다 해서 확실히 달라진 건 크게 없겠지…….'

그는 이 전쟁의 끝을 알고 있는 인물. 또한, 그렇기에 방금까지 민혁이나 자신과 함께 시련을 진행했던 파크와 같은 병사들도 당혹스럽고 놀랍기는 마찬가지인 듯싶었다.

그들은 좌절하고 있었다.

'크흐흐흐흑, 나의 어머니를 잃은 이곳에…… 내가 또다시 오게 되다니…….'

파크는 눈물을 머금었다.

그러다 아차 하는 생각이 났다. 어쩌면, 지금은 어머니가 살아계실지도 모른다. 그분의 얼굴 한 번이나마, 이야기 한 번이나마 다시 할 수 있을지도 모른다.

파크는 빠르게 성 밖으로 나왔다.

적을 막는 아군과 아군을 밀고 성을 함락하려는 적군들!

"끄아아아아악!"

"으, 으아아아아아악!"

푸쉭! 푹! 푹!! 콰아아아아아앙!

핵폭탄이 떨어진 것과 같은 마법사들의 폭발 마법까지. 그 아비규환 안에서도 파크는 내달렸다. 그 모습을 보는 크로세우는 가슴이 아팠다.

그리고 총사령관 코넬은 알았다.

'우린…… 패배할 것이다.'

하지만 그는 검을 뽑아 들고 외쳤다.

"우린 승리할 것이다!!"

"와아아아아아아아아!!"

아군이 함성을 내지르며 달려 나간다.

하지만 바로 그때.

[죽음의 사신. 그림 리퍼가 등장합니다.]

쐐에에에에에에엑!

전장 한가운데에 검은 소용돌이가 휘몰아치더니 그곳에서 6m 크기가 넘는 한 존재가 모습을 드러냈다. 거대한 흑마 위에 오른 그 존재는 누더기 같은 검은 로브를 두르고 있었는데, 한 손에 창대 끝에 기다란 검은 낫이 달려 있었다.

크로세우는 이미 한 번 경험해 본 적이 있었다. 레벨 645 정도의 녀석은 말 그대로 지옥에서 내려온 사신이었다.

지옥. 마계 바로 위에 존재하며 실제로 사람 중 가본 이는 없었다. 그리고 놈의 무력은 상상을 초월했다.

스화아아악-

놈이 낫을 크게 휘두르자 반달처럼 휘어진 검기가 병사들을 무차별적으로 도륙해 냈다. 그리고 오른손을 쫙 펼치는 순간.

콰직!

"하, 한스…… 어째서 자네가 나를……."

정신이 세뇌당하고 만다.

[병력이 23% 이상 사망합니다.]

[병력이 25% 이상 사망합니다.]

[병사들의 사기가 떨어집니다.]

[병사들이 두려움에 떨기 시작합니다.]

[모든 능력치가 5% 하락합니다.]

그리고 서로를 죽인다.

"사제들!! 사제들 없나?"

총사령관 코넬이 다급하게 외쳤다.

크로세우는 고개를 저었다.

'일반 사제들이 해제할 수 있는 능력이 아니야…….'

사실상 저 능력에 당해, 자신들은 고작 적들에게 20%의 전력 손실만 입히고 완패당했다.

어느덧 적들이 성문 앞까지 밀고 들어왔다.

"궁수들!!"

궁수들이 활을 쏘며 버텨내려 하지만 적들이 쏜 화살이 더 빨랐고 강했다.

"으아아아악!"

"끄아악!"

궁수들이 성벽에서 굴러떨어져 그대로 죽음을 맞이한다.

바로 그때. 크로세우가 눈을 떴었다.

'아, 안 돼…….'

크로세우. 그의 눈에 정말 끔찍한 모습이 들어왔다.

어딘가로 뛰어가던 백부장 파크가 한 노부인의 앞에 서 있었다. 문제는 파크의 손에 검이 들려 있다는 거다. 그는 지금 끔찍한 정신 세뇌에 걸려 있다.

"아, 아들아……."

파크의 어머니가 몸을 파들파들 떨며 그를 바라봤다.

파크는 절망하고 있었다.

'아, 안 돼…… 안 돼…… 그러지 마, 안 돼……!'

이 빌어먹을 저주!!

파크는 머리가 하얘졌다. 단지, 바랐다.

'누가 제발 나와 어머니 좀 구해달라고, 빌어먹을!!'

바로 그때.

"빛의 날개."

하늘에서 거대한 천사의 날개 같은 것이 떠올랐다. 그리고 날갯짓을 하자 수천 개의 깃털이 방대한 빛을 흩뿌리며 병사들의 몸으로 빨려 들어갔다.

피피피피피피핏-

[상태 이상. 정신 세뇌가 해제됩니다.]

파크 또한, 다시 자신의 몸을 통제할 수 있게 되었다.

거기에 그치지 않고.

"여신의 방패."

하늘로 거대하면서 찬란하게 빛나는 방패가 나타났다. 그 방패가 빛을 흩뿌리며 병사들을 삼켰다.

[방어력이 35% 상승합니다.]

"여신의 검."

"바람 같은 여신."

[공격력이 24% 상승합니다.]

[이동 속도 20% 공격 속도가 10% 상승합니다.]

하늘에 커다란 검과 부츠 모양이 떠올랐다 사라졌다.

그 순간, 병력은 자신들의 몸이 가벼워지고 힘이 솟는 걸 느꼈다.

그리고 코넬과 크로세우의 시선이 성의 난간 위로 향했다. 난간 위에 선 은빛 갑옷을 입고 검은 긴 머리카락을 흩날리는 여인과 뼈로 구축된 갑옷을 착용하고 투구를 쓴 사내가 함께 서서 전장 전체를 내려다보고 있었다.

그 둘에게 알림이 들려온다.

[성벽의 내구도가 132,136만큼 감소합니다.]

[성벽의 내구도가 113,478만큼 감소합니다.]

그때, 여인이 손을 뻗었다.

"분노하는 여신."

콰콰콰콰콰콰콰콰콰콰콰콰쾅!

파멸의 마에스트로가 사용했던 능력만큼이나 강력하고 방대한 힘이 발발했다. 적들의 발밑에서 빛의 폭발이 일어나며 그들을 집어삼키고 성벽을 수호했다.

타앗- 타앗-

그리고 뼈 갑옷을 입은 사내와 여인이 함께 내려섰다.

히히히히히힝!

빛의 말 두 마리가 나타났다. 두 사람이 각자 말 위에 올라 앞의 어둠의 기사들을 뚫고 내달리기 시작했다.

"난무하는 검."

사내의 검이 수백 개의 잔상을 만들어낸다. 그때, 옆에서 함께 달리던 여인의 손이 그에게 뻗어졌다.

[여신의 강화]

[발동 중인 스킬을 순간적으로 강화시킵니다.]

수백 개의 잔상이, 천 개가 넘는 잔상이 되고 더욱더 검 끝이 길어지고 강대한 힘을 싣는다.

파파파파파파파파파팟!

잔상들이 앞을 가로막던 적들을 공격한다.

"크아아아악!"

"으, 으아아아아악!"

비명이 퍼진다. 사내가 먼저 말의 고삐를 움켜쥐고 앞으로 달려 나간다. 난무하는 검에 당한 적들의 상당수가 그럼에도 숨통이 끊어지지 않았다.

뒤에 있던 여인의 주변으로 세 개의 작은 책들이 떠오른다.

[심판하는 고서]

[심판자의 고서가 발키리를 도와 주변의 적들에게 300%의 강력한 번개를 내리칩니다.]

콰콰콰콰콰콰콰콰콰쾅!

사내가 중상을 입혔지만 쓰러뜨리지 못했던 자들이 세 개의 책들에서 내리치는 번개에 결국에 죽고야 만다.

[적의 병력이 4% 이상 사망합니다.]

사내와 여인이 그림 리퍼의 앞에 당도했다.

사령관 코넬의 손이 땀에 흥건해졌다. 그리고 서둘러 명령을 내렸다.

"병력!! 저 두 사람의 주변으로 적들이 다가가지 못하게 막아라!!"

모세의 기적처럼 뻥 뚫렸던 길로 병사들이 뚫고 가기 시작했다.

정체 모를 여인의 강대한 힘! 그 힘에 의해 훨씬 더 강력해진 그들은 노련했다.

그리고 그림 리퍼와 사내, 여인이 힘겨운 사투를 벌인 지 10분. 여인이 다급하게 소리치자 사내의 검이 빠르게 움직인다. 그 순간, 여인의 손에서 뻗어 나간 빛이 사내의 검에 깃들었다.

사내가 번쩍 날아올랐다.

탓-

그림 리퍼의 목을 회전하면서 한 번 벤다.

푸직!

그리고 떨어지면서 그림 리퍼가 탄 말을 밟고 앞으로 놈의 하체를 공격한다.

"크워어어어어어!!"

그림 리퍼의 입에서 단말마의 비명이 터져 나온다.

그 틈을 타 사내의 검에 강력한 힘이 깃든다. 검에서 바람이 분다.

쐐해에에에에엑-

순간적으로 또 한 번 사내의 검에 강력한 빛이 서리더니, 그림 리퍼의 심장을 찔렀다.

푹!! 쐐헤에에에!

그치지 않고 사내 주위로 휘몰아치던 바람이 주변에 붙으려던 적들을 갈기갈기 찢어낸다.

"크아아아아아아!"

그림 리퍼가 재의 모양으로 변화하며 사라지기 시작했다. 그 틈에서 거친 호흡을 추스르고 있던 사내. 그가 외쳤다.

"지휘관 민혁! 그림 리퍼를 사냥했다!!"

그리고 하늘 높이 손을 들어 올린 그가 주먹을 꽉 쥐었다.

"전군, 진격하라!"

"와아아아아아아아아아!"

함성이 터져 나왔다.

그리고 그때.

"……식신의 식칼?"

사내의 주변에서 함께 싸우는 아기 돼지 콩이가 가진 식칼을 발견한 코넬. 그가 눈을 떨었다.

그제야 눈에 들어왔다.

'저 갑옷…….'

식신님의 갑옷인 불멸의 갑옷이었다.

그분께서 말씀하셨었다.

'나중엔 내 후예한테 물려줄 거야, 괜히 눈독들 들이지 마라.'

코넬의 숨이 가빠졌다. 그가 전율했다.

"식신께서…… 돌아오셨다……."

"뭐라고?"

"식신께서 돌아오셨다!! 지휘관님을 따르라!! 저분의 말에 복종하라, 복종하지 않는 자! 내 직접 목을 치리라!!"

"식신?"

"식신님?"

"식신님이라고?"

그제야 사람들도 식신의 식칼의 여부를 알아냈다.

그들이 함성을 질렀다.

"와아아아아아아아아아!!~!!"

"식신께서 함께하신다!!"

"우리 영지를 지키기 위해 돌아오셨다!!"

전장의 흐름이 바뀌고 있었다.

그리고. 이 땅의 진정한 주인이자 왕이 돌아왔다.

결국, 민혁은 메이웨이를 조력자로 데려오는 것으로 선택했다. 메이웨이는 등장하자마자 전장 상황 전체를 살폈다. 그리고 빛의 날개라는 광범위 상태 이상 마법을 사용했다.

'무슨 이런 광범위 스킬이…….'

민혁은 경악했다. 상태 이상에 걸린 병사들의 숫자가 약 300명을 넘어섰었는데, 빛의 날개 스킬로 모두의 상태 이상이 해제되었다.

그치지 않았다. 거대한 검이 떠오르고 부츠 모양이 떠오르자 공격력이 24% 상승하고 이동 속도 20%, 공격 속도 10%가 상승했다.

메이웨이가 말했다.

"제 스킬은 시전 시간 없이도 진행할 수 있어요. 대신에 시전 시간 없이 진행하면 MP 소모가 2배 더 커지죠."

바로 시전할 수 있었던 이유였다.

그에 민혁이 물었다.

"그래서 이제 남은 MP양은 얼마인 거죠?"

"30%요."

"……도대체 MP양이 몇이에요?"

민혁이 경악했다. 대규모 병력에 그렇게 버프 능력을 사용했는데도 30%가 남았다니?

곧 메이웨이가 말했다.

"이게 가능한 이유는 발키리 각성 스킬을 사용했기 때문이에요. 발키리 각성은 3개월에 한 번 사용할 수 있죠. 또한, 모든 스텟이 1% 감소하기 때문에 사실 저도 처음 써보는 거예요. 사용하는 순간, MP양이 2배 증가하고 버퍼 능력도 훨씬 더 강력해지거든요."

민혁은 그 말을 듣는 순간, 또 한 번 의문을 품었다.

'나를 위해서?'

메이웨이도 이 전장으로 넘어온 순간 눈치챘을지도 모른다. 이 전장에선 승산을 찾기 힘들다고. 때문에 모든 스텟 1%의 감소를 하고 승산을 높인 거다.

세계 랭킹 1위한테 모든 스텟 1% 감소라면 어마어마한 페널티였다. 만약 힘 스텟이 500이라고 가정하면 자그마치 5의 힘 스텟이 하락하며 전체 스텟이 그처럼 하락함을 의미하니까.

어느덧 두 사람은 성 난관 위에 서서 적들을 내려다봤고, 밑으로 내려섰다.

그녀가 소환한 빛의 말 위에 오르고 가운데를 뚫기 시작하고 민혁이 난무하는 검을 시전했다.

[난무하는 검]

[14초 동안 무차별적인 검의 난무에 35% 추가 대미지가 붙습니다.]

수백 개가 넘는 검의 잔상이 나타났다.

바로 그때였다.

[여신의 강화]

[난무하는 검의 레벨이 발동되는 동안 2 상승합니다.]

[17초 동안 무차별적인 검의 난무에 45% 추가 대미지가 붙습니다.]

민혁은 경악에 경악을 금치 못했다. 심지어 메이웨이는 어둠의 기사들을 가뿐히 뚫기 시작했다.

그리고 그림 리퍼의 인근에 도달한 두 사람은 녀석의 공략을 시도하기 시작했다.

그림 리퍼는 과연 강했다. 낫을 휘두를 때마다 방어력 50%를 무시하는 강력한 힘이 자신들을 덮쳐왔다.

[여신의 숨결]

[초당 HP 회복량이 평소보다 5배 빨라집니다.]

한데, 그럴 때마다 메이웨이가 말도 안 되는 버퍼 능력으로 서포트했다.

둘의 전투는 10분이 넘는 시간 동안 치열하게 지속되었다. 주변으로 어느덧 아틀라스의 병사들이 들어와 그림 리퍼와 민혁, 메이웨이의 전투를 방해하지 못하게 차단했다.

메이웨이가 말했다.

"제 스킬 중에 2.4초 동안 대미지를 2배로 증폭시키는 스킬이 있어요. 물론 스킬 사용 시에도 2배로 대미지 증폭이 되고요."

"……2.4초요?"

2.4초라면 매우 짧은 시간이었다. 대신에 공격이 성공한다면 추가 대미지 2배가 된다는 거다.

"사실 아직까지 한 번도 다른 이와 사용해 본 적은 없어요."

메이웨이가 사용해 본 적도 없긴 했지만 사실상 그녀는 확정 짓고 있었다. 이 스킬은 버프를 걸어주는 자신도 상대방도 놀라운 컨트롤 실력을 가지고 있어야만 한다.

민혁이 말했다.

"남은 MP양이 얼마나 되죠?"

"5%."

10분간의 전투 동안 그림 리퍼도 자신들도 상당히 지쳐 있었다. 또한, 아군의 병력이 약 35%가 사망했다.

적들의 피해도 만만치 않긴 했다. 메이웨이의 버프 능력에 강해진 병사들이 적들을 10%가량 죽였기 때문이다.

잠시 생각하던 민혁은 고개를 주억였다.

"저한테 급소를 공격하는 스킬이 있습니다. 2.4초. 그동안 총 두 번에서 세 번의 공격을 성공시키겠습니다."

"……뭐라고요?"

메이웨이는 경악했다. 2.4초라면 공격 한 번을 성공하는 것도 매우 힘든 시간이 분명했다. 심지어 그림 리퍼처럼 강력한 몬스터라면 말할 것도 없었다.

하지만 지금, 이야기를 나눌 틈이 없었다. 그림 리퍼가 거대한 낫으로 스킬을 발현하려고 했으니까.

"지금 바로 걸어줘요."

"알겠어요!!"

민혁이 검은 기운이 일렁이는 그림 리퍼의 낫을 보며 번쩍 뛰어올랐다.

그 순간, 메이웨이의 손에서 뻗어 나간 빛이 민혁의 검에 스며든다.

[전쟁 여신의 일격]

[2.4초 동안 성공시키는 모든 공격이 2배의 대미지가 되며 타

스킬의 대미지와 중첩됩니다.]

민혁이 번쩍 뛰어오르자 그림 리퍼가 낫으로 막기 위해 자신 쪽으로 끌어온다.

그것을 본 민혁이 피식 웃었다.

쑤우우우웅!

한 바퀴 회전하는 순간, 그림 리퍼는 방어를 풀고 공격하기 위해 낫을 휘두르려 했다. 그때, 놈의 방어가 풀렸다.

회전한 민혁의 검이 놈의 목을 벤다.

푓!

[전쟁 여신의 일격이 성공합니다.]

[2배의 대미지를 입힙니다.]

그치지 않았다. 놈이 비명을 지를 때, 민혁은 단 0.1초의 시간도 허투루 소비하지 않았다.

디아블로의 눈을 발현.

[디아블로의 눈]

[1초 동안 적의 급소가 한 군데 이상 보여집니다.]

[디아블로의 눈이 발현되고 30초 안에 급소 찌르기에 성공할 시 200% 추가 대미지를 입힙니다.]

놈의 급소 두 군데가 보인다.
'현재 소요한 시간은 1.5초.'
급소로 보이는 놈의 다리를 공격한다.
푹!!

[전쟁 여신의 일격이 성공합니다.]
[디아블로의 눈 효과로 200%의 추가 대미지를 입힙니다.]
[전쟁 여신의 일격이 중첩됩니다.]
[2배의 대미지가 추가됩니다.]

그대로 민혁은 한 걸음을 더 옮겼다. 바로 앞으로, 비명을 내지르는 그림 리퍼의 가슴이 보였다. 디아블로의 눈이 가리키는 또 하나의 급소!

민혁은 미리 스킬 '저장'으로 축적해 놓은 분노하는 검을 발현했다. 저장 스킬은 1회 스킬 저장을 할 수 있으며 가장 놀라운 효과는 저장한 스킬은 시전 시간이 존재하지 않는다는 것이다.

검 끝에 강력한 힘이 맺힌다, 심지어 메이웨이가 사용한 전쟁 여신의 일격에 따라 빛이 서린다.

푹!

강력하게 놈의 가슴에 검을 찔러 넣는다.

애초에 분노하는 검도 급소 찌르기 공격이다. 이에 성공하면 추가 공격력 140%. 거기에 더해져 디아블로의 눈 효과로 추가적인 대미지 200%, 그리고 전쟁 여신의 일격에 따라 또

한 번 200%가 된다. 즉, 최소한 추가 대미지 1,300 이상의 힘이 그림 리퍼의 가슴을 찌르는 것.

쐐헤에에에에엑!

주변에서 퍼지는 강력한 바람이 주변으로 몰려오던 적들을 찢어내고.

"크아아아아아아악!"

비명을 지르면서 그림 리퍼가 재가 되어 천천히 흩어진다.

그리고 쉴 새 없는 알림이 들려온다.

[경험치 32,314,555를 획득합니다.]

[레벨업 하셨습니다.]

[레벨업 하셨습니다.]

[레벨업…….]

[315플래티넘을 획득합니다.]

[그림 리퍼의 낫 조각을 획득합니다.]

[그림 리퍼의 암흑 로브를 획득합니다.]

[지옥의 31구역 지도를 획득합니다.]

'미, 미친……!'

메이웨이는 경악했다. 정말로 단, 2.4초. 그 2.4초 만에 그림 리퍼에게 세 번의 공격을 성공시켰다.

두 번이라면 '우연'이라고 할지도 모른다. 어쩌다 운이 좋아 성공했다고. 하지만 세 번이라고 한다면, '우연'이 아니다.

'실력이야…….'

메이웨이는 세계 랭킹 1위답게 말도 안 되는 컨트롤 실력을 가지고 있었다. 그런 그녀가 민혁의 실력에 혀를 내두를 정도였다.

그리고 민혁이 외쳤다.

"전군, 진격하라!"

적장은 아니지만, 그에 준하는 자를 사냥했다.

"민혁 님을 따르라!!"

"식신이시여!!"

[아군의 사기가 5% 증가합니다.]

[아군의 공격력과 방어력이 2%씩 상승합니다.]

아군 측 병력이 밀고 들어오기 시작했다. 파멸의 마에스트로에게서도 당혹한 모습이 서린 게 분명히 보였다.

[50분 31초.]

시련은 2시간이라는 시간 동안 성의 방어에 성공해 내라고 하였다.

민혁은 메이웨이와 함께 쉴 새 없이 적들을 도륙하며, 한 번씩 광역 스킬을 사용했다.

[오븐의 재앙]

[반경 12m 내에 위치한 적의를 가진 적들을 모두 인식한 오븐이 추가 공격력 450%의 폭발을 일으킨다.]

그리고 MP가 어느 정도 찬 메이웨이가 또다시 '여신의 강화' 스킬을 사용해서 오븐의 재앙 효과를 극대화시킨다.

[오븐의 재앙]

[반경 15m 내 위치한 적의를 가진 적들을 모두 인식한 오븐이 추가 공격력 600%의 폭발을 일으킨다.]

자그마치 150%의 폭발 대미지가 추가되었다.

콰콰콰콰콰콰콰콰콰콰콰콰콰쾅!

주변에 있던 적의를 가진 모든 어둠의 기사들이 추풍낙엽처럼 쓸려 나간다. 살아남은 자들은 앞으로 진격하는 병사들이 모두 도륙해 냈다.

[적이 50% 이상 사망했습니다.]

그리고 눈에 띄게 아군 측 진영에게 승리가 기우는 것이 보이기 시작했다.

결국, 끝끝내.

"후퇴한다!!"

[적이 후퇴하기 시작합니다.]

파멸의 마에스트로가 후퇴를 선택했다. 더 많은 피해를 입을 바에야 후퇴한 후에, 차라리 다음을 기약하는 게 낫다는 판단을 내린 듯싶었다.

"와아아아아아아아!"

"승리했다!"

"식신! 식신! 식신! 식신!"

"식신이시여!!"

아군 측 피해는 약 40%에 해당했지만, 적들의 피해는 약 50%에 달했으니, 완승이라고 할 수 있었다.

그 모습을 멀리서 보는 크로세우.

'미, 믿을 수가 없구나…….'

크로세우는 이미 이 전쟁을 한 번 겪어봤던 인물이었다. 자신들 측은 대부분 전멸하였고 반대로 적들은 약 20% 정도의 피해밖에 입지 않았었다. 그런데, 지금 그러했던 과거의 설욕이 씻겨 나갔다. 저 두 사람이 함께 해낸 것이다.

크로세우가 활짝 웃었다.

'아틀라스가 본래의 주인을 찾았군.'

"……2%라 하지 않았나?"

강태훈 사장이 이게 어떻게 된 거냐는 듯 이석훈 팀장을 보았다.

"그, 그게……."

이석훈 팀장도 미치고 팔짝 뛸 노릇이었다.

아니, 도중에 메이웨이가 조력자로 난입할 줄 누가 알았겠는가? 전혀 예측하지 못했던 일이었다.

그들도 실시간으로 모니터로 보았다.

"메이웨이가 친구가 되고 싶어 하다니……?"

세계 랭킹 1위의 메이웨이가 민혁과 친구가 되고 싶어 한다. 또한, 조금 전 두 사람은 전투에서 환상의 호흡을 보여줬다는 거다.

"보상이 총 두 가지지?"

강태훈 사장이 한숨을 뱉으며 말했다.

"이로써 민혁 유저는 현존하는 최고의 병력을 얻게 되겠군."

민혁은 주변을 둘러봤다. 적들이 후퇴하고 병사들은 기쁨에 잠겨 있었다. 그리고 그들이 '식신'이라는 이름을 부르짖으며 자신에게 고마움을 전하고 있었다.

그 틈에 있는 민혁은.

'이제 먹을 수 있다!! 천계의 꽃등심! 천계의 살치살!!'

상상만 해도 기쁘다. 노동 후에 구워 먹는 소고기는 얼마나 맛이 좋을까?

그렇게 생각하며 알림을 기다리고 있을 때였다. 갑자기 이변이 일어났다.

[전투에서 사망했던 병사 중 '죽음의 부대'에 속해 있던 병사들이 되살아납니다.]

"응?"

민혁은 의아함에 고개를 갸웃했다.

그때 민혁의 눈에 보였다. 파크를 선두로 200명의 병력이 걸어오고 있었다. 100명의 인원은 민혁이 크로세우의 시련을 진행하면서 함께했던 이들이었다.

그리고 100명의 인원은 크로세우가 시련에서 이끌었던 이들. 과거에 1만 명의 병력을 고작 200명으로 후퇴시켰다는 전설적인 병사들이라고 할 수 있었다.

그러한 그들 중, 선두에 선 파크. 그가 말했다.

"백부장 파크. 새로운 식신께 영원한 충성을 맹세합니다!!"

파크가 그 순간, 한쪽 무릎을 꿇으며 왼쪽 가슴에 주먹 쥔 손을 올리고 외쳤다. 그리고 뒤쪽에선 199명의 병력이 일제히 무릎을 꿇으며 외쳤다.

"식신님께 영원한 충성을 맹세합니다!"

"식신님께 영원한 충성을 맹세합니다!"

"식신님께 영원한 충성을 맹세합니다!"

[파크가 당신에게 영원한 충성을 맹세합니다.]
[루카이드가 당신에게 영원한 충성을 맹세합니다.]
[코드니가 당신에게 영원한 충성을 맹세합니다.]
[브로토니가 당신에게…….]

그들을 보며 민혁의 얼굴이 울 것처럼 일그러졌다.

'이, 이젠 입이 단체로 늘어난다고……? 나한테 왜 그러는데!!'

눈물 한 방울이 흐르기 직전이었다.

흑염룡.

그는 앞에 있는 알림창을 보며 작은 웃음을 짓고 있었다.

'내 아들이 왕국의 왕이 된다.'

흑염룡이 민혁에게 들었던 이야기였다.

자신에겐 두 가지 퀘스트가 떠오르지 않았던가. 바로 '군주의 자격' 퀘스트와 '군주 위의 군주'였다.

군주의 자격 퀘스트는 말 그대로 자신이 왕국을 건설함으로써 군주의 자격을 입증하는 퀘스트였다. 보상은 '용군주의 갑옷 세트'였다.

그리고 군주 위의 군주 퀘스트. 이는 한 사람을 지정하여 그를 모시는 퀘스트의 일종이었다.

보상은 동일했다. 어떠한 길을 걷든 동일한 보상을 얻을 수 있다.

회장 강민후. 그리고 용군주 흑염룡. 그는 왕이라는 이름이 가히 어울리는 사내였다. 그렇지만 지금, 한 가지 고민 앞에서 흔들리고 있었다.

그리고 고민을 하던, 흑염룡은 마침내 결단을 내렸다.

[선택 퀘스트 중, 군주 위의 군주 퀘스트를 선택하셨습니다.]

군주 위의 군주 퀘스트를 진행한다.

자신이 아닌, 다른 사람이 왕이 될 수 있게 돕는 퀘스트!

'나의 아들이 왕이 된다.'

흑염룡은 보고 싶었다. 아들이 아테네에서 그 누구도 이뤄내지 못한 왕이 되는 모습을. 또한, 민혁은 폭식 결여증 때문에 사람들 앞에 나서지 않고 있었지만 언젠가는 일화그룹을 이끌어 나가야 할 사내였다. 그러한 민혁이 왕이 되어 보여줄 모습이 기대되었다.

흑염룡은 아버지로서 무한한 지원을 해주고 싶었다.

그리고 그와 함께 추가적인 퀘스트창이 떠올랐다.

[직업 퀘스트 '용의 후예들'이 생성됩니다.]

[직업 퀘스트: 용의 후예들]

등급: SS

제한: 군주 위의 군주를 선택한 자

보상: 용의 전사들, 용군주의 갑옷 세트

실패 시 페널티: 용군주의 갑옷 세트를 얻을 수 없음

설명: 자신이 아닌, 다른 군주를 왕으로 만드는 것을 택한 용군주. 그러한 용군주인 당신은 말 그대로 '용군주'라는 클래스를 가지고 있다. 잠들어 있는 용의 후예들을 깨워라. 그들을 깨운다면 용의 전사들을 얻을 수 있을 것이다. 파르든 마을로 가서 용의 아이를 만나라.

'용전사라?'

설명에 따르면, 용전사들을 얻을 수 있다고 하였다. 그리고 자신의 왕이 될 이의 전력을 강화시켜 주라고 되어 있다.

그에 흑염룡은 걸음을 옮기기 시작했다.

'파르든 마을로 간다.'

아들 민혁이 왕의 자리에 앉는 걸 보고 싶었기에, 오늘도 흑염룡은 아들 민혁을 위해 아테네에서 열심히 달렸다.

200명 병사의 '충성의 맹세'!

가슴이 먹먹해졌던 민혁은 곧 자신의 가슴을 쓸었다.

순간의 당혹함에 알아차리지 못했다. 이들은 가신의 개념이 아니었다. 영지에 소속된 병사들의 개념이 되는 것이었다. 그 때문에 옆에 데리고 다니면서 함께 음식을 공유할 필욘 없었다. 심지어 본래 시련이 끝나면 사라지는 그들이었으나, 추가 보상으로 사라지지 않는다고 되어 있다.

그때, 추가 알림이 들려왔다.

[죽음의 부대 200명의 병사가 영지 아틀라스에 소속됩니다.]

[죽음의 부대 200명의 병사가 '지옥에서 돌아온 자' 스킬을 익힙니다.]

'지옥에서 돌아온 자?'

이 자리에 있는 200명의 병사는 모두 스킬을 획득하게 되었다.

민혁은 곧바로 그들이 가진 스킬을 확인해 봤다.

(지옥에서 돌아온 자)

패시브 스킬

레벨: 없음

소요 마력: 없음 / 쿨타임: 160시간

효과:

•사망할 시에 HP 40%가 차오른 상태에서 부활하게 됩니다.

•부활한 상태에선 모든 능력치 20%가 상승합니다.

•부활한 상태에선 물리 방어력 40%, 마법 방어력 40%가

상승합니다.

•부활한 자들은 반영체화된 모습이 되며 만약 부활할 시에 사망한다면 영구적인 사망을 뜻합니다.

•만약, 부활 후 사망하지 않게 된다면 1시간 이내에 인간의 모습으로 돌아옵니다.

'호오…….'

민혁은 자신의 턱을 쓸며 작게 감탄사를 터뜨렸다.

즉, 이들의 HP가 0이 되어도 다시 살아날 수 있는 것이다. 그 상태에서 다시 죽지만 않는다면 1시간 내로 본래 인간의 모습으로 돌아오기도 했다.

확인을 끝마쳤을 때, 또다시 무수히도 많은 알림이 울리기 시작했다.

[식신의 시련을 완수함으로써 다른 시련을 생략하고 그 보상을 받을 수 있게 됩니다.]

[영지 아틀라스에 4대 전설들의 힘이 깃들게 됩니다.]

[검과 방패. 크로세우가 1개월 동안 영지 아틀라스에 소속되어 병사들 훈련을 도와준 후에 사라지게 됩니다.]

[크로세우가 머무르는 동안 병사들의 경험치 획득량이 2배 상승하게 됩니다.]

[유저들을 제외한 모든 병력의 공격력과 방어력이 5%씩 상승합니다.]

[황금 망치. 드워프 란트가 1개월 동안 영지 아틀라스에 소속되어 뛰어난 대장장이들을 양성합니다. 또한, 란트의 후예인 드워프 오르골이 영지에 소속됩니다.]

[드워프 란트가 머무르는 동안 영지 내에서 아티팩트 등급 상승 확률이 2배 상승합니다.]

[드워프 란트는 한 달 동안 달인급 대장장이 3명 이상을 배출해 낼 겁니다.]

[사제 루이스. 그가 한달 동안 영지 아틀라스에 소속되어 뛰어난 사제들을 양성합니다.]

[사제 루이스의 '신의 명령'에 따라 아테네 신전에서 세 명의 아테네 사제가 이주할 수 있게 됩니다.]

[영지 아틀라스에 강력한 신성력의 힘이 깃들어 영지에 거주하는 이들의 자연 치유력이 2배 빨라지게 됩니다.]

여기까지가 영지 아틀라스에 대한 변화였다.

이어서 민혁 개인에 따른 보상 알림이 들리기 시작했다.

[군주의 갑옷을 획득합니다.]

[절대 반신 아티팩트.]

[세상에 열 개만 존재하는 가장 신등급과 가까운 아티팩트입니다.]

[절대 반신 아티팩트는 총 열 가지가 존재하며 숫자가 내려갈수록 더 뛰어난 아티팩트입니다.]

[군주의 갑옷은 첫 번째에 속합니다.]

[천계의 신 루니아의 농장에서 키워진 천계의 소의 꽃등심, 살치살, 토시살을 획득할 수 있습니다.]

[루니아의 농장에서 키워진 천계의 소는 몸을 정화시키는 깨끗한 풀들만을 먹고 자라난 소입니다. 꽃등심, 살치살, 토시살 등은 명약의 효과를 발휘합니다.]

[신과 가장 가까운 아티팩트. 절대 반신 아티팩트 첫 번째를 얻어내셨습니다.]

[세계에 신과 가장 가까운 아티팩트를 얻어낸 자에 대한 알림이 전체로 뻗어 나갑니다.]

그러한 알림과 함께, 민혁의 옆에 있던 메이웨이는 깜짝 놀랐다.

그녀에게 뜬 알림은 이러했다.

[신과 가장 가까운 아티팩트를 얻어낸 유저가 탄생하였습니다.]

지금의 상황을 보아서, 그는 민혁이 분명했다. 그에 메이웨이는 기대했다.

'신과 가장 가까운 아티팩트라니…… 어서 확인해 보셨으면 좋겠어.'

비록 나의 것은 아니지만 누구라도 현존하는 가장 강력하거나, 가장 뛰어난 방어구를 얻은 유저를 보면 그 아티팩트에 대해 기대하게 되리라.

'역시 코니르의 말대로 범상치 않은 분이야.'

그런 생각을 하고 있을 때, 민혁은 반신 아티팩트를 확인하긴커녕, 갑자기 돌로 이루어진 불판을 꺼내 들었다.

"엥?"

메이웨이가 의아한 목소리를 토해냈다. 그를 본지 몇 시간이 채 안 되는 메이웨이로서는 의아할 수밖에 없었던 것이다.

민혁은 절대 반신 아티팩트 첫 번째 군주의 갑옷을 얻었다는 알림을 들었지만, 귀에 전혀 들어오지 않았다.

그는 소고기를 구워 먹는 걸 생각하면서 미리 식품 보관 인벤토리에 음식들을 만들어서 저장시켜 두었었다.

보글보글-

청양고추를 쑹쑹 썰어 넣은 된장찌개가 보글보글 끓고 있다. 그 옆으로 명이나물, 고춧가루와 참기름에 버무린 파채, 배추김치, 부추가 얹어진 상추겉절이 등이 놓여 있다.

또 바로 앞에는 일반 꽃소금과 참기름을 부은 기름장, 쌈장 등이 있었다.

"아, 아티팩트 얻은 거 확인 안 하세요?"

그때, 메이웨이의 목소리가 들려왔다. 민혁이 고개를 돌려 검지를 입으로 가져가 말했다.

"쉿. 경건하게 임해야 할 때입니다."

당혹스러운 표정의 메이웨이!

하지만 그를 뒤로하고 민혁은 얻은 살치살을 확인했다.

'이 빛깔 좀 봐…….'

붉은빛과 줄기처럼 뻗어진 하얀빛이 조화롭게 어울려져 있다. 또한, 일반 소고기보다 붉기가 더 강했다.

한 점을 들어 올린다.

돌로 이루어진 불판은 이미 충분히 달궈져 있다. 집게로 천천히 불판 위에 올린다.

치이이이이이익-

황홀한 소리가 피어오른다. 머릿속으로 숫자를 세며, 딱 정확하게 10초가 지났을 때 한 점의 살치살을 뒤집는다.

촤아아아아아악-

뒷부분이 아주 먹음직스럽게 익었다. 구워지면서 주변으로 흘러나오는 육즙. 하지만 이렇게 딱 한 번만 제대로 뒤집어준다면 육즙을 최대한 보존할 수 있다.

'소고기는 너무 익으면 맛이 없어.'

그 정석대로 민혁은 어느 정도 적당히 익은 살치살을 들어 올렸다. 소고기의 첫 묘미는 역시 어떠한 것에도 찍지 않고 그냥 먹는 것이다.

입으로 넣자 뜨거운 고기가 들어왔다. 혀로 몇 번 굴려주다가 씹어본다. 육즙이 입안 가득 퍼져 나가며 씹는데, 녹아든다는 말이 딱 어울린다. 민혁의 입가에 미소가 맺힌다.

"이 맛이지."

흐뭇한 미소를 지으며 살치살을 몇 점 더 올린다.

치이이이이이익-

또 익었을 때쯤, 이번엔 하나의 살치살을 소금에 찍어 먹어 본다. 밋밋하고 느끼한 맛을 소금이 잡아준다. 그다음엔 기름장에 찍어서 또 한입.

"하하하, 금상첨화 부럽지 않다!"

그리고 그다음에는 상추를 들어 소고기 한 점, 쌈장을 푹 찍은 마늘 하나, 고춧가루에 무쳐진 파채 한 젓가락을 올린 후에 싼 후 입에 넣는다.

볼이 빵빵할 정도로 입에 넣고 씹어준다. 아삭한 상추의 식감과 그 안의 다채로운 것들이 어울려 감칠맛을 더해준다.

그리고 이때쯤에 뜨끈한 밥 한 숟가락을 퍼서 입에 넣어준 후, 된장찌개를 한 수저 푼다. 그 위로 애호박과 두부가 딸려왔다. 그것을 단숨에 입에 넣어준다.

고깃집의 된장찌개 맛은 더 칼칼하고 깊이가 있는 법.

"크~"

그에 한 수저 더 떠먹어 본다.

그다음에, 다시 소고기 한 점을 들어 올린 후에 이번엔 명이나물을 접시 위에 펼치고 그 위로 소고기를 얹는다. 그 상태에서 고추냉이 조금을 넣고 돌돌 만 후에, 입으로 가져간다.

"크~ 이게 바로 와규지, 와규."

그다음엔, 소고기 위로 파채만 올려서 또 한 입.

"으하하하!"

또 그다음엔, 상추겉절이에 소고기를 싸서 또 한 입을 먹어준다.

"맛있어…… 하…… 식신님 감사합니다."

민혁이 먹어본 소 중에 가히 으뜸이라고 할 수 있었다.

살치살과 토시살을 모두 해치운 후에, 이번엔 큼지막한 꽃등심을 올린다. 꽃등심엔 마블링이 꽃처럼 활짝 피어 있었다.

치이이이이이이익-

꽃등심에서 피어오르는 연기! 역시 노련하게 뒤집어 육즙이 벗어나지 않게 막아준 후 가위로 먹기 좋게 잘라준다.

그다음 한 점을 집어 입에 가져간다. 그 어떤 고기보다 육즙을 가득 품고 부드러운 육질의 꽃등심이 입안에서 씹히자 환상 그 자체였다.

그렇게 꽃등심까지 모두 먹어준 후, 민혁은 이번에 인벤토리에서 잔치국수를 꺼냈다.

'이번 후식은 국수다!'

한 번씩 고깃집 후식으로 냉면이나 추억의 도시락이 아닌 잔치국수가 당길 때가 있는 법. 이 또한 미리 만들어뒀던 민혁이다.

국물 안으로 얇게 다져진 김치와 채 썬 애호박, 당근 등이 보였다. 젓가락으로 휘휘 저어준 후에, 크게 한입 집어 든다.

거의 반 그릇이라고 해도 될 정도로 푸짐하게 집어 든 후에, 그대로 입안으로.

"후루루루루루룹!"

크게 집어넣는다. 우물우물 씹어주다가 잘 익은 김치 한 점을 입에 넣는다.

아삭아삭-

매콤 새콤한 김치가 잔치국수의 맛에 감칠맛을 더해준다.

그치지 않고 또 한 번 후루루루루룹!

그렇게 먹어주다가 이번엔 그릇을 들어 올려 그 국물을 후! 후! 분 후에 한 모금 마셔준다.

후루루루룹-

"어, 시원하다."

그렇게 다시 몇 번 국물을 마셔주다가, 면을 흡입한다.

후루루루루루루루룹!

어느덧 후식으로 잔치국수까지 뚝딱한 민혁이 마지막 국물 한 방울을 먹어보며 미소를 지을 때였다.

꿀꺽-

누군가 침을 삼켰다. 바로 거식증에 걸린 메이웨이였다.

'……나 지금 침 삼킨 거야?'

거식증을 앓고 있는 메이웨이가 경악했다.

메이웨이는 신과 가장 가까운 아티팩트를 얻어낸 민혁이 소고기를 먹는 모습을 넋을 놓고 보고 있었다.

그러다 민혁의 식사가 끝난 후에야 자각한 것이다.

'평소라면 분명 구토부터 났어야 했는데…….'

그녀는 거식증 중에서도 상당히 심한 편에 속했다. 그런데도 불구하고 민혁이 너무도 맛있게, 행복하게 먹는 모습에 구토가 싹 사라졌다. 오히려 입안에 침이 고이고 먹고 싶다는 생각이 들게 만들어 버렸다.

그에 메이웨이는 한 가지 결심을 했다.

"역시 전 당신 옆에 있어야 할 것 같아요."

"어, 어째서죠."

민혁의 표정은 당혹함에 가득 차 있었다.

메이웨이는 몰랐지만, 민혁은 이러다 입이 하나 더 늘지도 모른다는 불길한 생각을 했다.

그리고 그녀가 자신의 자초지종을 민혁에게 이야기하기 시작했다.

특별 유저 관리팀의 이들도 민혁이 소고기 먹방 하는 모습을 멍하니 지켜보고 있었다.

"츄르르릅!"

강태훈 사장이 서둘러 입가에 묻어 있던 침을 닦는 소리였다. 침을 닦아낸 강태훈 사장이 이민화 사원에게 말했다.

"아티팩트 정보 띄워봐."

"네."

(군주의 갑옷)

등급: 절대 반신

제한: 식신

내구도: 50,000/50,000

방어력: 1,789

특수 능력:

•모든 스텟 +18%

•마법 방어력×2

•회피율 300% 상승

•하루에 한 번 HP, MP 100% 회복 가능

•패시브 스킬 물리 대미지 반사

•엑티브 스킬 군주의 방패

설명: 황금 망치라 불렸던 전설의 드워프는 과거에 불멸의 갑옷이라는 작품을 만들어 식신에게 선물하였다. 그리고 황금 망치의 드워프는 불멸의 갑옷의 뼈대를 이용하여 더 놀라운 갑옷 제작에 심혈을 기울였고 완성해 내는 데 성공시켰다.

그렇다. 군주의 갑옷의 뼈대는 불멸의 갑옷이었다. 황금 망치 드워프 란트가 만들어낸 희대의 역작!! 앞으로 1년 뒤에나 풀렸어야 할 아티팩트가 풀린 거다.

"방어력이 너무 말도 안 되는 수준 아니에요?"

"……그렇지, 1년 뒤에도 넘사벽 방어력인데."

"심지어 회피율 300%라니……."

회피율은 모든 유저들이 가지고 있는 편이다. 단지, 레벨 격차에 따라서 효과가 발동되는 편이다.

만약 레벨 50 차이가 나는 유저가 있다고 했을 시, 50레벨이 낮은 유저가 높은 유저를 공격했을 시 회피할 수 있는 확률이 상승한다. 즉, 적의 공격력, 레벨 등 다양한 수치에 따라서 적의 공격이 저절로 miss가 뜨게 된다는 거다.

그런데 그것이 만약 300%의 효과 상승이 존재한다? 그 의미는 동레벨의 유저들의 공격도 최소 20~40% 확률로 회피할 수 있다는 거였다.

심지어 공격에 성공해도 현존하는 가장 높은 방어력을 가진 갑옷을 입고 있지 않은가. 거기에 패시브 스킬 물리 대미지 반사는 기존에 20~30% 확률로 적에게 받은 대미지의 2배를 돌려준다. 반대로 현재의 물리 대미지 반사는 25~35%의 확률로 적에게 받은 대미지의 3배를 돌려준다.

"만약 랭커가 단일 스킬을 사용해서 공격했는데, 물리 대미지 반사가 뜨면……."

"본인이 오히려 죽을지도?"

강태훈이 다시 말했다.

"나머지 한 개의 엑티브 스킬 창도 띄워봐."

"네, 사장님."

(군주의 방패)

아티팩트 스킬

레벨: 없음

소요 마력: 3,000 / 쿨타임: 48시간

효과:

• 파티원, 길드원, 동맹원, 혹은 영지의 병력 등, 반경 10m 내에

있는 자들의 방어력을 10분 동안 60% 상승시킨다.

심지어 추가로 붙어 있는 스킬인 군주의 방패는 광역 버프였다. 반경 10m 내에만 위치해 있으면 모든 이들이 광역 버프를 받을 수 있으니, 이는 정말 어마어마한 것이었다.

"갈수록 민혁 유저와 다른 유저들의 격차가 벌어지는군요."

박 팀장의 말에 강태훈 사장이 고개를 주억였다. 그러고는 턱을 쓸었다.

"그렇지만 다행이군."

박 팀장이 돌아보자 그가 말했다.

"이제 슬슬 하이 클래스가 등장하기 시작할 때이니 말이야."

"아……."

강태훈 사장의 말에 박 팀장이 고개를 끄덕였다.

하이 클래스란 무엇인가?

쉽게 표현할 수 있다. 일반 유저들의 추가적인 각성을 뜻한다.

현재 로열 클래스는 세계에 약 열두 명이 나타났다. 그런데, 이 로열 클래스들은 지금 밸런스 붕괴라고 할 수 있을 정도의 민혁과 비슷한 무력을 가지고 있거나 혹은 그 이상의 힘을 발했다. 용군주 흑염룡, 대마법사의 후예 알리, 사냥꾼 배이런, 그리고 얼마 전 검의 황태자에서 검의 황제로 전직한 카르, 아테네의 대행자 등이다.

그리고 이들 또한 유명 BJ와 손을 잡고 방송을 한다. 그들의 전투 영상과 능력을 본 유저들은 전부 경악하며 밸런스 붕괴라고 말이 많았다. 실제로 로열 클래스 전직자들은 동레벨 유저들 네 명 이상이 있어야 이길까 말까 한 무력을 가지고 있었다. 물론 로열 클래스는 특별한 자신들만의 길을 걷는 유저들의 특전이다.

하지만 그렇게 된다면 분명히 일반 유저들의 반발이 생긴다는 걸 알았다.

그 때문에 준비한 클래스. 바로 '하이 클래스'이다.

하이 클래스는 기본적으로 500레벨 때 전직하게 된다. 500레벨이 돼서 시련을 받거나, 혹은 500레벨이거나 그 이상일 때, 하이 클래스 전직 장소에서 시련을 완수하면 하이 클래스가 될 수 있다.

새로운 스킬의 개방은 물론이며, 스텟 또한 자신에게 맞춰져 비약적인 상승을 이룬다. 어떠한 하이 클래스는 로열 클래스와 견줄지도 모른다.

물론 이는 500레벨이 된 이들을 위한 특전이라는 사실이었다.

박 팀장과 강태훈 사장은 민혁 쪽 모니터를 보다가 고개를 돌렸다. 그곳에 블랙 드래곤 보르몬이 있었다.

"이제 곧 시작이군."

개발팀과 스토리팀은 야근을 계속해 왔다. 용왕과 메이웨이, 코니르가 소리 소문 없이 중국 유저들을 학살했기 때문이었다. 그로 인해, 새로운 에피소드 진행 방향을 짰고 슬슬 완성되어 가고 있었다. 차질 없이 진행될 것이다.

"이제부터 관건이야. 우리나라 유저들 몇몇이 대륙 전쟁 시작 전에 하이 클래스가 될지."

그에 따라서 대륙 전쟁에서 대한민국이 그나마 승리할 수 있을지도 모르는 작은 희망이 생길지도 모른다.

물론 작은 희망일 뿐이었다.

그때, 이민화 사원이 말했다.

"그런데…… 지금 레전드 길드에 많은 숫자의 시련을 알고 있는 NPC가 있잖아요."

"응?"

"하이 클래스 말인가?"

"네."

이민화가 고개를 주억였다.

그녀가 키보드를 타다다다닷 두들겼다.

이어 모습을 드러낸 자. 주변이 시끄러운 와중에도 책을 보고 있는 대현자 아르벨이었다.

메이웨이의 자초지종을 들은 민혁. 그는 메이웨이의 심정을 그 누구보다 잘 이해했다.

'힘들었겠지.'

누구보다 힘들었을 것이다.

먹어야만 하는 병과 먹을 수 없는 병. 무엇이 더 괴로운지는 중요하지 않았다. 그 과정이 얼마나 힘들고 괴로울지를 민혁은 분명히 알았다.

하지만 메이웨이에게 '동정'의 눈빛을 보내지 않았다. 오히려, 그는 희망의 눈빛을 가지고 메이웨이를 보았다.

"꼭 나을 수 있을 겁니다. 제가 도울게요."

메이웨이는 그 말을 듣는 순간, 무언가 일반 사람들과 다르다고 생각했다.

세계 최고의 미녀 메이웨이. 그녀가 거식증에 걸렸을 때, 모든 친구가 떠나갔다. 그들의 눈빛은 '동정', '경멸' 그리고 끝내 자신들이 더 우월하다는 눈빛이었다.

하지만 민혁은 달랐다. 이해해 주었고 희망의 눈빛을 주었다.

'코니르, 네가 어째서 이 사람을 그렇게 아끼고 좋아하는지 알 것 같아.'

"어떤 음식이 가장 먹고 싶으세요?"

민혁이 물어왔다. 이것은 그녀를 돕는 것이었지만 '보답'이기도 했다. 그녀가 없었다면 민혁은 절대 식신의 시련을 깨지 못했을 것이다. 그리고 조금 전 먹었던 환상적인 소고기의 맛도 느끼지 못했을 거다.

"김치찌개요."

"제가 만들어 드릴게요."

흔히 외국인들이 먹고 싶어 하는 우리나라 음식이었다.

민혁이 요리를 시작했다. 온 힘을 기울여서.

요리를 하다가도 말했다.

"동생분은 누나가 행복하길 바랄 겁니다."

민혁도 처음 어머니가 돌아가셨을 때 누구보다 힘들어했다. 하지만 알았다. 어머니는 내가 행복해하길 바랐겠지.

메이웨이의 가슴이 떨려왔다.

온 힘을 다한 민혁이 김치찌개를 완성해 냈다.

그 와중에 메이웨이는 작은 의문을 품고 있었다.

'식신이라는 민혁 님이지만 내 병을 치료해 줄 수 있을까?'

의사는 식신 민혁과 접촉하라고 권유했지만, 그것은 거의 마지막 방편이었다. 더 이상의 선택지가 없었기 때문이었다. 가능할지, 불가능할진 아직 모른다.

코니르의 라면을 먹은 이후, 호전 증세를 보이는 건가 싶었다. 하지만 현실에선 여전히 음식을 거부한다. 의사는 꽤 장기적으로 아테네에서 정신적인 거부감을 떨쳐야 할 것이라 했다.

메이웨이는 완성된 김치찌개를 보았다. 김치찌개 바로 옆에는 따끈따끈해 보이는 예쁘게 잘 만들어진 계란프라이 몇 장도 있었다.

"김치찌개엔 계란프라이가 진리거든요."

그녀가 고개를 끄덕였다.

'여기까진 괜찮아.'

마음이 안정되었기 때문일까? 코니르의 라면 때처럼 아직은 괜찮았다.

그녀가 국물에 수저를 뻗었다.

'음식 맛이란 게 정말 말도 안 될 정도로 다를 수 있을까?'

코니르의 라면도 무척 맛있었다.

하지만 여러 가지 복합적인 이유가 있었을 거다. 오랜만에 맛보는 라면의 맛과 한참 장사를 끝내고 먹는 음식, 그 외의 기타 등등.

그런데 식신의 음식이라고 해서 엄청나게 특별할까? 하는 생각을 하며 국물을 한 번 떠먹어 본 순간.

"헉……."

메이웨이가 경악하고야 말았다.

한 국물을 떠먹고 또 한 번 국물을 떠먹는다.

순간, 민혁의 등 뒤로 광채가 뿜어져 나오는 게 보였다.

'뭐야, 나 왜 요리왕 니룡에서 눈물 흘리는 엑스트라가 된 것 같지?'

딱 그런 모습이다. 민혁의 몸에서 후광이 비치며 용이 승천해 오르는 것 같다.

그리고 이때쯤에 메이웨이는.

"아니, 이 맛은……!"

이라고 자신도 모르게 말했다.

민혁이 빙긋 웃으며 보고 있다.

밥 한 숟가락을 푼다. 고슬고슬한 밥은 막 해서 입에 넣는 순간, 고소하고 달았다.

또 한 번 국물을 떠먹으려는데 민혁이 말했다.

"국물에 이 돼지고기도 함께 올려봐요."

메이웨이는 수저로 돼지고기도 펐다.

'돼지고기가…… 환상의 비율이야…….'

비계 반절, 살코기 반절. 가장 적절한 비율이다.

그리고 입에 넣는 순간.

"와……."

감탄이 절로 터져 나온다. 그녀는 허겁지겁 먹기 시작했다.

밥그릇 위로 계란프라이를 올린다. 그리고 수저로 밥과 함께 퍼서 입안에 넣는다. 보들보들한 계란프라이가 매운 김치찌개의 맛을 싸악 내려가게 해준다.

이번엔 두부. 두부를 꾹 갈라서 입에 넣어봤다.

'담백해…….'

최고다. 지금 자신이 거식증 환자인지, 폭식증 환자인지 분간이 안 갈 정도였다. 음식에 대한 거부감이 사라지고 있다.

'그래, 음식은 이토록 행복한 거였어.'

그녀는 아까 전 민혁이 소고기를 먹던 모습을 떠올렸다. 누구보다 행복해하던 모습이었다.

그래, 음식은 행복한 것이지, 나쁜 게 아니다.

그녀는 모든 음식을 싹싹 비워냈다.

그러던 중, 레전드 길드의 인원들이 도착했다.

지니와 로크, 칸 등 레전드 길드원들은 회의를 끝마치고 급하게 길드에 복귀하다가 볼 수 있었다.

'메, 메이웨이잖아?'

'메이웨이가 왜 여기서 김치찌개를 먹고 있지?'

그들은 의아할 수밖에 없었다. 아니, 중국 유저인 메이웨이가 왜 김치찌개를 여기서 먹고 있는 건가?

곧 민혁에게 귓속말이 왔다.

[민혁: 잠깐만, 얘들아.]

그에 레전드 길드는 그 모습을 지켜봤다. 마치 걸신들린 듯 먹는 메이웨이.

그리고 그들은 오늘 확정시켰다.

'민혁이가 우리 길드의 길드장이 되는 것으로.'

잠시 후 메이웨이가 식사를 끝냈을 때, 그들은 멀리서 그 모습을 지켜봤다.

"어, 엄청나게 맛있었어요. 세상에, 이럴 수가."

"만족하셨다니, 다행이네요."

이어 메이웨이가 말했다.

"당신이 왕국을 만든다는 사실 들었어요."

그것은 코니르에게 들었던 말이었다.

"저도 당신의 길드의 길드원이 되고 싶어요."

"구, 굳이요?"

'그걸 왜 거절해 인마!!'

길드원들은 그 모습을 보며 경악했다.

레전드 길드에 메이웨이가 온다? 자그마치 세계 랭킹 1위였다.

민혁은 당혹스러운 표정이 역력했다. 아니, 좀 꺼려 하는 표정이다. 그렇지만 지니와 레전드 길드는 환영이다.

그 이유는 간단했다. 메이웨이는 사람들 앞에 나서지 않고 묵묵히 혼자 플레이하지만, 지금까지의 선행이 상당했다. 그녀는 얼마 전에는 봉사 기관에 자신의 전 재산의 반절을 기부하기도 했다. 그 금액이 자그마치 800억에 달할 정도였다. 그런 메이웨이가 나쁜 사람일 것 같진 않았다.

그런데 지금 이 자리에서.

“저 좀 받아주세요!!”

“아, 아니, 꼭 길드원으로 들어오셔야 하나요?”

“네, 저 또한 많은 도움을 드릴게요. 할 수 있는 건 뭐든 하겠습니다.”

애걸복걸(?)하는 메이웨이와 그녀를 거부하는 민혁의 모습에, 레전드 길드가 의아해한다.

“도대체 왜 싫다는 거지?”

“그러게.”

그때, 옆에서 코니르가 나타났다.

“코니르는 이유 알고 있다.”

“그래? 무슨 이유인데?”

“입이 늘어나기 때문이다!”

“헉!”

“커헉!”

세계 랭킹 1위 메이웨이가 뭐든 도와주겠다고 하는데, 입이 늘어난다고 싫다니?

한술 더 떠서 민혁이 말하기를.

"정말 뭐든 해줄 건가요?"

"그래요, 대신에 당신의 음식을 먹게 해준다면요."

"후…… 알았습니다. 길드 가입은 일단 저분들한테 승인을 받긴 해야 하지만 만약에 길드원이 되신다면 당신의 임무는."

"넵."

메이웨이가 눈을 초롱초롱 빛내며 집중했다.

"제가 말하는 재료를 구해다 주는 겁니다. 가져다주시는 뛰어난 재료당 요리 한 번 해드리죠."

그 말을 듣고 로크가 말했다.

"……야, 저거 빵 셔틀 아니냐? 민혁이 요리값이 100원이라고 가정했을 때, 저 녀석은 분명 1,000원짜리 재료를 가져다 달라고 할 것 같거든, 마치 '100원 줄 테니, 바나나 우유랑 빵 하나 사 와라' 랑 비슷한데?"

"으, 응? 듣고 보니 그러기도 한 것 같고……."

"빵 셔틀보단, 재료 셔틀……?"

길드원들은 침묵했다.

그들은 또 한 번 민혁에게 감탄했다.

'세상에…… 세계 랭킹 1위를 빵 셔틀(?)로 부리다니…….'

'민혁 님은 역시 대단해.'

'갑자기 빵 먹고 싶다.'

아무튼, 메이웨이는 레전드 길드의 빵 셔틀로 가입하게 되었다는 후문이다.

6장
영지 강화

레전드 길드원들과 민혁이 함께 앉아 있었다.

민혁은 지니의 말을 듣고 다소 놀랄 수밖에 없었다.

"내가 길드 마스터를……?"

민혁은 그 말을 듣고 지니와 길드원들을 보았다. 이미 그들은 결정을 내린 모습이었다.

하지만 민혁에게는 작은 우려가 존재했다.

"내가 과연 잘할 수 있을까?"

그것은 작은 불안감이었고 또 미안함 때문이었다. 본래 레전드 길드는 지니가 세운 길드였으니까.

지니가 말했다.

"너는 충분히 잘할 거야, 나는 믿어."

지니가 본 민혁은 리더십이 분명히 있었다.

과거 중학교 시절 때만 보아도 그랬다. 물론 지금은 폭식 결여증이라는 병을 앓어 먹거리에 치우치는 경향이 굉장히 컸다. 하지만 그것은 자신들이 어떻게든 잡으면 되는 부분이다.

사실, 회의에서 민혁이 길드 마스터가 된다는 것에 찬성 9표가 나왔으며 반대에 8표가 나왔었다. 거의 한 끗 차이였다.

하지만 레전드 길드원들이 아틀라스에 모두 복귀하였을 때, 반대의 8표도 전부 사라졌다. 반대표를 던졌던 크로우와 에이스도 민혁을 인정할 수밖에 없었다.

'혼자서 네 개의 전설들의 힘을 영지에 모두 적용시켰어…….'

'우린 이로써 최고의 영지를 얻게 된 셈.'

그에 그들도 민혁을 믿고 따르는 것으로 마음을 다잡았다.

망설이는 민혁에게 지니가 말했다.

"그리고 네가 길드 마스터가 된다면 우리 레전드 길드가 날개를 달 것이라는 생각이 들었거든."

"날개?"

민혁이 질문했지만 지니는 작은 웃음만 지었다. 로크와 칸, 다른 길드원들도 마찬가지였다.

단지, 지니는 묵묵히 그를 보다가 말했다.

"우린 이제 길드를 확장시켜야 하니까."

레전드 길드는 더 이상 소수 정예가 될 수 없다. 현재 레전드 길드의 순위는 약 12위권 정도였다. 소수 정예였기에 다른 길드보다 길드 경험치나, 길드 레벨 자체도 적은 편에 속했기에 당연했다. 아니, 어쩌면 소수 인원으로 12위권을 유지하는 것도 정말 놀라운 일이었다.

확장시킨다는 말을 했던 지니는 민혁을 보았다.

예전에 헤이즈가 지니에게 말했다. 왕국이 되기 위해선 민혁이 마스터가 되어야 한다고. 전적으로 동의한다. 민혁은 가만히 있어도 다른 사람을 끌어모으는 힘을 가졌다. 지금 당장 메이웨이만 봐도 알 수 있는 일이었다.

"그리고 새롭게 길드를 시작하는 게 나을 것 같아. 완전히 네가 새로운 주인이 된 것을 알려야 하니까."

민혁이 고개를 끄덕였다.

레전드 길드는 들고 싶은 사람이 많았다. 하지만 정말 강자 중에서는 많이 없는 편이다.

그 이유는 간단했다. 강자들이 레전드 길드에 들어오게 된다면 그들이 길드 내에서 펼칠 수 있는 영향력이 적어지기 때문이다. 레전드 길드 안에서 우물 안 개구리가 되느니, 다른 곳에서 높은 곳에 서겠다는 생각을 가진 유저들이 많다는 것.

반대로 혼자 플레이하는 걸 즐기는 유저들, 그 외의 민혁과 친분을 쌓았고 그와 함께하고 싶은 이들은 자신들이 강자여도 많이들 찾아올 것이다. 그에 따라 '레전드'라는 이름을 벗고 새로운 이름으로 도약한다.

"혹시 원하는 길드명 있어?"

그 말에 민혁은 곰곰이 생각했다. 그 생각이 3분 넘게 이어졌고 길드원들은 차분히 기다려줬다.

"맛동산……?"

모두가 침묵했다. 세상에 저런 작명 센스라니!

'아, 맞아. 민혁이 작명 고자였지…….'

예전에 민혁이의 FPS 게임 닉네임이 샷빨왕 민혁이었다. 또 던전에 들어가서 캐릭터를 키우는 게임에선 던전왕 민혁이었다.

그렇다. 민혁이도 못하는 게 있었다. 바로 이름 짓는 것!

"그럼 먹고 죽어 길드?"

다시 한번 정적이 지나갔다.

"그 우리하고 조율 좀 하고 할까……?"

그때, 한 소년이 말했다.

"왜 좋은데?"

바로 에이스였다.

모든 길드원이 에이스를 동시에 돌아보며 노려봤다.

"벼, 별론가?"

그들은 새로운 길드명을 짓는 데 하루를 꼬박 지새웠다.

대한민국의 아테네 커뮤니티가 들썩이기 시작했다.

[길드 랭킹에서 갑자기 레전드 사라졌던데, 무슨 이유인지 아시는 분?]

[어? 그러게요. 갑자기 사라졌네요? 길드 내에 무슨 일 생겨서 해체됐나? 워낙 강자들인지라. 해체해서 다른 데 가도 잘 먹고 잘살긴 할 듯.]

[히야, 우리나라 정예 길드가 역사 속으로 사라지는 건가?]

그런 의문을 품을 때, 유저들이 지니가 공표한 게시글을 보게 되었다.

[어? 지니가 식신한테 길드 마스터 권한 위임했다고 하는데요?]
[컥? 실화임? 식신이 이제 레전드 길드 이끈다고?]
[글 보니까, 이제 이름이 레전드 길드가 아닌 것 같네요. 오늘 오후 5시에 새로운 길드명으로 등록한다고 하니, 그때 확인해 보면 될 듯요.]

많은 유저들은 궁금해했다. 과연 레전드 길드가 지은 새로운 이름은 무엇일까? 길드가 길드명을 바꾼다는 의미는 새로운 출발을 의미하는 것이기도 했다. 기존에 존재했던 길드 랭킹까지 버리는 것이었기 때문이었다.

모든 유저들은 5시까지 학수고대했다가 아테네 공식 홈페이지의 길드창에서 떠오르는 문구를 보았다.

[민혁 님께서 새로운 길드를 창설하셨습니다.]

[오오오오! 드디어!!]
[길드명 뭐지?]
[키햐, 식신님의 길드면 최소한 '레전드' 길드만큼 간지 나겠죠?]

그들은 검색창에 길드 마스터 검색 부분에 '민혁'이라고 검색

해 봤다. 그러자 길드명이 떠올랐다.

[길드명: 먹자교. 길드 마스터: 민혁. 부 길드 마스터: 지니. 길드원 총 19명.]

그날, 많은 아테네 국민은 의아해했다.

그렇다. 레전드 길드 안에서도 딱히 이름을 잘 짓는 유저는 없었던 것이다. 레전드 길드라는 간드러진 이름이 나왔던 이유는 사람들이 '레전드, 레전드'거렸기 때문. 사실 지니의 과거 게임 닉네임도 '불꽃사수 지니'였으며 로크의 닉네임은 '강철총 로크' 석태의 닉네임은 '석태님멋져'였던 것이다.

그리고 한 유저의 댓글이 빠르게 베스트 댓글이 되었다.

[길드명 각인은 확실히 됐다…….]

한번 들으면 잊어버리진 않을 것 같은 길드명이긴 했다.

아틀라스에서 병사들 훈련을 도맡아 하게 된 크로세우. 그는 아틀라스의 주인인 민혁에게 말했다.

"현재 이 안의 병력을 훈련시킬 수 있는 사람들을 불러주시겠습니까? 기존에 있던 바할라의 교관들이요."

이는 간단했다.

크로세우가 검과 방패라는 이름으로 불리기는 했다지만, 아틀라스 영지 내의 병력은 총 200명. 거기에 바할라 영토에서 이주해 올 병력도 포함되어 있기 때문이었다.

또한, 민혁이 아틀라스 영지의 주인이 되면서 추가 보상으로 그 외의 700명의 병력도 얻게 되었다.

이 700명의 병력은 '죽음의 부대'의 200명의 병력과 달랐다. 죽음의 부대의 병력보단 약하지만, 또 다른 영지의 기본 병사들보단 강했다. 그 때문에 그들을 훈련시켜야 했는데, 크로세우에게 있는 시간은 고작해야 한 달. 그동안 전문적으로 훈련시키기 힘이 들었다. 심지어 1달 동안 병력 경험치가 2배가 되니, 더 빠르게 박차를 가해야 할 터.

민혁이 물었다.

"어떠어떠한 것을 가르칠 겁니까?"

"검술, 창술, 기마, 활술, 전략 전술 등입니다."

"호오, 아주 적당한 자들이 바할라 영토에 거주하고 있습니다."

그 답을 들은 크로세우는 내심 기대했다.

바할라 영토에서 거주하던 이들 중 반절 이상이 아틀라스로 이주해 왔다. 또한, 병력도 상당수 넘어왔다.

그리고 크로세우는 이상한 노인을 보았다.

"자라나라 머리머리!"

검은 머리카락을 태리우스처럼 기른 노인이 빗으로 머리를 두들겨 대며 말한다.

그러더니 커피를 내려서 민혁에게 건넨다.

"영주님, 커피 한 잔 들이켜시죠."

"아, 고마워요. 밴 어르신. 키햐! 아이스 아메리카노가 아주 끝내주네요."

"후후후후."

"근데 머리가……."

"멋지죠?"

사실 멋지지 않았다. 60세는 더 넘어 보이는 노인이 검은 머리카락을 태리우스처럼 기르고 있다고 생각해 봐라.

민혁은 그 자리에서 커피 서른 잔을 원샷했다.

그때, 이번엔 한 아프리카 소년이 나타났다. 그가 설거짓거리들을 향해 양손을 뻗었다.

"신의 설거지!!"

[신의 설거지]

[신이 내린 설거지의 기술! 물 없이도 설거지가 가능하며 허공 위에 떠오른 접시나 컵 등의 이물질들이 말끔히 씻겨 나갑니다.]

"후후후!"

소년은 고무장갑을 벗고는 갑자기 단팥빵 하나를 꺼내서 입에 와앙 하고 베어 물고는 감동에 벅차오르는 표정을 지었다.

"마, 맛있어……."

그러더니 눈시울을 붉혔다.

크로세우는 말문을 잃었다.
그 순간, 한 사내가 나타났다.
"저도 커피 한 잔 주시죠."
"아, 탈모르 왔나?"
그는 리코더를 들고 있는 사내였다. 사내는 무언가 악보를 보고 있었다.
"호오, 새로운 리코더 연주를 연습 중인가 보군, 이번 곡은 뭔가?"
"나비야입니다. 나비야, 나비야, 이리 날아오너라, 노랑나비, 흰나비 춤을 추며 오너라~"
"오, 아주 멋질 것 같군."
그들 틈에 서 있던 코니르. 그가 갑자기 눈시울을 붉혔다.
"코, 코니르!! 아름다운 노랫소리에 눈물이 날 것 같다!! 코니르 감동했다!!"
'아, 아니, 나비야를 듣고 어떻게 하면 감동할 수 있는 거지?'
크로세우는 이들의 정체를 도통 이해할 수 없었다. 설거지의 신과 커피의 달인, 그리고 리코더 연주자, 나비야 노래에 감동해 울먹이는 소년이라?
그러다 문득 크로세우가 민혁에게 물었다.
"영주님, 전에 말씀하셨던 창술, 궁술, 검술 등을 가르치실 교관님들은 어디 계십니까?"
"예? 여기 세시지 않습니까. 소개해 드릴게요. 창술을 가르치실 밴 어르신, 검술을 가르칠 코니르와 코루 경, 궁술을 가르칠 루트 님, 기마를 가르칠 카이스트라입니다."

크로세우는 말문을 잃었다.

'이 사람들이……?'

이런 말 하면 안 되지만 기대감이라고는 눈곱만큼도 들지 않았다. 노인은 힘이 하나도 없어 보였다. 툭 건드리면 쓰러질 것 같다. 또한, 리코더를 분 사내와 어린 소년이 검술을 가르친다고 한다.

'도대체 영지가 어떻게 돌아갔던 거지?'

바할라 영토라는 곳이 어찌 운영되었는지 궁금해질 지경이었다. 하지만 크로세우는 싫은 내색을 보일 수 없었다.

'일주일. 죽음의 부대원들을 데리고 일주일 동안 특훈을 다녀와야 하니…….'

죽음의 부대는 아틀라스의 핵심 병력이다. 특훈 기간 동안 이들에게 할당량을 주는 거다.

"일주일 동안 병사들의 레벨을 지금보다 4 정도 상승시킬 수 있겠습니까?"

"어렵지 않군."

노인 밴이 머리를 빗으며 말했다. 코니르와 코루도 답했다.

"코니르!! 병사들 훈련시킨다!! 우와!!"

"뭐, 리코더 불 시간도 부족하지만 해보도록 하죠. 참, 크로세우 경이라고 하셨던가요? 머리숱이 좀 부족하신 것 같은데. 저에게 돈을 좀 주신다면 제가 기도를 올려보죠."

"저는 기마병들을 열심히 훈련시키죠! 아 참, 식사 후 나오는 설거지는 전부 제 몫입니다. 후후후!"

크로세우는 만약 이들이 4레벨 상승을 시키지 못하면, 아예 훈련을 못 시키게 막을 생각이었다. 아니, 사실 기대도 안 했다.

"민혁 님, 이번엔 무슨 요리를 해주시나요?"

"궁중떡볶이입니다."

"와. 그럼 저는 무슨 재료를 가져다드릴까요?"

"음, 거대 독수리의 둥지에 있는 독수리알을 가져와 주시죠."

독수리알! 자그마치 S등급에 해당하는 요리 재료! 맛 또한 출중하다 알려져 있다.

한데, 그곳에는 아주 강력한 몬스터들이 득실거리는 지옥이라고 알려져 있다. 실제로 어지간한 랭커들도 가지 않는 곳.

"저 누구보다 빠르게, 누구보다 열심히 다녀올게요!!"

그렇게 말하면서 아름다운 여인이 바람처럼 달려갔다. 그 모습이 흡사 빵을 사러 달리는 모습 같았다. 그녀는 세계 랭킹 1위 메이웨이였다.

민혁이 흐흐하고 웃었다.

"흐흐, 살을 주고 뼈를 취하는 격이로다."

그 틈에 선 크로세우는 갑자기 전대 식신님이 보고 싶어졌다.

하지만 그는 몰랐다. 크로세우가 있는 한 달이라는 시간 동안 아틀라스에 기적이 펼쳐질 것이라는 걸.

다음 날, 크로세우는 200명의 병력을 이끌고 곧바로 아틀라스 영지를 떠났다. 그리고 그 인근에 위치한 바닷가에서 특훈을 시작했다.

"뛰어라!! 늦는 녀석은 한 번 더 왕복해야 할 거다!"

크로세우의 달리기 방식은 참으로 특이했다. 그 앞으로 강력한 몬스터들이 즐비했다. 하지만 죽음의 부대 이들은 꽤 익숙했던 듯 달리기 시작했다.

타타타타타타탓-

굳이 사냥하지 않았다. 그들은 몬스터들을 요리조리 피하면서 내달렸다. 뒤에 붙은 수백 마리의 몬스터들에 간담이 서늘하다. 하지만 그만큼 빠른 발과 강인한 정신력을 얻을 수 있다. 살아야 한다는 생각에 그들은 미친 듯이 달린다.

[병사 로크라드의 민첩이 1 상승합니다.]

[병사 레리토의 민첩이 1 상승합니다.]

끊임없이 들려오는 알림들!

달리는 훈련이 끝난 후에는 200명의 몬스터들을 죽음의 부대원들이 한 마리씩 맡았다. 그리고 검을 쓰는 병사들은 목검, 창을 쓰는 병사들은 막대기를, 궁수들은 깎아진 나무 화살을 들고 몬스터들과 1:1로 싸우기 시작했다.

훨씬 더 수월하게 잡을 수 있지만, 일부러 상황을 극한까지 몰아넣는 크로세우의 방식이었다. 또한, 이 방식대로 하면 병사들의 검술이나 혹은 창술, 활술 등이 빠르게 상승할 수 있었다.

그렇게 오전 훈련이 끝났을 때.

"크로세우 님."

"그래, 파크 백부장."

"아틀라스의 병력 훈련은 잘되고 있을까요?"

"……."

그 말에 크로세우는 차마 입을 떼지 못했다. 이 안의 200명의 병력도 그 이상한 자들을 보지 않았던가.

크로세우가 말했다.

"돌아갔을 때, 병사들의 레벨이 4씩 상승하지 않았다면 곧바로 교관직에서 내려놓으라 민혁 님께 말씀드릴 것이네, 아마도 민혁 님은 성격이 인자하셔서 그들을 교관으로 부리는 것 같지만……."

더 이상의 말은 그들이 하지 않았다.

전날 밤. 아틀라스의 병사들! 그들은 바할라 영토에서 넘어온 이들과 전혀 다른 훈련을 받게 될 것이라고 하였다.

잠자리에 들기 전, 막 누웠던 병사 레오가 말했다.

"교관님들 말이야, 어딘가 좀 이상하지 않아?"

"많이 이상하지. 과연 저런 사람들이 우리를 훈련시킬 수 있을까?"

아틀라스에 잔존해 있던 병력도 우려하기는 마찬가지였다.

하지만 반대로 이런 생각도 들었다.

"대신에 많이 쉴 수 있겠다."

"그러게, 흐흐흐, 땅에 앉아서 노가리나 까자고. 아, 누구 수통에 술 좀 채워 넣어."

그들은 바할라 영토에서 이주해 온, 혹은 영주님의 가신 교관들을 무시했다.

어쩌면 그럴 수밖에 없었다. 자신들은 누군가를 지키기 위해, 혹은 살기 위해 검과 창을 휘두른 이들! 그들은 그것과는 거리가 멀어 보였기 때문이다.

레오는 그 덜떨어진 교관들이 훈련시키는 1주일 동안은 참으로 편안할 것이란 생각에 미소를 지으며 잠에 빠져들었다.

그리고 몇 시간도 채 자지 못한 시각.

"기상!!"

거대한 목소리가 막사 안을 흔들었다.

그에 병사들이 화들짝 놀라며 기상했다. 그곳에 검고 기다란 머리카락을 질끈 묶은 노인 밴이 창대를 들고 있었다.

"아, 어르신. 아직 이른 시간인데, 좀 더 주무시지 않고요."

"맞습니다! 좀 더 주무세요. 훈련은 아홉 시부터 시작하면 되죠, 하아아암."

레오가 하품을 쩍 하며 말했다.

그 순간, 뒤쪽에서 한 사내가 나타나 병사들을 향해 물을 뿌리기 시작했다.

촤아아아아아악-

바로 코루였다.

"지금부터 20초 내로 운동장으로 튀어나온다. 늦거나 하는 이들은 운동장 30바퀴다."

"아, 예……."

병사들은 노인 밴과 그 뒤의 다른 교관들이 왜 그러나 싶었다. 쉽게 표현하면 '귀찮았다'. 자신들을 가르치는 이들이 자신들보다 못하다고 할 때, 흔히 느끼는 그런 감정이다. 대놓고 무시하는 것.

그들은 어영부영 운동장으로 나왔다.

"전부 20초를 초과했군, 운동장 30바퀴씩 뛰어!"

"에이, 30바퀴를 어떻게 뜁니까~"

"30바퀴면 20㎞인데 그걸 어떻게 뜁니까, 교관님."

"교관님이 뛰어보십쇼! 낄낄!"

그 말을 듣는 순간, 노인 밴이 너털웃음을 흘려 버렸다.

"허허허, 요것들 보게나?"

그에 병사들은 노인 밴을 보며 능글맞게 웃었다.

자신들은 전설의 영지 아틀라스의 병사들! 당신 같이 힘없는 노인네가 부릴 수 없는 사람이다!

곧 노인 밴이 말했다.

"교관들 앞으로."

척! 척! 척!

그와 함께, 어제 이상한 행동을 보였던 설거지의 신과 리코더를 부는 성기사, 그 외의 인원이 일사불란하게 앞으로 나섰다.

노인 밴은 그들에게 나무젓가락 하나씩을 나눠줬다.

그리고 병사들을 보며 말했다.

"모두 검과 창, 활을 들어라. 지금부터 네놈들이 그 무기들로 교관들을 한 번이라도 공격 성공시키는 데 성공한다면 훈련 열외다."

"정말입니까?"

"오오오, 크로세우 님이 돌아오실 때까지 꿀 빨 수 있겠군."

"에이~ 근데 저분들은 나무젓가락으로 저희를 어떻게 상대합니까."

"그러다 다칩니다! 하하!"

곧 노인 밴이 말했다.

"시작."

병사들은 껄껄 웃어넘겼지만, 노인 밴의 말과 함께 곧바로 달려들기 시작했다.

병사 레오는 가장 먼저 노인 밴을 향해 달려들었다.

'일주일 동안 편히 쉬어보자.'

하지만 그 순간. 가슴을 나무젓가락이 강하게 찔렀다.

"커허어어억!"

숨도 쉬지 못할 고통에 그가 비명을 지를 때, 또 다른 병사는 코니르를 향해 쇄도하고 있었다.

'이 어린놈이 가장 쉬워 보여!'

그러면서 그는 검을 휘둘렀다. 적당히 겁만 주려는 의도.

그 순간, 나무젓가락으로 검 끝을 찌른 코니르.

그치지 않고 부드럽게 몸을 회전시켜 안으로 파고들어 머리로 그의 안면을 들이박았다.

"커허억!"

그리고 신의 설거지 소년! 그 소년이 나무젓가락을 들고 병사들을 가뿐히 압박하기 시작했다.

퍽퍽퍽퍽퍽-

그치지 않았다. 나무젓가락을 내려다보다 휙 던진 코루가 리코더를 꺼내더니 병사들을 가뿐히 제압하기 시작했다.

수백 명의 병사! 그들이 지금 바로 그 몇 명의 털끝 하나 건드리지 못한 채, 쓰러지기 시작했다.

"커헉!"

"으, 으아아아악!"

"끄아아아아악!"

"으아아아아아악!"

비명이 난무했고 바닥에서 뒹구는 병사들이 속출했다.

하지만 노인 밴과 그들은 기선 제압을 멈추지 않았다. 노인이 나무젓가락으로 머리를 내려치는데, 마치 쇠망치로 맞은 듯했다.

"끄어어어억!"

소년 코니르가 나무젓가락으로 찌르는데, 마치 검으로 찌르는 것 같았다.

"커헉!"

곧이어 수백 명의 병사들이 바닥을 뒹굴었다.

"기상."

짧고 굵은 밴의 말!

자리에서 서둘러 일어선 그들이 곡소리를 냈다.

"크흑, 이, 이럴 수가……."

"마, 말도 안 돼……."

그에 밴이 말했다.

"잡담하나?"
모두가 침묵했다.
"모두 서른 바퀴 뛰어 갓!"
"……예!"
"예!"
그들은 알았다. 1주일 동안, 아니, 어쩌면 앞으로 자신들은 큰일 날지도 모른다고.

아침 훈련을 끝낸 병사들은 거친 숨을 헐떡였다. 온몸이 다 아팠다. 또한, 지쳐왔다.
그대로 식당으로 향하는데, 식당에 적혀진 훈련표가 보였다.

[훈련표]
4시: 기상
4~6시: 아침 훈련 및 구보
6~7시: 아침 식사
7~9시: 병사 개인 직책 (예: 검술 혹은 창술 훈련)
9~11시 30분: 용왕의 바다에서 수중 훈련
11시 30분~ 12시 30분: 점심 식사
12시 30분: …….
밤 11시: 취침

레오를 비롯한 모든 병력은 경악했다.

'뭐, 뭐야……!'

'뭐가 이리 빡빡해?'

아침과 같은 강도로 계속 훈련한다면? 상상만 해도 끔찍했다.

식당에 들어선 그들은 식사를 했다. 아침은 '미역국, 비엔나 소시지, 맛김, 배추김치' 조합이었다.

아침 도보 후 먹는 아침밥은 꿀맛인 법.

심지어 그 주방 안엔 민혁이 있었다.

"와, 진짜 맛있군."

"이렇게 맛있는 아침은 처음이야."

온몸이 다 쑤시는 레오가 그들을 둘러봤다.

"고작 미역국이 맛있으면 얼마나 맛있다고."

그러면서 쇠고기와 미역이 듬뿍 떠다니는 그 국물을 한 수저 떠먹어 봤다.

'어라?'

그러고는 다시 떠먹어 봤다.

그는 눈을 크게 떴다. 깊게 우러난 쇠고기 육수와 미역의 맛, 그리고 적절한 간장과 참기름의 조합까지.

미역국에 흰 쌀밥을 가득 말았다. 그다음, 미역국을 한 수저 푼 후에 그 위로 배추김치를 얹었다. 그리고 입에 넣었다.

아삭아삭-

맛있게 씹히는 소리와 함께, 뜨끈한 미역국이 입안을 즐겁

게 한다. 그리고 비엔나소시지를 한 입 먹어주는데, 피로가 싸악 가시는 것 같다.

때마침 알림이 들린다.

[미역국&비엔나소시지를 드셨습니다.]

[피로 회복에 큰 도움이 됩니다.]

[경험치 획득량 및 각종 습득력이 15% 증가합니다.]

모든 병사가 웅성거리기 시작했다. 그만큼 민혁의 버프 효과는 놀랍고 대단했기 때문이었다.

그리고 레오는 검을 휘두르는 병사였다.

검술 훈련을 시작한 레오는 앞에 놓인 목각 인형을 보았다.

'아, 도대체 왜 안 되는지 모르겠네?'

그는 한 단계 더 나아진 검술의 단계에 오르고 싶었다. 한데, 생각처럼 잘되지 않았다.

레오는 힘을 주어 목각 인형을 검으로 가격했다. 하지만 역시나, 나아지는 건 없었다.

바로 그때.

"본 교관 코니르!! 본 교육생 말 잘 들으면 괴롭히지 않는다!!"

"예!"

"팔에 힘을 빼고 찌를 때 온 힘을 담아라, 그렇다면 더욱더 나은 검의 증진을 깨달을 것이다!"

레오는 고개를 갸웃했다. 그러면서 피식 웃었다.

'팔에 힘을 빼라고? 무슨 말도 안 되는 소리야?'

검을 잡은 팔에 힘을 빼다간 자칫, 놓칠 수도 있는 노릇 아니던가? 심지어 전장에서 검을 놓친다면 죽음과 가깝다.

하지만 레오는 그대로 해봤다. 팔에 힘을 빼고 순간적으로 찌를 때, 힘을 주었다.

그 순간.

푸확!

검 끝이 바람처럼 매섭게 목각 인형을 관통하고 들어갔다.

"코니르, 설명한다! 레오 훈련병은 너무 힘을 주고 있기 때문에, 검이 제대로 된 힘을 발하지 못한다. 검을 휘두르기도 전에 모든 힘이 빠지는 것이다!"

"……그, 그랬군요. 가, 감사합니다! 감사합니다!!"

레오가 상체를 꾸벅꾸벅 숙여 보였다.

그리고 그 모습을 멀리서 지켜보는 민혁에게 알림이 울린다.

[병사들이 검술에 대한 깊은 깨달음을 얻기 시작합니다.]

[아틀라스 병사들의 검술에 대한 이해도가 대폭 상승합니다.]

한편, 유저인 루트는 궁수들을 데리고 산으로 왔다.

산의 정상. 그곳에서 그가 활시위를 당겼다. 그리고 보이지도 않는 곳에 활을 쐈다.

'뭐 하는 거야?'

'아니, 허공에 활질 중?'

그때, 루트가 말했다.

"방금 활을 쏜 곳에 가서 확인해 봐라."

병사들이 뚱한 표정으로 달렸다. 그곳에 아주 작은 토끼 한 마리가 화살에 꿰뚫려 있었다.

전직 양궁 금메달리스트 루트! 심지어 아테네 게임의 영향으로 그는 '신궁'이라 해도 아깝지 않은 자였다.

"적어도 2주. 2주 내로 이렇게 쏠 수 있어야 할 것이다. 활시위를 당겨봐라, 아니, 호흡을 좀 더 참고 활시위를 강하게 당겨라, 눈은 절대 감지 마라. 그렇지 그렇게."

쑤우우우우욱- 푹!

루트의 말대로 한 궁수부대원 중 가장 활을 못 쏘기로 소문난 레이퍼의 화살이 명사수처럼 날아갔다.

'와……!'

'미, 미친……!'

"감사합니다, 교관님! 감사합니다!!"

[병사들이 궁술에 대한 깊은 깨달음을 얻기 시작합니다.]
[아틀라스 병사들의 궁술에 대한 이해도가 대폭 상승합니다.]

거기서 그치지 않는다.

말에 오른 카이스트라. 그가 기마 부대에게 기마술을 가르친다. 그는 다섯 살 때부터 그 부리기 힘들다는 늑대를 조련하여 살아왔던 소년이다.

"창의 파괴력은 말 위에 오른 자들의 손에 쥐어졌을 때 더 강력해지는 법. 또한, 말을 얼마나 잘 다루는지도 중요하다. 이때만큼은 말과 내가 일심동체가 되어야 한다."

카이스트라는 말과 말도 안 되는 친밀도를 보였다. 그는 말과 일심동체가 된 듯, 누구보다 빠르게 운동장을 내달렸다.

그리고 세워놓은 표적판.

콰직! 콰직! 콰직! 콰직!

말 위라는 게 믿기지 않을 정도로 카이스트라는 표적들의 딱 중앙을 맞추는 데 성공했다.

[병사들이 기마술에 대한 깊은 깨달음을 얻기 시작합니다.]

[아틀라스 병사들의 기마술에 대한 이해도가 대폭 상승합니다.]

하루 만에 빠르게 성장하기 시작한 병사들!

한 달 동안 2배의 성장률 버프, 그리고 민혁의 요리 버프, 또한 놀라운 스승들의 버프가 있었다.

그 시각. 한 검은 로브를 두른 사내가 거대한 뱀 위에 올라탄 채, 빠르게 이동하고 있었다.

'거의 다 와 가는군.'

작은 웃음을 짓고 있는 그는 다름 아닌 검은 마법사 알리였다.

로열 클래스 멀더런의 후예로 전직한 검은 마법사 알리! 그는 얼마 전, 공식 홈페이지에서 레전드 길드가 새로운 길드로 거듭났다는 걸 들었다. 그는 그곳의 주인에게 힘이 되고, 함께하고 싶었다.

작은 웃음을 지으며 가던 때였다.

"어? 저 친구?"

"이보게, 검은 조루사…… 아니, 검은 마법사 알리군!!"

검은 마법사 알리가 고개를 돌렸다.

"오, 4인의 하이에나 분들 아니십니까? 혹시……"

4인의 하이에나. 즉, 노뚜기, 일화유통, 일화전자, 일화건설의 사장들이었다.

그들이 알리의 물음에 답했다.

"맞네, 우리도 민혁이와 함께하고 싶어서."

"하하하, 그렇군요. 저 역시 마찬가지입니다."

강자들이 아틀라스 영지로 모여들고 있었다.

병사들이 훈련에 열중하고 있는 그때. 아틀라스의 강화는 병사들의 훈련만으로 이루어지고 있는 게 아니었다.

탱! 탱탱! 탱!

대장간. 뜨거운 열기가 피어오르는 그 안으로 풀무질 소리가 가득 퍼져 나왔다.

치이이이이익-

뜨겁게 달궈져 붉게 변한 쇠붙이를 물에 넣자 하얀 김이 피어오른다.

'한 달 안으로 세 명 이상의 달인의 대장장이를, 그리고 병력에게 최고의 무기와 방어구를 맞춰주고 간다.'

황금 망치 드워프 란트!! 그가 혼신의 힘을 기울이고 있었다. 그 이유는 간단했다.

'그렇게 된다면 영주님께서…….'

드워프 란트는 민혁과 약속한 게 있었다.

본래 병사들 무기와 방어구 부분은 시련 보상에 속해 있지 않았다. 하지만 해준다면 달콤하고 맛있는 수박주스와 멜론주스를 열 잔씩 만들어준다고 하셨기 때문이다.

이렇게 더운 곳에서 풀무질하다가 시원한 수박주스나, 멜론주스를 마셔준다면?

꿀꺽-

생각만 해도 끝내준다.

하지만 문제는 손이 모자란다는 거였다.

'이거 할 수 있으려나?'

아무리 황금 망치 드워프 란트라고 할지라도 총합 천 명 정도 되는 병력의 무기와 방어구를 한 달 동안 만들기는 힘들 수밖에 없다.

물론 공장처럼 막 찍어낸다면 가능하다. 하지만 그것은 황금 망치라는 자신의 이름에 먹칠을 하는 것 아니겠는가?

그러던 그때.

"안녕하세요. 영주님이 보내셨습니다."

한 사내가 찾아왔다. 그는 중년의 사내였다. 드워프 란트는 이미 이야기를 들어 알고 있었다.

'본래 레전드 길드였던 곳의 실력 있는 대장장이라고 했지.'

많이 도움이 될 것이라는 말은 들었었다.

하지만 기대는 크게 하지 않았다. 그저 조수 일이나 하면 그뿐 아니겠는가?

"자네, 실력을 좀 보고 싶군. 병사들 검을 만드는 중이라네. 이 재료들로 검을 만들어주겠나?"

과거의 레전드 길드가 가진 자금력은 꽤 되었었다.

또한, 그들은 아틀라스의 소유권을 얻으면서 아틀라스의 영주성에 위치해 있던 '보물 창고'도 얻게 되었다. 그 안에 자그마치 4,000플래티넘과 3,000플래티넘에 버금가는 값어치의 아티팩트들이 널려 있었다. 때문에 중상위급의 재료들로 제작해 낸다.

하지만 요리사처럼, 대장장이도 같은 재료로 전혀 다른 등급과 다른 성능의 아티팩트가 나오는 법이었다.

"알겠습니다."

그는 곧바로 작업을 시작했다.

탱! 탱! 탱!

그가 작업하는 소리를 들으면서 란트는 자신의 작업에도 열중하며 생각하였다.

'끽해야 레어나 나오면 다행이겠구만.'

현재 가진 재료로 달인 정도의 경지를 가진 자라면 레어 정도가 나올 터였다.

물론 레어라고 할지라도 성능이 뛰어날 수도 있는 법이기는 하였다.

그렇게 시간이 흘러.

"완성했습니다."

"그래, 수고했네."

란트에게로 사내가 검을 가져왔다.

란트는 요목조목 검을 살펴봤다.

'응……?'

란트는 눈을 휘둥그레 떴다. 곱게 펴져 있는 검면과 매끈하기 그지없는 검날. 검날은 마치 종이를 위에서 떨어뜨리면 사각거리는 소리와 함께 스스로 두 개로 나눠질 것 같아 보였다.

드워프 란트의 안목은 상당한 편.

"꽤 훌륭한 편이군."

하지만 그 알맹이는 더 봐야 한다. 아테네는 게임이었기에 이런 경우 공격력만 높은 경우도 있었다.

그가 곧 확인했다.

(아틀라스 병사의 검)

등급: 유니크

제한: 레벨 300 이상

내구도: 6,000/6,000

공격력: 599

특수 능력:

• 모든 스텟 +4

• 패시브 스킬 검 마스터리 1단계 상승

• 엑티브 스킬 병사의 함성

• 패시브 스킬 돌진의 병사

설명: 신의 재능을 이어받은 사내가 만들어낸 검이다. 엄청나게 특별하지 않은 재료를 이용하여, 굉장히 특별한 검이 완성되었다.

란트가 경악했다. 자신이 만들어낸 것과 견주어도 손색이 없을 정도의 아티팩트였다.

그는 검면을 손으로 쓸었다.

"노, 놀랍구나……."

그러면서 그의 이름을 물어볼까 하다가, 그는 검면에 그려진 글자를 볼 수 있었다.

"혜민 짱?"

"맞습니다. 혜민이가 짱입니다!"

그렇다. 그는 혜민아빠였다. 그리고 그의 아티팩트에는 근래 '혜민 짱'이라는 글자가 낙인되어 있었다.

그는 전형적인 딸 바보 아빠였다.

이제는 먹자교의 길드원이 된 지니와 로크, 그 외의 이들은 아틀라스 영지 내의 주변을 돌아다니며 지형지물, 던전, 그 외의 다양한 요소를 파악하는 데 힘쓰고 있었다. 또한, 그 과정에서 다양한 던전들을 발견함으로써 꽤 레벨을 올리고 있었다.

하지만 여전히 부족했다. 아니, 어쩌면 그들이 민혁의 터무니없는 무력 수치를 보았기 때문에 만족하지 못하는 걸지도 몰랐다.

"히든 던전이나 계속 찾아다녀야 하나?"

"히든 던전 찾는 게 쉬운 일인 줄 아나."

그들은 영주성 내에서 쉬고 있었다.

그렇게 잡담을 나누다, 로크가 말했다.

"나도 더 강해지고 싶다……."

그에 모두가 침묵했다. 민혁이는 계속 나아가는데, 자신들은 정체되어 있는 느낌이 강했기 때문이었다.

바로 그때였다.

"강함이란 건 참으로 좋은 것이지."

그들의 고개가 돌아갔다. 그곳에 마족 사내가 있었다. 그는 검지를 혀에 가져다 대 침을 발라 책장을 넘겼다. 바로 대현자 아르벨이었다.

그에 대한 이야기는 그들도 들었다. 마계에서 대현자라고 불렸던 인물! 심지어 강하기까지 하다고 들었다.

그는 이곳에 와서는 주야장천 책만 보고 있었다. 한데, 그 책의 종류가 문제였다. '황제 폐하의 은밀한 사정', '시녀 레이피.

그리고 뜨거운 침대' '전하, 이러시면 안 됩니다'. 그것들을 쌓아 놓고 진지하게 보고 있는 아르벨!

"인간들의 사랑은 정말 멋지단 말일세."

"아, 예……."

"저 사람, 아니, 저 마족 이상해……."

"왜 여긴 정상인이 없냐……? 나 빼고."

"네가 제일 비정상이야, 로크."

그들은 고개를 절레절레 저으며 스리슬쩍 자리를 옮기자고 생각했다.

그런데, 그때. 사내가 책을 덮으며 몸을 일으켰다.

"여기에 남아 있는 이 아름다운 책들은 이게 끝이야, 아아아…… '전하, 이러시면 안 됩니다' 3권이 보고 싶은데 말이지."

그들은 말문을 잃었다.

"전하 이러시면 안 됩니다의 내용은 강인하고 냉정한 왕자와 순박한 하녀가 사랑에 빠지는 내용인데…… 중얼중얼……."

그리고 이상한 일이 벌어졌다. 이상하게 자신들이 귀를 열고 경청하고 있었던 것!

이어 아르벨이 말했다.

"그런데 그 하녀가 알고 보니 과거 몰락한 왕국의 공주 루이디였던 것이네!! 본래 이 왕자와 혼인하기로 오래전부터 약속된 사이였던 거지!!"

"세상에 어떻게 그런 일이!!"

"와, 긴장감!"

"크으~~~!"

역시 드라마는 막장이라 했던가! 그들은 자신들도 모르게 감탄하고 있었다.

아르벨이 말했다.

"그런데 여기에서 2권이 끝났다네. 어찌 이런 일이……."

"저런……."

"여기서 끊기 있기 없기?"

"그래서 말인데, 자네들이 구해다 줄 수 없겠나? 그렇게 해 준다면 내 자네들에게 강해지는 길을 알려주지."

그 순간 모든 길드원에게 알림창이 떴다.

[히든 퀘스트: 전하, 이러시면 안 됩니다. 3권 구하기]

등급: A

제한: 아르벨과의 친밀도

보상: 전원. 하이 클래스로 가는 길

실패 시 페널티: 아르벨과의 친밀도 대폭 하락

설명: 마계의 대현자 아르벨! 그는 지금 무척이나 전하, 이러시면 안 됩니다 3권을 보고 싶어 한다. 그에게 3권을 구해다 주자.

그들이 경악했다.

첫 번째는 보상 목록에 떠 있는 '하이 클래스로 가는 길'을 보고서. 두 번째는 그 하이 클래스로 가는 어마어마한 보상이 단순히 책 한 권을 구해다 주면 되는 것이었던 것!

지니는 얼마 전, 아테네 공식 홈페이지의 공지 사항을 떠올렸다. 수많은 유저들이 '로열 클래스'와 '신 클래스'를 두고 밸런스 붕괴라며 많은 말들을 하였다. 게임할 맛이 안 난다, 누가 이런 게임을 하고 싶겠냐, 밸런스가 너무 안 맞는다 등의 말이 많았다.

공지 사항에선 '아테네는 확실한 밸런스를 맞추기 위해 노력하고 있으며 그에 대한 방편 또한 준비되어 있습니다. 하지만 이러한 방편은 최고의 유저들에게만 주어지는 혜택일 것입니다' 라고 되어 있었다.

현재 길드원 대부분은 500레벨과 비슷하거나 그를 넘어서게 된 상황. 그들을 겨냥한 말 같았다.

그들이 말했던 방편.

'그 방편이 설마…….'

'각성?'

흔히 RPG 게임을 하면 1차 각성, 2차 각성, 3차 각성으로 나눠진다. 각성할 때마다 그들은 새로운 스킬, 스텟 효과를 보며 압도적으로 강해진다. 어쩌면 그럴지도 모른다.

그들이 발 빠르게 움직이며 밖으로 나서기 시작했다.

그들이 모두 나섰을 때, 아르벨은 휘파람을 불며 다시 책장을 펼쳤다.

그때, 한 사내가 다시 돌아왔다. 바로 로크였다.

"혹시 전하, 이러시면 안 됩니다. 1, 2권 좀 빌려줄 수 있나요?"

흑염룡. 그는 용족의 아이를 만나 용족들이 사는 세상인 '잊혀진 용들의 땅'에 도착했었다.

그리고 그는 이곳에서 퀘스트를 받았었다. 바로 '오염된 용족 처리' 퀘스트였다.

이 퀘스트는 자그마치 현재 잊혀진 용들의 땅에서 왕으로 군림하고 있는 히든 NPC인 용족의 왕 브로크에게 받은 퀘스트다. 이 퀘스트를 성공적으로 완료하면 왕 브로크에게 인정을 받을 수 있다.

알 수 없는 독에 감염되어 버린 용족들이 흉포해져 버렸고 그로 인해 오염된 용족들과 잊혀진 용들의 땅은 단절되었다. 이 오염된 용족을 처리할 수 있는 건 오로지 이방인뿐이기에 용족의 왕 브로크는 이방인들에게 오염된 용족을 처리하라는 퀘스트를 주었다.

퀘스트 기간은 3일밖에 되지 않았다.

[오염된 용족을 사냥하셨습니다.]

[사냥 숫자 513/513마리.]

[모든 오염된 용족을 사냥하셨습니다.]

[오염된 용족 처리 퀘스트를 완료하셨습니다.]

퀘스트 알림을 들으며 흑염룡은 흡족하게 고개를 끄덕였다. 용족들은 평균 레벨 약 430 정도였는데, 생각보다 그렇게 강하지 않은 편이었다.

또한, 3일 뒤에 용족의 왕 브로크는 오염된 터전으로 가는 입구 앞에서 그를 기다리고 있겠다고 하였다.

"끼에에엑."

"끼에에에에엑~"

꽤 쉬운 퀘스트였기에 여유로운 표정을 짓던 그가 자신들끼리 엉키며 노는 전설의 용들을 보았다.

그러다가 턱을 쓸었다.

'용족들은 생각보다 나에게 관대하지 않았어.'

그들은 자신을 경계했다. 물론 아직 퀘스트 완료 전이기 때문일 수도 있었다. 하지만 잘 이용한다면 보상도 극대화시키고 친밀도도 올릴 방법이 있을지도 모른다.

"아……!"

흑염룡이 이채를 띠었다.

용족의 왕 브로크는 깊은 생각에 빠져 있었다.

'용군주…… 그분께서 나의 시련들을 모두 깨신다면 이 잊혀진 용들의 땅을 다시 일깨우시겠지.'

하지만 그전에 그라는 존재에 대해 확인하는 게 급선무.

또한, 용족의 왕 브로크는 그 인간의 자질이나 혹은 그 외의 부분을 의심했다. 그 이유는 전대 용군주는 용족들을 오로지 살인 병기로 부려먹었기 때문이었다. 그에 많은 이들이 죽었고 많은 이들이 슬퍼했다.

오염된 터전 앞에서 기다리고 있는 그는 곧이어 멀리서 오는 이들을 볼 수 있었다.

"옵니다!!"

"그가 오는군요."

브로크가 눈을 가늘게 뜨고는 곧 눈살을 찌푸렸다.

'뭐, 뭐지?'

용군주의 상태가 심상치 않았다. 입 주변으로 피가 흥건하며 한쪽 다리를 절고 또 오른팔에선 피가 흐르고 왼손으로 그 오른팔을 부여잡고 있었다.

"끼, 끼에에에에에……."

그리고 용들도 마찬가지였다. 곧바로 쓰러질 듯 위태로운 용들은 피투성이였다. 심지어 검은 용 한 마리는 날아오다가 털썩 쓰러지기까지 했다.

"히, 힘을 내라, 브레트니!! 힘을 내! 이제 곧 도착한다!"

"끼, 끼에에에에에……."

브레트니가 울음을 토하며 힘겹게 몸을 일으켰고 흑염룡이 그에게 힘을 실어주었다. 다른 용들이 비틀거리면서도 브레트니라는 검은 용을 도와준다.

그리고 흑염룡. 그가 오염된 터전을 벗어나 브로크의 앞에 선 순간.

"아아아아아……."

털썩-

양쪽 무릎을 꿇고 주저앉았다.

"어, 어찌 된 것인가!!"

"저, 적들이 너무 강했습니다…… 하지만 브로크 님께서 말씀하시지 않았습니까, 절 믿지 않으신다고. 증명하고 싶었…… 쿨럭!!"

그 순간, 흑염룡의 입에서 뿜어지는 피!! 순간적으로 그는 볼을 깨물었던 것!

그는 입을 막은 채 다시 말을 이었다.

"저에겐 아직 무리였나 봅니다…… 하지만 해냈습니다. 이 아이들과……."

그리고 흑염룡이 스리슬쩍 데스티니와 다른 용들에게 눈짓했다.

"끼에에……."

풀썩-

데스티니를 선두로.

풀썩. 풀썩.

용들이 하나씩 기절하기 시작했다. 전설의 4대 용들을 이용하여 사기 치는 흑염룡이었다.

그에 브로크의 가슴이 뜨거워졌다.

"하지 못할 것 같았으면 도망쳤어야지!! 왜, 왜 이렇게까지……."

"그야……."

흑염룡이 미소를 지었다.

"브로트 님의 부탁이었으니까요……."

풀썩.

말을 하던 도중, 흑염룡도 기절했다.

기절한 상태에서 흑염룡과 네 마리의 용들은 보이지 않는 음침한 미소를 짓고 있었다!

"이, 이봐라!! 이 영웅들을 모셔라!!"

"아, 알겠습니다!!"

"아아아아! 어찌 이런……!"

"크흑, 용군주!! 군주의 이름이 어울리는 자로다!!"

흑염룡에게 끊임없이 친밀도 상승 알림이 들렸다.

그렇다. 민혁의 그 사기 수법은 모두 아버지에게 배운 것.

부전자전(父傳子傳)이었다.

7장
대륙 전쟁의 시작

크로세우. 그는 죽음의 부대와 일주일간의 훈련을 끝마치고 복귀하는 길이었다.

'4레벨? 과연?'

민혁이 아틀라스 영지를 소유하게 되면서 곧바로 새로 얻게 된 아틀라스의 700명의 병력의 레벨은 370으로 모두가 동일하게 고정되어 있었다. 일반적인 영지들의 병력이 약 200~250에서 시작한다는 걸 생각하면 과연 전설의 영지라는 게 어울리는 곳이었다.

1주일 동안 그들이 과연 4레벨 이상을 올렸을까? 그의 생각으로 대답은 NO였다. 그때 보았던 그 희한한 자들! 그들을 생각하면 가능할 리가 없었다. 어쩌면 1주일 동안 고작해야 1레벨이나 올렸을지도 모른다.

더 최악이라면?

'탱자 탱자 놀았을지도 모르지.'

만약 그렇다면 크로세우는 크게 화를 낼 생각이었다.

그렇게 영지 안에 들어가던 길목에서였다.

"핫둘! 핫둘! 핫둘! 핫둘!"

크로세우의 눈에 보였다. 병사들이 열을 맞추고 뜀박질을 하고 있었다.

그리고 운동장 쪽으로 돌리자, 검술을 훈련하는 자들은 검술을, 창술을 하는 자들은 창술을, 그렇게 개인 병기에 온 힘을 다하고 있었다.

'호오?'

크로세우는 적지 않게 놀랐다.

생각보다 그들이 열심히 하고 있었다. 그렇다는 것은 교관들이 꽤 빡빡하게 훈련을 시켰다는 의미가 된다.

크로세우는 1주일 전의 아틀라스의 병력 현황을 떠올렸다.

(아틀라스 병력 현황)

- 평균 Lv: 381
- 평균 검술 Lv: 중급 1
- 평균 창술 Lv: 중급 1
- 평균 활술 Lv: 중급 1
- 평균 기마술 Lv: 중급 1
- 평균…….

•무기와 방어구: 양호

•평균 HP량: 2,135

•평균 MP량: 1,031

•병사들의 만족도: 아직 아틀라스에 대해 더 알아가는 시간이기 때문에, 그들이 만족하는지는 알 수 없습니다.

•병사들이 훈련에 임하는 자세: 아직 훈련 시작 전이기에 그들이 얼마만큼 훈련에 더 열정적으로 임하는지 알 수 없습니다.

'만약 여기에서 성장이 없거나 혹은 미미하다면…….'

당장 그곳에 있던 모든 교관을 해임시킬 생각이었다.

크로세우는 곧바로 현재 병력 현황을 확인해 봤다.

그러다가 그는 고개를 갸웃했다.

'응……?'

고개를 갸웃했던 그는 자신이 잘못 봤나 싶어 현황을 끈 후에, 다시 한번 켰다.

"어……?"

이는 사실이었다.

옆에 있던 파크 백부장이 말했다.

"역시…… 그동안 달라진 게 없는 거였군요."

파크 백부장의 말에 크로세우는 고개를 저었다.

"아, 아니, 그게 아닐세…… 이, 이게 말이 되는 건가? 병력이 훨씬 더 강해졌네……."

"네?"

파크는 그게 무슨 소리냐는 듯 고개를 갸웃했다.
그리고 크로세우는 다시 한번 킨 병력 현황을 확인했다.

(아틀라스 병력 현황)

• 평균 Lv: 400
• 평균 검술 Lv: 중급 3
• 평균 창술 Lv: 중급 2
• 평균 활술 Lv: 중급 2
• 평균 기마술 Lv: 중급 3
• 평균…….
• 무기와 방어구: 매우 뛰어남
• 평균 HP량: 2,341
• 평균 MP량: 1,093

• 병사들의 만족도: 뛰어난 교관들에 의해 그들은 평소 부족했던 자신들의 검술, 궁술, 활술, 기마술, 그리고 체력 등을 단기간에 일취월장하게 되었습니다. 그에 지옥 같은 훈련을 하고 있지만, 그들은 누구보다 만족하고 있습니다.

• 병사들이 훈련에 임하는 자세: 교관들의 말이라면 언제든지 지옥 속에라도 뛰어들 준비가 되어 있습니다. 그들 덕분에 새로이 깨달은 경지에 그들은 아틀라스 영지에 대한 만족도가 대폭 상승했습니다.

• 뛰어난 기사의 자질을 가진 이들의 각성!
일주일 동안 놀라운 잠재력을 발굴해 낸 병력이 5명이나 됩니다.

이는 새로운 교관들이 그들의 재능을 알아보고 집중 훈련시켰기 때문입니다.

"……미쳤군."

크로세우는 믿을 수 없었다.

병력이 교관들의 말이라면 지옥 속이라도 뛰어들어 간다고 되어 있다. 그렇다는 것은 병력이 그만큼이나 교관들을 믿고 의지하고 있다는 의미였다.

심지어 뛰어난 기사의 자질을 가진 이들의 각성이 다섯 명이었다. 크로세우에게는 '뛰어난 기사'라고 보였지만 민혁과 같은 유저들에겐 '히든 NPC'라고 보일 거다. 그러한 자들은 발굴해 내는 것부터 쉽지 않다. 그런데 발굴해 냈다는 것.

'아틀라스 영지가 말도 안 될 정도로 강력해지고 있다…….'

크로세우는 자신이 있는 한 달 동안 이 아틀라스가 어떻게 변화할지 감조차 잡히지 않을 지경이었다.

4인의 하이에나! 그들은 어느덧 500레벨이 넘는 랭커들이 되어 있었다. 그들은 애초에 템빨과 실력빨로 무장한 비공식 랭커들이지 않던가.

거기에 대마법사 멀더런의 후예 알리! 그의 강함은 민혁과 견줄 정도이다.

그러한 그들이 민혁의 길드에 가입하기를 요해왔다.
그에 민혁은 그들을 흔쾌히 받아들였다.

[먹자교 길드의 새 길드원이 추가되었습니다.]
[알리(마법사)가 길드원으로 소속됩니다.]
[베즈(격투가)가 길드원으로 소속됩니다.]
[킬레(마법사)가 길드원으로 소속됩니다.]
[로아돌(함정 설치사)이 길드원으로 소속됩니다.]
[스무스(독 전문가)가 길드원으로 소속됩니다.]

민혁은 자신과 함께하겠다고 온 그들을 밝은 미소로 맞아 주었다. 그리고 그들의 직업을 보고 말했다.

"응? 태식이 삼촌은 함정 설치사시네요?"

태식, 즉. 로아돌은 일화건설의 사장이었다.

"그래, 우리나라의 불법 건축물들! 그 건축물들을 생각하며 이 아테네에서 폭탄을 제조해 보다가 전설 클래스인 '함정의 대가'로 전직했단다."

"……불법 건축물들을 생각하면서 왜 폭탄을 제조해 봐요?"

"현실에서 못 무너뜨리니까, 하하하하하!"

예전부터 느꼈다. 삼촌들은 유쾌하신 분들이다.

그리고 스무스. 독 전문가.

"우석이 삼촌은 왜 독 전문가예요?"

스무스는 노뚜기의 사장이었다.

"내가 요리를 잘하는 만큼, 독도 잘 만드니까."

민혁은 고개를 끄덕였다.

이야기를 나눠보자 그 역시도 전설 클래스인 '독의 달인'이었다. 독에 특화된 공격을 펼치는 암살자들보다도 훨씬 더 뛰어난 독을 제조할 수 있다고 하였다.

'영지 주변으로 함정과 독을 설치하면 그 역시도 뛰어나겠군, 후후후후.'

갈수록 강화되는 아틀라스 영지에 민혁은 흐뭇한 미소를 짓고 있었다.

하지만 한편으로는 아쉬운 부분이 있었다.

'요즘 바깥의 음식을 못 먹고 있단 말이지.'

물론 아틀라스 영지는 작은 세계수 나무의 힘을 받았기 때문에 농작물들 자체가 일반 영지들보다 훨씬 더 뛰어난 편이긴 했지만 말이다.

아쉬운 마음을 뒤로하고 민혁은 영지 강화에 심혈을 기울이기 시작했다. 맛있게 먹기 위해, 강해지는 건 필수적인 요소였으니까.

아테네 시간으로 한 달이라는 시간이 빠르게 지나갔다.

민혁의 영지인 아틀라스는 그동안 말도 안 되는 비약적인 성장을 해냈다. 병력 평균 레벨이 약 433에 달하게 된 것이다.

심지어 그뿐만이 아니었다. 황금 망치 드워프 란트와 헤파스의 후예인 혜민아빠가 함께 손을 잡아 900명이 넘는 병력의 아티팩트를 제작했다. 그에 따라 모든 병력이 레어에서 유니크에 버금가는 아티팩트를 착용하게 됐다. 일반적인 영지에서 병사들에게 레어 아티팩트 서른 개가 보급된 곳도 찾아보기 힘들었기 때문에 매우 대단한 일이라고 할 수 있었다.

놀라운 일은 거기서 그치지 않았다. 지니를 비롯해 로크, 칸, 정보꾼 아벨, 아스갈 등 길드원 반절 이상이 하이 클래스로 올라섰다는 것이다.

하이 클래스에 오른 길드원들은 정중하게 민혁에게 PvP를 청했었다.

그리고 민혁은 깜짝 놀랐다.

'엄청 강하잖아……?'

그들의 강함은 상상을 초월했다. 한 번에 약 두 계단씩 성장한 느낌이었다.

그들과 민혁의 격차가 그렇게 커지지 않았다.

곳곳에서 기사가 터지기 시작했다.

[루시아. 달의 암살자로 하이 클래스 전직. 암살자 랭킹 1위를 향한 빠른 추격.]

[루완. 강철의 대장장이인 그가 하이 클래스로 전직. 놀라운 도술 실력으로 국내 랭킹 13위 아레스와의 전투 영상 화제. 간발의 차이로 아레스에게 패배. 놀라운 건 그가 대장장이라는 사실.]

[아테네 세계 곳곳에서 로열 클래스와 하이 클래스 등장. 그리고 많은 사람의 관심을 받고 있던 먹자교 길드의 침묵. 먹자교 길드는 아직 하이 클래스 보유자가 아무도 없는 것?]

먹자교 길드는 하이 클래스가 탄생했다는 사실을 알리지 않았다. 심지어 길드원 중 반절 이상이 전직했다는 걸. 그 이유는 아직 비장의 카드를 보류하는 것이다.

지니나 혹은 정보꾼 아벨은 얼마 전 넘어왔던 중국 서버 이들로 인해 곧 대규모 업데이트가 펼치질 것이라는 예측을 하였다.

그리고 그 예측은 현실이 되어 다가왔다.

쿠르르르르릉! 콰콰!

비가 오는 밤. 천둥 번개가 요란히 치고 있었다.

검의 대제 엘레는 쉬이 잠들 수 없었다. 창문을 통해 성 너머를 바라보는 그녀는 작은 한숨을 쉬었다.

'극의의 검술…….'

능력과 파괴의 신 에로드가 지상에 내린 여덟 개의 극의의 공격 스킬. 그중에 하나인 엘레의 검술.

그녀가 접했던 이야기에 따르면 지상에서 내려진 여덟 개의 극의 스킬 중, 유일하게 엘레를 비롯해 그 선조들만이 극의에 오르지 못하였었다.

그녀는 씁쓸한 표정을 짓고 있었다.

'내가 부족한 것인가?'

선조를 포함해 가장 뛰어난 여인이라 불리는 엘레. 그런 그녀가 자신의 나약함을 탓하고 있었다.

그녀는 오지 않는 잠을 청하기 위해 걸음을 옮기기 시작했다.

그러던 때였다.

콰콰콰쾅!

천둥 번개가 더욱 요란히 쳤다. 그리고 그 천둥 번개의 끝에서, 그녀는 알 수 없는 살기를 느꼈다.

그녀는 잠을 잘 때도 항상 허리춤에 검을 소지한다. 검집에 손을 놓은 그녀는 살기가 느껴진 곳으로 빠르게 달렸다.

타타타타타타탓-

'이곳은……?'

제국의 수호신을 섬기는 곳. 피닉스와 미노타우르스 동상이 있는 곳이었다.

끼이이이익-

문을 조심스레 민 그녀가 주변을 바라봤다. 그리고 그녀는 볼 수 있었다.

"……이, 이건."

그녀는 놀랄 수밖에 없었다.

두 개의 커다란 피닉스와 미노타우르스의 동상! 그 두 개의 커다란 피닉스와 미노타우르스의 동상의 곳곳에서 피가 흐르고 있었기 때문이었다.

수호자들의 세상에서 살아가는 피닉스와 미노타우르스! 그들이 피를 흘린다는 것은 유토피아 안의 그들이 지금 피를 흘리고 있다는 것이었다.

엘레는 서둘러 수호자 소환의 돌을 양손에 쥐었다.

그리고 그들을 불러들였다.

"키헤에에에에에엑!"

"크르르르르르!"

곧이어 온몸이 피투성이가 된 그들은 거의 숨이 넘어가기 직전이었다.

"누, 누가…… 누가 이런 짓을 벌인 것이냐!!"

엘레는 그들이 더 이상의 가망이 없다는 것을 깨달았다.

수호자인 피닉스나 미노타우르스와는 엘레가 어느 정도 교감이 가능했다.

그리고 곧 그녀는 들을 수 있었다.

카이온 대륙의 수호자들. 그들이 이렇게 만든 것.

또한, 이필립스 제국의 수호자들뿐만이 아닌, 콜로디스 제국의 수호자들 또한 당하기는 마찬가지였다. 그리고 엘레는 직감적으로 알 수 있었다.

과거의 대륙 전쟁. 블랙 드래곤 보르몬. 그리고.

"새로운 전쟁의 시작……."

운동을 끝마치고 아테네에 접속하려던 민혁은 TV 앞에 옹기종기 모여 있는 창욱과 식단 관리사 혜진, 그리고 진환을 볼 수 있었다.

"먹방이라도 해요?"

"먹방이 아니야, 인마. 오늘 아테네 대규모 업데이트 내용 방송하는 날이잖아!"

"아…… 그러네?"

바로 며칠 전, 아테네 공식 홈페이지에 바로 오늘 대규모 업데이트와 관련한 방송이 방영될 것이라고 하였다.

민혁도 슬그머니 그들의 틈에 끼었다.

"시작한다!"

"오오오!"

이어서 TV 영상으로 한 모습이 스쳐 지나갔다.

바로 피로 물든 피닉스와 미노타우르스를 보며 분노하고 있는 엘레였다.

그녀가 중얼거렸다.

[전쟁의 시작…….]

그와 함께, 영상이 곧바로 변화되었다.

변화된 영상에선 아스폰 황제와 엘레가 마주 앉아 있었다.

"오, 엘레 누나하고 아스폰 형이네?"

"……너 저 두 사람하고 누나, 형 먹었다고 했지."

창욱은 그 말에 새삼 경악하며 고개를 절레절레 저었다.

'세상에 한 대륙의 두 황제와 형, 누나 하는 사이라니.'

정말이지 이 녀석은 도통 알 수 없는 녀석이었다.

[엘레. 당신의 의견은 어떻소.]

[아직은 더 기다려야 한다고 생각해요. 이는 블랙 드래곤 보르몬이 발발시킨 일이 분명할 테니까.]

[그렇겠지. 하지만 저들은 오히려 환영할지도 모른다는 거지, 카이온 대륙은 아스간 대륙보다 훨씬 더 크고 인구수가 압도적인 곳이지, 그만큼 약탈하고 싶은 마음이 클 터. 그들의 수가 압도적이라 하여 우리가 가만히 방관한다면 그들은 우릴 얕볼 것이 분명하오.]

[동감하는 바에요. 일단은 두 제국 모두가 국가 비상사태를 선포하고 전쟁 준비에 돌입하도록 하죠.]

그들은 대륙 전쟁 준비에 관련한 이야기를 나누고 있었다.

그러던 때였다.

[큰일 났습니다!!]

[무엄하도다!! 감히 노크도 없이……!]

[아스간 대륙과 카이온 대륙 사이에 구름으로 만들어진 땅이 생겨났습니다.]

신하의 말에 엘레와 아스폰이 서로를 돌아봤다.

[서둘러 가보도록 하지.]
[그래야 할 것 같네요.]

영상의 장면이 또 한 번 빠르게 변화했다.
변화한 영상에선 엘레와 아스폰. 그 둘이 약 1만씩의 병력을 대동한 채 그 앞을 바라보고 있었다.
놀랍게도 그 앞에는 용왕의 바다 위에 떠 있는 구름이 길게 뻗어져 카이온 대륙까지 향해 있었다.

[이, 이것은…….]
[구름의 땅 대륙운(大陸雲)이 분명해 보이네요.]
[대륙운(大陸雲)을 깨운 게 보르몬일까요?]
[아마도 그렇겠지.]

영상을 통해서 보이는 걸로 확실히 한 가지 알 수 있는 건 있었다. 이 구름의 땅 대륙운(大陸雲)을 이용해서 서로의 대륙으로 넘어갈 수 있다는 사실이었다. 즉, 두 제국에선 잠시 상황을 지켜보려 했으나, 전쟁이 지금 바로 발발되려 함을 알리고 있었다.
하지만 꼭 나쁜 것만은 아니었다.

[이 대륙운(大陸雲)은 전설에 따르면 전쟁의 신인 아르가스가 만들어냈다고 전해지지.]

[맞습니다. 대륙운(大陸雲)이 나타난 게 어쩌면 우리 아스간 대륙 사람들을 위해 더 나은 길일지도 모릅니다.]

[대륙운(大陸雲)엔 하루에 들어갈 수 있는 사람들의 숫자는 한정적. 그리고 구름 티켓을 얻은 자들만이 다른 대륙으로 넘어갈 수 있다고 전해지니까.]

"음? 한정적인 숫자가 대륙운(大陸雲)에 들어가고 구름 티켓을 얻은 자만이 대륙에 넘어간다? 뭐가 이렇게 복잡해?"

"그러게요?"

아테네에서 제네럴이라는 닉네임으로 활동하는 창욱과 혜진짱으로 활동하는 혜진이 아리송한 표정을 지어 보였다.

하지만 그들과 다르게, 그 말을 들은 민혁이 감탄했다.

"크~ 역시 아테네 개발팀~"

"엉? 왜?"

"왜 그래 민혁아?"

"중국과 우리나라 유저 숫자 차이가 거의 10배는 족히 날 거예요. 그렇죠?"

"그렇지?"

"그런데, 만약 저 대륙운(大陸雲)을 통해서 중국 쪽 유저들이 모두 밀고 들어와 봐요, 우리나라에 승산이 몇 프로가 될 것 같아요?"

그렇다. 민혁의 말처럼 그들이 모두 밀고 들어오기 시작한다면 아스간 대륙이 이긴다는 장담은 0.1%도 찾아보기 힘들었다. 인구수가 많다는 것, 그리고 그 많은 인구수에서 랭커라는 것은 우리나라 랭커들보다 더 뛰어나다는 뜻이다.

심지어 거기에 물량까지 많다면? 분명 패배한다.

하지만 완전한 밸런스는 맞추지 못하더라도, 양측 대륙에서 입장할 수 있는 인원들이 하루에 제한된다면? 우리나라 쪽에 작은 희망의 %가 상승하게 된다.

"그리고 하루에 한 번씩 아테네 측은 각 두 대륙에 미션 같은 걸 부여할 거예요. 그 미션을 먼저 깨거나 점수가 높은 대륙의 경우 하루에 대륙운(大陸雲)에 들어올 수 있는 인구를 좀 더 늘려주겠죠. 이런 식으로 조율하는 거예요."

"그럼 구름 티켓은 뭐야?"

"간단하죠. 구름 티켓은 분명히 등급이 나눠질 거예요. C등급의 티켓은 레벨 150~250 사이, B등급은 250~300 사이. 이런 식으로요. 이렇게 수량을 풀 텐데, 만약 400~500레벨 랭커 20명, 그 외의 100단위 내려가는 단위로 유저들이 모여서 약 200명 정도가 우리나라로 넘어온다고 생각해 봐요. 어떻게 될까요?"

"……쪽도 못 쓰고 카이온 대륙 유저들은 전멸하겠지."

"맞아요."

민혁이 고개를 끄덕였다. 고작 몇백 장의 구름 티켓으로 그들은 이곳에 넘어올 수 없다. 몇천 장, 혹은 몇만 장 이상을 모아내야 한다는 거였다.

"제가 예상하는 포지션은 아스간 대륙은 방어이고 카이온 대륙은 공격이에요. 그런데 만약 대륙운(大陸雲) 안에 있는 유저들이 밀리기 시작한다면, 아스간 대륙으로 넘어오는 적들의 숫자도 많아짐을 의미합니다. 따라서 우리나라에서 대륙운(大陸雲)에 간 유저들이 얼마만큼 잘해주냐에 따라 이 전쟁의 승패가 갈리겠죠."

민혁의 말대로라면 대륙운(大陸雲) 안에서 밀린 쪽은 상대 측에게 더욱 많은 양의 티켓을 허용하는 셈이다.

만약 약 5만 장 이상의 구름 티켓을 허용한다면? 아스간 대륙이 흔들리기 시작할 터다.

실질적으로 아스간 대륙 유저들은 티켓을 사용하는 것이 아니다. 중국 측 유저들이 티켓을 더 많이 얻지 못하게 막아내는 역할이 분명해 보였다.

[그럼 일단은 순찰조를 구성해 대륙운(大陸雲) 안에 어떠한 것들이 있는지 살펴야 할 것 같군요.]

[그래야 할 것 같아요.]

이어서 순찰이 끝나고 엘레와 아스폰이 이야기를 나눴다.

[일반 대륙과 동일하다…… 몬스터가 나타나고 각종 방어 기지와 공격 기지가 존재한다.]

[던전 역시도 존재한다고 하네요.]

이로써 확실해진 게 있었다. 에피소드 기간 동안 유저들은 대륙운(大陸雲)이라는 곳에서 서로 경쟁하며 새로운 몬스터들도 사냥하고 전쟁도 치른다는 것.

곧바로 문구가 떠올랐다.

[대륙 전쟁의 시작1 에피소드가 시작됩니다.]

[대륙운(大陸雲)에서 더 많은 숫자의 공격 기지 및 방어 기지를 점령하시기 바랍니다.]

[대륙운(大陸雲) 안에서 카이온 대륙 유저들의 공격 기지 및 방어 기지를 빼앗으실 수 있습니다.]

[하루에 입장할 수 있는 유저의 숫자는 1만 명이며, 470~500레벨 이상의 유저는 50명, 400~470레벨 이상의 유저는 300명……. 그 외의 유저분들은 공식 공지 사항을 확인해 주시기 바랍니다. 입장권은 NPC들, 혹은 몬스터들 등을 통해서 얻을 수 있습니다.]

[대륙운(大陸雲) 안에서 사망하신 유저는 에피소드에 참가하실 수 없으며 접속 제한이 3일로 늘어나게 됩니다.]

[구름 티켓 시스템은 공지 사항을 확인해 주시기 바랍니다.]

일단은 시작되었다. 대륙 전쟁 에피소드.

민혁은 생각해 봤다.

'와, 대륙운(大戮雲)이라는 저곳에는 맛있는 것들이 많이 있겠지?'

그가 작은 웃음을 지었다.

민혁도 길드원들과 함께 어떻게 이번 에피소드에 참여할지 이야기해 봐야 할 것 같았다.

대륙 전쟁이 시작된 후 3일.

아레스 길드의 마스터 아레스와 아이리스 길드의 마스터 칼리안. 그들은 대륙운(大陸雲) 안에서 꽤 괜찮은 방어 기지를 얻어냈다.

또한, 이번 대륙 전쟁의 경우 아스간 대륙의 유저들끼리 싸워봤자 이득 볼 게 없었기 때문에, 아레스 쪽에 우리나라에서 내로라하는 랭커들 약 다섯이 함께 있었다.

그들은 모두가 50위권 안에 드는 실력자였다.

"아직까지는 다행스럽게도 우리나라와 중국 유저들이 거의 반절씩 되는 영지들을 탈환하고 있군요."

"그러게요, 그리고 그것도 다행입니다."

"예? 어떤 거요?"

"레전드 길드가 산산조각이 난 거요."

"아, 그거요?"

사실 레전드 길드의 길드장이 바뀌고 이름까지 바뀌었을 때, 사람들은 그저 길드장이 바뀌었다 생각했다.

하지만 아직 전 레전드 길드는 대륙운(大陸雲) 안에 들어

오지 않았다. 그에 따라 실제로는 그들이 산산조각이 났다고 많은 사람이 생각하고 있었다. 실제로는 엄청난 강군을 양성하고 있다는 사실도 모른 채 말이다.

“어? 그런데, 저건 뭡니까?”

“응?”

아레스의 말에 칼리안이 고개를 돌렸다.

그곳에 한 유저가 걸어오고 있었다. 그 뒤로는 흑빛 갑옷을 입은 유저들이 서 있었다.

가장 앞에 선 남자. 그가 짙은 웃음을 머금으며 말했다.

“전 호일천이라고 합니다.”

‘호일천?’

중국 유저가 분명해 보였다.

곧이어 칼리안이 아레스에게 속삭였다.

“호일천. 중국의 암살자 랭킹 4위 유저입니다.”

“4위라…… 중국 내 통합 랭킹은요?”

“19위입니다.”

“……흐음.”

19위라면 자신들이 충분히 해볼 만한 상대다. 아니, 더 정확하게 말하자면 자신들이 이길 확률이 높다.

아레스는 얼마 전 하이 클래스로 전직을 마쳤다. 그간 이리 차이고 저리 차였던 아레스이지만 그 또한 대한민국에서 격투가 랭킹 최상위를 다투는 랭커 중의 랭커!

그런 아레스가 물었다.

"무슨 일이지?"

"한번 겨뤄보고 싶기 때문입니다."

"겨뤄본다?"

애초에 이곳은 전쟁터였다. 그런데 저렇게 예의 바르게 겨뤄보자는 말을 하는 의미를 이해하지 못했다.

"이곳에 대한민국 최고의 유저들이 있다고 들었습니다."

"그건 맞는 말이지."

"암, 그렇고말고."

그에 아레스와 칼리안의 입에 웃음이 자리매김했다.

하지만 곧 이어진 말이 충격적이었다.

"여기에 있는 가장 뛰어난 랭커 다섯 분과 저 혼자 싸워보고 싶어서입니다."

순간 아레스와 칼리안은 무슨 개소리인가 싶었다.

아레스 혼자서 상대해도 이길 수 있을지도 모른다. 아니, 이길 것이다. 그는 이제 하이 클래스 유저.

곧 그가 도발하듯 말했다.

"여러분이 이기신다면 제 길드가 획득한 방어 기지 3개와 공격 기지 3개를 넘겨드리죠. 하지만 패배한다면 이 기지에서 물러나 주셨으면 합니다."

'방어 기지 3개와 공격 기지 3개……?'

'컥……?'

자신들이 가진 기지는 고작해야 방어 기지 하나였다. 그런데 총 여섯 개를 준다? 그렇다면 자신들의 입지가 크게 상승하게 될 터.

'이게 웬 떡인가!!'

'저놈의 오만함에 우리가 이득을 보겠군.'

칼리안과 아레스가 찢어지게 웃어댔다.

대한민국 랭커 다섯과 암살자 호일천이 마주 보고 섰다.

"잘 부탁드립니다."

"그 오만함을 뭉개주마!!"

결투가 시작되었다.

그리고…….

아레스와 칼리안, 다른 랭커들 셋이 처참히 패배했다.

그들은 호일천에게 큰 일격조차 한 번 먹이지 못했다.

"역시 이 정도뿐인가?"

강제 로그아웃되어 사라지는 그들을 보며 호일천이 조소했다.

[역시 이 정도인가.]

검의 대제 엘레. 그녀는 대륙운(大陸雲) 안에서 아스폰과 함께 모든 전장을 통솔하고 있었다.

그녀는 실시간으로 그들의 전장 상황을 살필 수 있었다.

아레스라는 이방인과 칼리안은 꽤 중요한 인물이었기에 영상 수정구를 그들에게 건네주었었다.

"극의(極意)……?"

엘레가 눈을 떨었다.

이방인. 그것도 저 암살자가 펼친 것은 분명히 '극의(極意)'에 오른 단도술이었다. 그 단도술들이 랭커들을 단 한 번에 꿰뚫어 암살해 버렸다.

아스폰 역시 그녀의 옆에 있었다.

"……지금 저자가 대륙운(大陸雲) 전체를 돌며 아스간 대륙 강자들을 모조리 꺾고 있다고 하는군. 이대로 가다간, 전쟁의 양산이 크게 칼리온 대륙으로 넘어갈 터. 우리가 직접……."

아스폰의 말에 엘레가 고개를 저었다.

"그건 안 됩니다. 우리는 아스간 대륙의 기둥임을 잊지 마요. 아스폰."

엘레는 존칭이 편하기에 쓰고 있는 것. 그녀와 아스폰은 동등한 입장.

그녀가 차갑게 말했다. 자신들은 절대 상처 입거나 죽으면 안 된다.

"그럼 저 극의(極意)의 힘을 가진 암살자를 누가 이긴단 말이오?"

그 말에 엘레가 말했다.

"당신도 알고, 나도 아는 자."

아스폰이 의아한 표정을 지었다.

"민혁."

그 말에 아스폰은 심각한 표정을 지었다가 고개를 끄덕였다.

"확실히 내 아우라면 충분할지도 모르겠군, 당신 생각을 알겠소. 그에게 극의(極意)를 깨우치게 하려는 거군."

"맞습니다. 그런데, 아우…… 라니요?"

"민혁이와 나는 아주 친한 형님, 아우 사이요. 몰랐소?"

그 말에 엘레의 이마에 혈관이 튀어나왔다.

"호호호호! 무슨 말씀? 민혁이와 저는 피를 나눈 사이! 매일 제 곁에만 있으려고 한다고요! 호호호호호!"

"하하하하하, 엘레, 자네 뭘 모르는군. 민혁이는 날 더 좋아한다네?"

"아니죠, 민혁이의 검술 또한 제가 가르쳤거든요?"

지금 이 심각한 상황에, 두 황제는 아빠가 좋아? 엄마가 좋아? 식으로 신경전을 벌이고 있었다.

하지만 그 둘의 표정은 매우 진중했다.

"난 민혁이하고 차도 마셔봤소!"

아스폰의 말에 엘레가 회심의 미소를 지었다.

"전 같이 밥도 먹었는데요?"

아스폰의 얼굴이 일그러졌다.

'후후, 이겼군.'

어찌 보면 참으로 귀여운 두 황제였다.

대륙운(大陸雲).

대륙 전쟁 4일 동안 유저들이 분석한 것에 따르면 그곳은 말 그대로 하나의 필드였다.

그 주변으로 무수히도 많은 히든 던전을 비롯해 처음 보는 생소한 몬스터들이 득시글거린다.

또한, 아티팩트나 골드 드랍량이 꽤 좋은 편이었다.

거기에 아직까지 아테네 측에서 추후 보상에 대해서 오픈하지 않았지만, 승리한 국가 유저들은 크나큰 보상을 받을 것이고 거기에 더 얹어져 그곳에서 가장 높은 점수를 기록한 소수의 유저들은 더욱더 놀라운 보상을 받아낼 확률이 높았다.

그리고 구름 티켓.

구름 티켓은 몬스터를 사냥하거나 혹은 히든 던전을 발견하거나, 또는 방어 기지나 공격 기지를 얻어내면 적게는 20장, 많게는 100장까지 얻어낼 수 있었다.

아스간 대륙과 카이온 대륙은 처음 비슷한 양상을 보이는 듯했다. 하지만 4일 차가 된 지금, 서서히 카이온 대륙 쪽으로 많은 것이 기울고 있었다.

그 핵심적인 원인! 바로 호일천 때문이었다.

호일천. 본래 중국 암살자 랭킹 4위에 지나지 않았던 유저였다. 하지만 그 또한 최상위 랭커. 뜻하지 않게 하이 클래스 전직 장소에 간 그는, 그곳에서 과거 극의(極意)의 단도술을 배운 이이자 모든 암살자의 왕과 같은 인물인 다추안을 만나고 그 시련을 이겨냈다.

현재 호일천의 레벨은 501이었다. 하지만 그가 배운 극의

(極意)의 단도술이라면 PVP전은 가히 최강이었다. 실제로 대한민국 랭커 다섯 명이 그 한 명을 이기지 못했다.

더 놀라운 사실은 그가 배운 극의(極意)의 단도술이 고작해야 반쪽짜리라는 사실이었다.

결정적으로 다추안은 호일천이 소속된 암살자 길드인 '흑의 가면' 길드에도 가르침을 내려주었다. 그 때문에 그들의 단도술이나, 투척술, 혹은 투명술 등의 다양한 암살자 스킬들이 대폭 상승하고 스텟 상승 효과를 본 것.

호일천은 길드원 40명을 이끌고 대륙운을 종횡무진하며 대한민국 '랭커 깨기'를 하고 있었다.

"한국 유저들의 수준은 듣던 대로 아주 허접하군."

지금 호일천은 대한민국 랭커들을 잡음으로써 중국 내에선 거의 영웅처럼 불리고 있었다.

이는 두 나라의 자존심 싸움이었기 때문에 중국 유저들은 호일천이 한국 랭커들을 쓰러뜨릴 때마다 환호성을 터뜨리고 있었다. 심지어 그 강하다는 하이 클래스 전직자들도 쪽을 못 쓰고 있지 않은가?

물론 아직 호일천이 만난 하이 클래스 전직자는 단 한 명뿐이었다. 바로 아레스였다.

'그는 강하긴 했어.'

하지만 역시 호일천의 적수는 못 되었다. 만약, 전부 아레스와 비슷한 수준이라면 호일천의 위세는 더 하늘 높이 치켜세워질지도 모른다.

곧 다추안이 말했다.

"우린 서둘러 쥐새끼처럼 숨어 있는 엘레를 찾아야 한다는 사실을 명심하게."

"물론입니다. 스승님."

호일천이 부드럽게 웃음 지었다.

다추안. 자그마치 레벨 600에 가까운 전설적인 NPC였으며 심지어 극의 스킬까지 발현하는 걸 생각하면 거의 700 정도의 힘을 발한다. 심지어 이 힘조차 부활하면서 약 20%를 잃었다고 하니, 미쳤다고 말할 수준이었다.

그런 다추안이 이필립스 제국을 치려는 이유는 하나였다.

기존에 엘레가 보유한 '엘레의 검술' 이 또한, 극의(極意)의 공격 스킬 중 하나이다. 그 외에도 엘레, 그녀는 또 다른 극의(極意)의 스킬의 행선지에 대해 알고 있을 확률이 매우 높았다. 다시 깨어난 다추안은 그 극의(極意) 스킬을 습득하여 잃었던 20%의 힘을 보충할 생각인 셈이었다.

그러다 다추안은 피식 실소를 흘렸다.

"왜 그러십니까, 스승님?"

"엘레. 비운의 여인이야."

"예?"

"절대 가질 수 없는 힘을 가졌기에, 오를 수 없지."

"……그게 무슨 말입니까?"

"극의(極意)를 가진 여제 엘레. 그녀가 가진 극의(極意)의 검술은 여덟 개의 공격 스킬 중 가장 뛰어나다고 전해지네, 그랬기에 그만큼 익히기에 어렵지. 만약 네 번째 정도만 되었어도 그녀는 대륙 최고의 여제가 되었을 텐데."

다추안. 그가 쯧쯧 하고 작은 혀 차는 소리를 냈다.

대륙운(大戮雲) 오픈 5일 차.

카이온 대륙 유저들과 아스간 대륙 유저들에게 동시다발적으로 '돌발 미션'이 발발됐다.

[미션! 대륙운(大戮雲) 중앙에 위치해 있는 거대 공격 기지, 베르드크를 탈환하시기 바랍니다!]

[베르드크에 위치해 있는 카이온 대륙의 붉은 보석과 이필립스 제국의 푸른 보석 중 하나를 먼저 부수는 대륙이 탈환에 성공합니다.]

[탈환에 성공한 제국에 구름 티켓 1천 장이 부여됩니다.]

[탈환에 성공한 제국에게 뛰어난 카라미스의 병사들을 획득할 기회가 주어집니다.]

[탈환에 성공한 제국에게 중급 체력 물약 회복 포션을 한 병씩 지급합니다.]

이는 본격적인 전쟁의 시작을 알리는 셈이었다.

카이온 대륙 쪽 병력 약 3천여 명, 아스간 대륙 쪽 유저들

약 2천 5백여 명이 중앙을 마주 보고 집결된 상황이었다.

아스간 대륙의 바로 앞으로는 검의 황제 카르가 서 있었다. 하이 클래스 전직을 끝마쳐, 검의 황태자에서 황제로 전직을 한 카르.

그 옆에는 달의 암살자로 전직한 루시아가 있었다. 루시아는 이제 어엿한 최고의 랭커가 되어, 자신의 길드를 이끌고 있었고, 레벨도 501이었다. 또한, 그녀의 길드 '아름다운 살인'의 길드원들도 준랭커와 상위 랭커들로 구축되어 있다.

또 강철의 대장장이인 루완도 함께였다.

루완이 말했다.

"우리 셋은 공통점이 있는 거 알아요?"

루시아와 카르가 의아한 표정을 지었다.

"전부 민혁 님을 좋아한다는 거?"

"개소리!!"

"어머, 그럼요~"

루시아는 복면 사이로 작은 미소를 지어 보였다.

반대로 카르는 길길이 날뛰었다.

"다음부터 그런 소리를 하면, 당신부터 PK해 주마."

"워워, 왜 그래요, 같은 대륙 유저끼리."

"근데……."

루시아가 적막함이 감도는 전장을 보며 마른침을 삼켰다.

"그들은 왜 나타나지 않는 걸까요."

루완이 입을 다물었다.

정말 하이 클래스 전직자를 한 명도 보유하지 못하게 되어서? 아니면, 정말 레전드 길드는 이제 뿔뿔이 흩어져 과거의 영광이 된 것일까?

루완은 민혁을 바라보며 열심히 달렸다. 그처럼 되고 싶다. 그와 어깨를 나란히 하며 서고 싶다. 그 생각만으로 달렸다.

그리고 어느덧 그와 견줄 만한 자리 정도엔 섰다고 생각한다. 한데, 그는 더 이상 보이지 않고 있었다.

'하이 클래스가 나타난 마당에 어쩌면 민혁 님은…….'

더 이상 최고의 랭커가 아닐지도 모른다. 정말 그 때문에 모습을 드러내지 않는 걸까?

곧 카르가 말했다.

"어차피 하이 클래스 전직도 못 한 놈들, 있어 봤자 컨트롤 뛰어난 랭커들일 뿐이야, 도움이 될 리가 없어."

카르가 비꼬듯 말하는 바로 그때였다.

적들의 공격이 시작되었다.

"궁수들!!"

카르는 과거 아테네:한국전에서의 설욕을 이곳에서 씻고자 했다.

궁수들이 활시위를 당기고 화살의 비가 돌진하는 카이온 대륙 유저들과 병사들을 향해 떨어진다. 그리고 수백여 개의 마법들이 난무한다. 그 중앙에는 공격 기지, 베르드크가 위치해 있었다.

"마법사들과 궁수들은 계속된 원거리 공격을 멈추지 마라,

그리고 근접 딜러들!"

좌르르르르릉! 좌르르릉!

곳곳에서 병장기를 빼 들었다.

"돌격!!"

카르를 비롯해 선발대들이 내달리기 시작했다.

그중, 가장 독보적으로 빠른 것은 달의 암살자 루시아였다. 그녀가 달릴 때마다 공간을 접어서 순간 이동하듯 사라진다. 그리고 앞에서 몰려오던 적들을 향해 스킬을 사용.

[달의 아름다움]

[빛을 흩뿌리는 달이 순간적으로 적들을 현혹시켜 0.4초간 스턴 상태에 빠지게 됩니다.]

루시아의 위로 아름다운 달이 떠오르고, 그를 본 카이온 대륙 유저들이 순간적인 스턴 상태에 빠졌다.

"아, 아름다워……."

"우와……."

하지만 그 순간, 그들에게 드리워진 것은 루시아가 던진 하나의 단검. 그리고 수백 개로 분신이 생겨난 단검이었다.

푸푸푸푸푸푸푸푹-

수백 개의 단검이 카이온 대륙 유저들의 급소들을 정확하게 찔렀다. 과연 하이 클래스 전직자다운 실력이었다.

거기서 그치지 않았다. 앞으로 달려 나가는 카르가 힘껏 날아올랐다.

[검의 황제의 피바람]
[강력한 검기의 피 보라가 적들을 찢어발깁니다.]

피피피피피피피피피피핏-

카이온 대륙 진영에서 불기 시작한 피바람이 칼날이 되어 적들의 몸 곳곳을 베어냈다. 수백 명이 동시에 비명을 토하니, 어마어마한 광역 공격이었다.

"으, 으아아아악!"

"끄아아아아아아악!"

"으아아아악!"

그리고 곧, 랭커들이 충돌했다.

콰지익! 콰작-! 콱! 콱!

그에 따라 해설자들이 발 빠르게 해설한다.

[현재 양측 진영은 모두 랭커들로만 구축된 게 아닙니다. 레벨 200~500까지 다양한 편이죠.]

[그 이유는 하루에 풀리는 입장권, 그리고 그 입장권이 레벨이 높을수록 드랍률이 낮기 때문입니다.]

[랭커들의 숫자는 매우 낮은 편입니다. 때문에 실질적으로 병사들의 영향도 꽤 큰 편으로 보입니다.]

[하지만 랭커들이 처음에 기선 제압을 잘해준다면, 우리

대한민국 측 전쟁 승리도 불가능은 아니라 생각합니다.]

레벨 대는 매우 다양한 편.

그중 그나마, 레벨 높은 일반 NPC 병사들의 경우 입장권이 굉장히 많이 풀리는 편이다. 즉, NPC들의 입장권과 유저들의 입장권은 다른 편이라고 말할 수 있다.

[사실상 이번 미션을 통해서, 서서히 카이온 대륙 쪽으로 기울던 승기를 바로 잡을 수 있는 기회이지 않을까 싶습니다!]

그 모습을 우리나라 국민들은 가슴을 졸이며 보고 있었다.

[내가 저 자리에 없는 게 한이다. 아오!]

[힘내라, 대한민국 힘내라!!!]

[가즈아아아아아아!]

[중국놈들이 얼마나 우리나라를 비웃었는데, 너희는 꼭 이겨라!]

[아오, 레전드 길드만 있었어도 저놈들 싹 쓸어버리는 건데!!!]

[레전드? 걔네 이제 한물간 퇴물들 아님? 실제로는 뿔뿔이 흩어졌다는 말 많던데, 새로운 길드 창설 이후에, 아예 동영상이나 다른 것들 뭐 하나 업로드되는 거 없지 않아요?]

[레전드 망한 지가 언젠데…….]

[실제로 그들이 온다고 해도, 과거의 기적은 일어나지 않아요. 그들 중 그 누구도 하이 클래스로 전직했다고 발표한 적이 없습니다.]

[저 안에 들어오면 그들은 그저 레벨 높은 랭커들일 뿐이에요. 특별한 랭커들이 아니라고요.]

[그래도…… 이기고 싶다고요!! 그게 중요하냐고요! 이겼으면 좋겠다고!!]

그 안엔 울분이 담겨 있었다.

근래 4일 동안 중국 측의 '랭커 깨기'에 의해서 대한민국의 승리할 확률은 거의 0%에 가깝다는 기사가 쏟아졌다. 또한, 아스간 대륙은 결국 중국 유저들이 집어삼킬 거라는 말도 많은 편이었다.

심지어 세계 랭커들도 마찬가지였다.

미국의 마법사 알렉스.

[대한민국은 아테네 세계 랭킹에서 매우 약소국에 속합니다. 그런 약소국이 3대 강대국 중 하나인 중국을 이겨낼 리가 없어요.]

러시아의 루비드.

[대한민국이 승리할 확률이요? 1% 정도? 너무 과한 점수 아니냐고요? 하지만 그들에게 1%의 희망이 없다면 게임할 맛이 안 나지 않겠습니까?]

일본의 켄타로.

[식신 민혁 님, 꼭 다시 뵙고 싶습니다! 예? 그런 말 말고 이번 한국과 중국의 대륙 전쟁이요? 전 그것보다 민혁 님이 더 만나고 싶은데요. 민혁 님, 아이시떼루.]

그리고 대한민국 카르.

[이기기 위해 최선을 다할 겁니다. 우리나라는 2018년 월드컵 당시 16강 진출에 실패했지만, 피파 랭킹 1위 독일을 꺾었던 나라입니다. 그때의 그 기적 일으키겠습니다.]

그 순간.

"크아아아아아아악!"

카르가 비명을 터뜨렸다.

도장 깨기를 하고 다녔던 호일천의 등장이었다. 그의 등장과 함께, 균등해 보이는 듯한 균형이 깨지기 시작했다.

[아…… 미, 밀리기 시작합니다!!]

[대한민국 랭커들이 밀리기 시작합니다!!]

[하지만 국민 여러분, 아직 실망하지 마십시오. 희망은 있습니다.]

하지만 해설과 다르게 해설자들의 표정은 패배를 거의 '확정' 짓고 있는 듯한 표정이었다.

시청자들 또한 알았다. '희망은 있습니다' 하는 말은 거의 비극적인 상황에 쓰인다는 걸.

그 시각. 대한민국 유저 로이는 350레벨대의 대륙운(大戮雲)의 몬스터 사냥에 집중하고 있었다.

대륙운(大戮雲)의 몬스터는 주로 구름의 형태로 이루어져 있었다.

푸화아아악-

적 하나를 베어낸 로이. 그는 멀리서 들려오는 비명 소리를 들었다.

"으, 으아아악!"

"도망쳐!"

"중국 유저들 겁나 세네!!"

로이 또한 저 전장에 참여하고 싶었다. 하지만 그의 레벨은 370. 자신이 간다고 크게 전력이 상승하지 않음을 알았다. 그에 칼을 갈며 레벨업 하고 있는 거다.

'나도 언젠간…….'

저 자리에서 나라를 위해 싸우리라.

하지만 지금 들려오는 비명.

로이가 참가하지 않은 이유는 또 있었다. 로이는 애국자였다. 그 애국적인 마음이 너무도 커, 실제로 패배할 것이 기정사실인 저 전투에 참여해 그 모습을 두 눈 뜨고 볼 수 없었다.

"……젠장."

그렇게 중얼거릴 때.

"응……?"

그는 갑자기 어두워진 하늘을 느낄 수 있었다.

그가 천천히 고개를 위로 올렸다.

"커허억!"

그리고 보였다.

하늘을 나는 거대한 무언가. 족히 500m, 아니, 1,000m 넓이? 아니, 예측조차 되지 않는 거대한 무언가가 날아가고 있었다.

그 시각. 민혁은 아틀라스 영지를 천공의 영지로 변환시켰다. 그리고 대륙운(大戮雲)으로 보냈다.

그동안 나타나지 않았던 이유는 간단하다. 5일 동안 적들의 무력을 확인할 시간이 필요했다.

그 이유는 천공의 도시가 된 아틀라스를 이동한다는 것은, 말 그대로 영지가 이전되는 것. 자신들의 예상보다 적들이 강력하다면 NPC들이 죽게 된다. 잘못하면 모든 NPC 병력이 전멸할 수도 있었다.

때문에 아틀라스 영지 전체를 보낼지, 아니면 유저들만 보낼지 고민한 것.

즉, 그 의미는 최대한 죽지 않게 할 자신이 있다는 의미였다.

그리고 민혁도 대륙운(大戮雲)에 들어왔다.

한데, 아틀라스가 아닌, 다른 곳에 있었다.

그 앞에 엘레가 있었다.

그녀가 차갑게 말했다.

"검을 쥐어라, 민혁아. 그리고 나를 죽일 듯이 공격해 봐라."

그는 이해할 수 없었다.

to be continued